btb
Aus Freude am Lesen

btb

Buch

Der Elsässer Honoré Langustier kommt auf Geheiß König Friedrichs II. nach Berlich, um dort als Zweiter Hofküchenmeister zu dienen. Seine Ankunft wird jedoch von einem mysteriösen Todesfall überschattet: Der königliche Flügeladjutant von Falckenberg wird im Tiergarten erschossen aufgefunden. Als Langustier Interesse an dem Fall bekundet, erteilt der König ihm den Auftrag, den Berliner Polizeichef Jordan bei seinen Ermittlungen zu unterstützen. Der Mord an von Falckenberg ist als Duell getarnt, doch Langustier entdeckt die Ungereimtheiten sofort. Vor allem der verschwundene Diener des Adjutanten, Anderson, erweckt seine Neugier. Anderson hatte früher einmal zu den Vertrauten des Königs gehört und angeblich den Verstand verloren, als er feststellen musste, dass ihm eine Karriere bei Hofe versagt bleiben würde. Polizeichef Jordan lässt sich nur ungern von der bequemen Duell-Version abbringen, doch als er seinen Hauptverdächtigen festnehmen will, ist dieser ebenfalls tot…

»Ein Leckerbissen, nicht nur für Krimi-Fans; auch kulinarische Genießer und Geschichtsinteressierte kommen auf ihre Kosten.« Tip

Autor

Tom Wolf ist 1964 in Bad Homburg geboren, hat Germanistik, Philosophie und Kunst studiert und 1999 in Tübingen promoviert. Als Grafiker und Zeichner hatte er mehrere Ausstellungen. Er arbeitete als Lektor und veröffentlichte zahlreiche wissenschaftliche und belletristische Beiträge und Bücher. Tom Wolf lebt in Berlin.

Tom Wolf

Königsblau

Mord nach jeder Fasson

Ein Preußen-Krimi

btb

Die Handlungen dieses Romans sind frei erfunden. Ähnlichkeiten mit tatsächlichem Geschehen sind zufällig und nicht beabsichtigt.

Umwelthinweis:
Alle bedruckten Materialien dieses Taschenbuches sind chlorfrei und umweltschonend.

btb Taschenbücher erscheinen im Goldman Verlag,
ein Unternehmen der Verlagsgruppe Random House GmbH.

1. Auflage
Genehmigte Taschenbuchausgabe Juli 2003

Umschlaggestaltung: Design Team München
Satz: Uhl + Massopust, Aalen
SR · Herstellung: Augustin Wiesbeck
Made in Germany
ISBN 3-442-73084-8
www.btb-verlag.de

FÜR USCHI

Verzeichnis der historischen Personen *und fiktiven Hauptakteure*

Kursiv gesetzte Personen sind historisch nicht belegt.

ADLER, JAKOB – Agent des Hohenfließischen Botschafters

ALGAROTTI, FRANCESCO GRAF – italienischer Gelehrter und Autor, Kammerherr und Reisegefährte Friedrichs II.

ANDERSOHN, LUDEWIG – ehemaliger Diener Friedrichs II.

AUGUST WILHELM – Bruder Friedrichs II.

BAYREUTH, WILHELMINE MARKGRÄFIN VON – Schwester Friedrichs II., Gemahlin des Markgrafen Friedrich von Brandenburg-Bayreuth

BEEREN, ADRIAN BARON VON – Gutsbesitzer, angehender Freimaurer

BIELFELD, JAKOB FRIEDRICH FREIHERR VON – Legationssekretär Friedrichs II.

BRAUNSCHWEIG-BEVERN, ELISABETH-CHRISTINE – Gemahlin Friedrichs II., Nichte Kaiser Karls VI.

CREUZ, CHRISTIAN CASIMIR – ehem. Königlicher Munitionsmeister, Alchemist

ELLER, JOHANN THEODOR – Königl. Leibarzt und Direktor der Charité

FALCKENBERG, ADELBERT VON – Flügeladjutant Friedrichs II.

FORMEY, JEAN HENRI SAMUEL – Redakteur des »Journal de Berlin«

FREDERSDORF, MICHAEL GABRIEL – Geheimer Kammerier Friedrich II.

FRIEDRICH I. – GROSSVATER FRIEDRICHS II.; erster »König in Preußen«

FRIEDRICH II. – König in (ab 1772 »von«) Preußen

FRIEDRICH WILHELM – Urgroßvater Friedrichs II.; der »Große Kurfürst«

FRIEDRICH WILHELM I. – Vater Friedrichs II., der »Soldatenkönig«

FROMMERY, ALEXANDER – Lotterieunternehmer

HAMMANN, EUSEBIUS – Wirt des »Schlösschens«

HAMMERSTEIN, WILHELMINE VON – Hofdame Sophie Dorotheas

HAUDE, AMBROSIUS – Buchhändler und Verleger der »Berlinischen Nachrichten« und des »Journal de Berlin«

JORDAN, CHARLES ETIENNE – Vertrauter und Bibliothekar Friedrichs II., Polizeipräfekt von Berlin, Geheimer Rat, später Vizepräsident der Königlich Preußischen Akademie der Wissenschaften

KEYSERLING, DIETRICH BARON VON – Oberst und Generaladjutant, Vertrauter Friedrichs II.

KNOBELSDORFF, GEORG WENZESLAUS FREIHERR VON – Baumeister Friedrichs II.

KRAUSE, CHRISTIAN LUDWIG – Hofgärtner Friedrichs II.

LANGUSTIER, HONORÉ – Zweiter Hofküchenmeister Friedrichs II.

LANGUSTIER, MARIE – Tochter Honoré Langustiers

MARQUARD, ALEXANDER VON – Oberst im Regiment Prinz Heinrich

MARQUARD, CHARLOTTE VON – Hofdame Sophie Dorotheas

MAUPERTUIS, PIERRE LOUIS MOREAU – Mathematiker, später Präsident der Königlich Preußischen Akademie der Wissenschaften

MÜNCHOW, CHRISTIAN ERNST VON – Adjutant Friedrichs II.

PESNE, ANTOINE – Hofmaler Friedrichs II.

PODEWILS, HEINRICH GRAF VON – Minister unter Friedrich II.

SCHLÜTERN, FRIEDRICH BARON VON – künftiger preußischer Protektor in Hohenfließ

SONSFELD, HENRIETTE VON – Hofdame Sophie Dorotheas

SOPHIE DOROTHEA – Mutter Friedrichs II.

STECHOW, EUGENIE VON – Hofdame Sophie Dorotheas

STEFFEN, HEINRICH ALIAS BARON VON STEDEN – Hochstapler

STOLZENHAGEN, EMILIE AUGUSTE – Zimmerwirtin und Grossistin

SYBURG, BARON VON – Wunderdoktor

TETOW, ALBERTINE VON – Hofdame Elisabeth-Christines

VOLTAIRE – aufklärerischer Autor, Philosoph; Freund Friedrichs II.

WALDEGG, MAXIMILIAN EDLER VON – Botschafter des Landgrafen von Hohenfließ in Preußen

WILSNACK – Kammerdiener Friedrichs II.

Die Kürze meines Lebens lehrt mich, es zu genießen.
Wir haben nur eine kurze Frist, die es zu nutzen gilt.
Die Vergangenheit ist nur ein Traum, die Zukunft ungewiss.
Dieser Grundgedanke ist als solcher nicht gefährlich;
nur darf man aus ihm keine falschen Schlüsse ziehen.

Friedrich II. an Voltaire

I

In einem herbstlichen Wäldchen am Rande des Tiergartens vor Berlin lag eine Lichtung. Mitten auf ihr erhob sich ein knorriger Eichbaum. Ein Mann stand unter den weit ausladenden Ästen, während sein Pferd friedlich am Waldrand graste.

Der schmucke Offizier trug einen Zweispitz und war an seiner hellblauen Uniformjacke sowie der roten Weste mit den grünen Tressen leicht als Flügeladjutant der Kavallerie erkennbar. Die Zeichen, die ihn darüber hinaus als königlichen Vertrauten auswiesen, blieben indes im Verborgenen: der smaragdbesetzte türkische Dolch etwa, der ihm nach einem bravourösen Reiterstück in öffentlicher Parade zuteil geworden war und den er seitdem immer im Gürtel trug.

Adelbert von Falckenbergs Ungeduld wuchs. Wiederholt schlug er die Reitgerte gegen seine schwarz glänzenden Stiefel. Was hatte ihn nur so kindsköpfig sein lassen, diesen Zettel für bare Münze zu nehmen? Die Worte darauf kannte er schon auswendig:

»Monsieur! – Wofern Ihr nicht zu schwachmütig seid, einem Ehrenmanne in die herausfordernden Augen zu blicken und ihm in einer Sache, die bloß der Bäume als Zeugen bedarf, Rede und Antwort zu stehen, so stellt Euch in der letzten Nachmittagsstunde an der Bergischen Eiche ein.«

Falckenbergs Anstrengungen, hinter den Sinn des Billets zu kommen, blieben vergeblich. Querelen unter Regimentskameraden wurden auf andere Weise ausgetragen. Für ein offenes Wort gab es auch den Exerzierplatz.

Ein Wiehern des Pferdes ließ ihn aufblicken. Doch niemand war zu sehen. Der Himmel verdunkelte sich. Schon zuckte ein Blitz, so nahe, dass man die Entladung knistern hörte. Es folgte ein greller Donner. Scheuend verschwand das Pferd zwischen den Erlen im Unterholz.

Falckenberg fluchte leise, tat ein paar Schritte vorwärts und rief nach dem Tier, doch die Mühe war vergebens. Rauschend einsetzender Regen trieb ihn wieder unter den Baum zurück. Wie aus der Schale eines Springbrunnens schoss das Wasser von seinem Hut herab.

Zwei weitere Blitze tauchten die Szenerie in gespenstisches weißes Licht. Staccato kamen die zugehörigen Donnerschläge, als hätte der ungnädige Petrus die Trommel gerührt. In endlosen Fahnen sackte der Regen zu Boden.

Für einen Moment vergaß Falckenberg den Grund seines Ausflugs und dachte an jenes starke Gewitter der letzten Woche, das im Amt Biesenthal fünf Knechte auf dem Heimweg von der Feldarbeit dahingerafft hatte. Die Schnittblätter ihrer geschulterten Sensen waren vom Blitz in geschmolzenes, tropfendes Metall verwandelt worden, das den Niedergestreckten bis in die leblosen Gebeine gedrungen war. Im Collegium Medico-chirurgicum der königlichen Charité hatte man die bemitleidenswerten Subjekte daraufhin auseinandergenommen, um die absonderliche Wirkung der Elektrizität auf die inneren Organe zu studieren. Die metallisierten Knochen waren extrahiert und zur Anschauung für die angehenden Chirurgen und Mediziner präpariert worden. Der Leiter des Instituts, Professor Eller, hatte die Freundlichkeit besessen, ihm diese Kuriositäten persönlich vorzuweisen, als er wegen seines Dieners bei ihm war. Der arme, kranke Andersohn! Hoffentlich ängstigte ihn das Gewitter nicht zu arg. Und Charlotte – sie mochte sich sicher vor Todesfurcht verkriechen.

Es krachte wieder ohrenbetäubend. Der Regen schwoll noch einmal zum Wolkenbruch an, um dann wie eine Husche binnen weniger Sekunden zu versiegen. Schräge Sonnenstrahlen blinkten bereits wieder durch das Herbstlaub. Am Rand der abziehenden Wetterfront spannte sich ein Regenbogen.

Das zuvor kniehohe Gras lag geplättet vor anhängendem Wasser und dampfte. Drosseln ließen sich hören, begleitet vom allseitigen Getropfe. Ein Schwarm anderer, kleinerer Vögel, die er nicht kannte, fiel ein und verteilte sich vielstimmig-wispernd im Erlenwald. Das Pferd hatte auf die Lichtung zurückgefunden, was Falckenberg erleichtert registrierte. Er wollte es gerade rufen, als er sah, dass es bereits die Ohren hochgestellt hatte und zu ihm herblickte.

›Brav!‹ dachte er und machte einen kleinen Schritt nach vorn. Er stolperte und hatte Mühe, einen Sturz zu vermeiden. Sein Atem kondensierte in der plötzlichen Kühle. Dicht hinter ihm knackte ein Ast. Doch bevor er reagieren und noch etwas denken oder wahrnehmen konnte, traf ihn ein harter Schlag am Hinterkopf. Er kauerte noch halb am Boden, als der Widersacher ein zweites Mal zuschlug und etwas tiefer traf. Im Schwung einer bereits begonnenen Bewegung fiel Falckenberg auf die Seite und kam auf dem Rücken zu liegen. In seinen Augen malte sich grenzenloses Erstaunen.

Das Pferd schnaubte und trippelte nervös. Aus einiger Entfernung sah es seinen Reiter reglos daliegen. Ein weiterer, unförmiger Zweibeiner hatte sich über ihn gebeugt und einen jener Stöcke ergriffen, die Feuer speiten und Donner verursachten. Es donnerte zweimal. Mit erschrecktem Wiehern ergriff das Tier die Flucht.

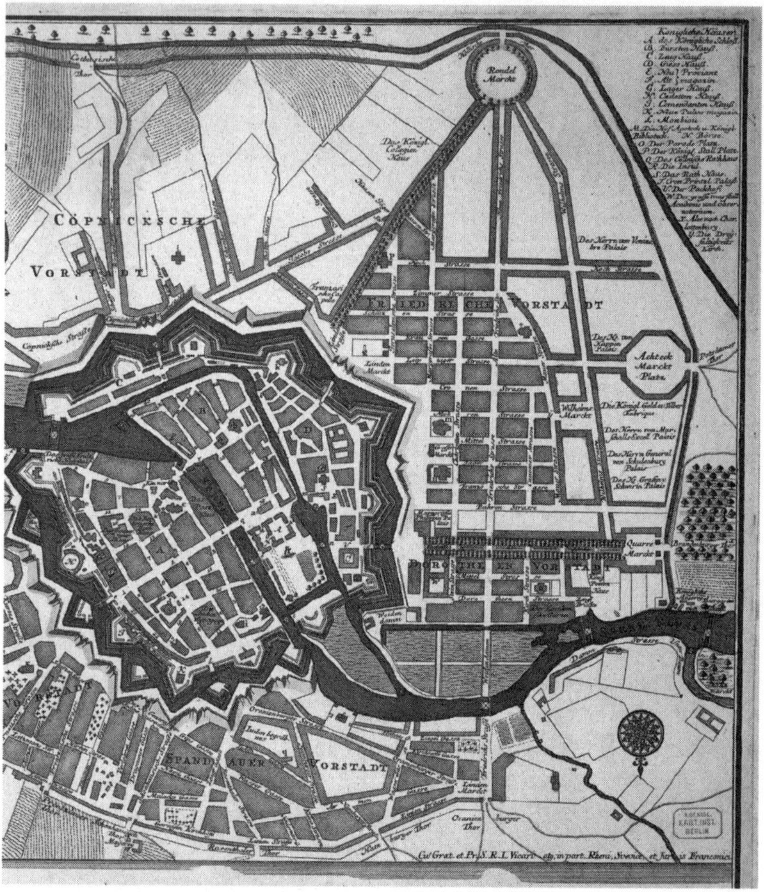

Die Stadt Berlin hat Vier Theil als A. Berlin. B. Cölln.
C. Neu Cölln. D. Werder.

II

Honoré Langustier hing in der blauen Berline mit dem königlichen Wappen und ließ sich willenlos durchschütteln. Seit Stunden zuckelte an den Fenstern der edlen Kutsche dichter Laubwald vorbei. Sandkuhlen verringerten immer wieder das ohnehin geringe Tempo.

Der korpulente Herr hatte versucht zu schlafen, aber es wollte ihm auf diesen nordischen Chausseen nicht gelingen. Vor knapp einer Woche waren er und seine Tochter Marie in Straßburg aufgebrochen. Gegen schlechte Kost, üble Nachtlager, die Habsucht von Postmeistern und Wirten, die Korruption von Zollbeamten und Visitatoren hatten sie sich mit Gelassenheit, gegen Regen und Hagel mit Roquelors und Wachshüten gewappnet, aber was in der Vorstellung leicht erträglich schien, wurde in der Realität zur regelrechten Tortur.

Die Postwagen fuhren eine Meile in der Stunde und hatten weder Dach noch Federung. Vom Gepäck gedrückt, waren die Passagiere außer Wind und Wetter auch den Mitreisenden ausgeliefert. Pestilenzialischer Gestank und dumme, abgeschmackte, zotenhafte Reden der bunten Reisekompagnie ergänzten sich oft trefflich. Wer acht Tage so gefahren, war ein ganz anderer Mensch geworden: wunderlich, träge, gelähmt am ganzen Körper. Wachend schlief er, die Augen eingefallen, das Gesicht aufgedunsen, die Füße geschwollen, der Geist abwesend. Das Einzige, woran der Reisende noch dachte, waren Moraststrecken, Achsen- und

Knochenbrüche, Prellungen, durchgegangene Pferde sowie Irrfahrten bei Nacht und Nebel.

Derart zerrüttet waren Vater und Tochter mit ihren Kofferkisten vor anderthalb Tagen in Leipzig eingetroffen. Eine überaus glückliche Fügung des Schicksals hatte ihnen dort die weicheren Plätze in der Kutsche zweier Berliner Damen verschafft, die sich auf der Rückreise vom markgräflichen Hof in Bayreuth befanden. Freilich waren die herrschaftlichen Frauenzimmer dem seltsamen französischen Pärchen vor allem deshalb gewogen gewesen, weil es einer königlichen Einladung nach Berlin folgte.

Mit unverhohlenem Stolz hatte sich Langustier als künftiger Küchenmeister Sr. Königlichen Majestät in Preußen vorstellen können. Das leicht prätentiöse Französisch, das er mit einer für sein Körpervolumen etwas zu hohen Stimme herausflötete, ließ keine Zweifel an seiner höfischen Zugehörigkeit aufkommen. Da sie zumindest erwarten durften, von einer kuriosen Begegnung mit dem allmächtigen ›Frédéric‹ zu hören, waren die Damen gerne bereit, sich auf dem letzten Wegstück einzuschränken. Aber es dauerte eine ganze Weile, bis sich das Gespräch diesem interessanten Thema nähern konnte. Zu viel Dringenderes war vorher von französischen Zuständen, Moden, Ländereien und Gaumenfreuden zu reden.

Die Route führte über elende Weiler wie Torgau, Schlieben, Dahme, Baruth oder Zossen, die keineswegs auf der direkten Linie nach Berlin lagen. In Königs Wusterhausen, wo die Damen leider eine unumgängliche Besorgung zu erledigen hatten, übernachtete man ein letztes Mal. Das dortige Schloss, ein scheunenähnlicher Bau mit Wassergraben, gab Langustier eine drastische Vorstellung vom groben Charakter des jüngst verblichenen Friedrich Wilhelm I. Fast schien es, als dringe noch der schale, abgestandene Rauch des vom Kronprinzen so gehassten Tabakskollegiums aus den trutzig-plumpen Mauern.

Nun sollte Berlin nicht mehr weit sein, nur eine Stunde noch entfernt. Langustier beschloss, das Einschlafenwollen aufzugeben. Sein Kreuz schmerzte fürchterlich, der Nacken war steif wie Fels, der Schädel glich einem brummenden Bienenstock. Widrig frisch zog es durch die Ritzen der Wagenschläge und des Kutschkörpers herein; es wurde mitunter unangenehm kühl an diesem Erntedanktag, der Himmel war oft verhangen, und kleinere Nebelbänke wechselten mit Sprühregen. Schon zu Beginn ihrer Reise hatte sich das Laub der Bäume zu verfärben begonnen.

Doch statt melancholisch zu werden über den Umständen und Vorzeichen seiner Einfahrt ins raue Land der Borussen, musste Langustier lächeln, als ihm die beiden Damen gegenüber wieder in die Augen fielen. Ihre zierlichen Figuren, dergestalt eingeschnürt in Reiseroben à la turque, dass ihre Wespentaillen mit den voluminösesten Reifröcken kontrastierten, vollführten bei jedem Sprung der Kutsche ebenfalls einen Hüpfer, was höchst galant anzuschauen war und die Gedanken auf amouröse Verwicklungen lenkte.

Schmale, dünne Palatinen umschlangen die alabasterweißen Hälse, damit sich von diesen Schmuckstücken die zarte Haut nur desto besser abhob. Die Bänder aus echtem moskowitischem Zobel waren eine reine Zier, die nichts verdecken sollte. Ganz gewiss nicht die Brüste in den weit ausgeschnittenen Kleidern, dieses erhabene, wohl proportionierte Lustterrain des verliebten Geschlechtes, das durch besondere Einschnürung noch zusätzlich zum Emporquellen gebracht wurde.

Amüsiert gedachte Langustier der possierlichen Szene auf dem Wege kurz hinter Wünsdorf, als ihm das Fräulein von Sonsfeld, Kammerzofe der Königinmutter, auf ansteigendem Wege beim Überrumpeln einer Unwegsamkeit wie der Pfeil Cupidos entgegengeschossen kam und er sie einige höchst interessante Momente lang auf seinem wahrhaft ungeheuren Bauche rudernd vorfand, der freilich den Aufprall von Schnürbrust und Planchette abgefangen hatte, so dass eine purpurne Röte auf den reich geschminkten Backen des Fräuleins durchschimmerte und sich wie ein unterirdisches Glühen von den weiß gepuderten Haaren abhob. Von der Unverschämtheit der französischen Hofdamen, deren Maxime darin bestand, unter dem Schminkstift zu erröten, aber keineswegs vor einem galanten Herrn, war bei den beiden Berliner Schönheiten allerdings wenig zu spüren.

Dabei ging es doch in diesem Berlin angeblich zu wie im sündigen Babel. Seitdem der ungeliebte Soldatenkönig in Potsdam verendet war, machten immer tollere Geschichten von der sittlichen Auflösung die Runde, von der Putzsucht unter den Stutzern und von dem immer frecher und schamloser werdenden Gesinde. Unwillkürlich fasste Langustier seine Tochter bei der Hand.

Während sein Blick noch seltsam verwirrt auf dem erschütterten Décolleté vis-à-vis verweilte und sich in seinem Kopf kein vernünftiger Gedanke bilden wollte, ergriff das Fräulein von Tetow, Hofdame der Königin Elisabeth-Christine, das Wort, einer plötzlichen Eingebung folgend, um ihr Interesse vielleicht gerade rechtzeitig noch zu befriedigen, bevor es zu spät wäre:

»Monsieur – ach bitte, nun schildert uns, wie Ihr dem König zuerst begegnet seid. Wir würden noch so gerne dieses Detail hören.«

Langustiers Miene entspannte sich und mit bübischem Lächeln sagte er:

»O – dem König, Mademoiselle, dem König bin ich, recht bei Lichte besehen, überhaupt nicht begegnet.«

Die Wirkung dieser Spitzfindigkeit genüsslich auskostend, die beide Damen in das hellste Erstaunen versetzte, räkelte und wand sich Langustier ausgiebig in seiner Fuchsfelljacke – wodurch der Kutschkasten, elastisch aufgehängt, bedenklich schwankte –, bevor er zur Aufklärung schritt.

»Es war im ›Rabenhof‹ am Quai des Bateliers N$^{ro.}$ 1 in der schönen Stadt Strasbourg, Mademoiselles«, hob er an, »der Gaststätte, die ich von meinem seligen Vater, Alphonse René Langustier, dem ehemaligen Hofkoch Ludwigs des Vierzehnten, übernommen habe.

Drei Wochen nun ist's her, dass ein reichlich sonderbarer Gast die Wirtsstube betrat. Seine Begleiter – ein Herr von Wartensleben und einige Lakaien, deren auffälligster, ja papageienhaftester, sich Fredersdorf nannte, führten ihn als Grafen von Dufour, einen reichen böhmischen Edelmann, ein.«

Die Damen lachten über den Papagei namens Fredersdorf, der ihnen durchaus gut bekannt war.

»Ich hatte das Eintreten dieses merkwürdigen Grafen Dufour – eher klein, leicht untersetzt – schon aus der angelehnten Küchentüre beobachtet. Überzeugt, einen wohlhabenden, gebildeten Mann vor mir zu haben, der es verdiente, nur das Beste vorgesetzt zu bekommen, trat ich an seinen Tisch und pries ihm meine hauseigene Spezialität, junges Kaninchen nach Languedocer Art, nämlich mit frittierten Auberginen, geschmorten Steinpilzen und Tomates concassées, derart beredt an, dass ihm nichts anderes übrig blieb, als sich in sein Schicksal zu fügen.

Kaum war ich an meinen Herd zurückgekehrt, kam der ominöse Herr Dufour höchstselbst in die Küche, was mich stark verwunderte, weil es so gar nicht üblich ist und ich es bei Gästen schwer toleriere. Da ich aber Interesse daran hatte, ihn kennenzulernen, ließ ich es mir gefallen, auch dass er allerlei Niäserieren daherschwätzte:

›Was denken Sie über Tabak? Kennen Sie sich aus mit den Pommes des terres?‹ Was dies sei, was jenes – ob ich schärfer würzen könne als gewöhnlich, ob es Kaffee gäbe und ob er weißen Senf hinein haben könne und so fort. Dann verlangte er, diese Kleinigkeiten verlassend, von mir zu wissen, was meines Vaters Herkommen gewesen und wie meine derzeitigen Verhältnisse seien.

Ich gab leutselig Auskunft, erzählte ihm vom Dahinscheiden meiner Eltern, meinen Anfängen als Koch, meiner Verheiratung sowie dem kürzlichen Tod meiner Ehefrau, schließlich von der Bürde, das Lokal alleine weiterzuführen, treu unterstützt freilich von meiner lieben Marie.«

Langustier drückte seine siebzehnjährige Tochter an sich, die aus ihren Träumereien erwachte, den Blick niederschlug und errötete.

»Welch einen Ausruf des Entzückens gab der Graf von sich, als er meine kleine philosophisch-literarische Küchenbibliothek erblickte! Ich liebe es nämlich, müssen Sie wissen, während der Arbeit – in wohlabgemessenen Pausen, versteht sich – zu lesen, habe ich doch in dieser Hinsicht viel nachzuholen, denn in meiner Jugend war mir diese geistige Nahrung von meinem Vater streng missgönnt worden.

Einen Band von Voltaires Schriften wie eine Jagdbeute oder einen Schatz präsentierend, begann nun der Herr von Dufour aufs Lebhafteste, ein eigenes Gedicht auswendig herzusagen, und zwar eine Ode, die er nach eigenem Bekunden seinem Freunde Voltaire gewidmet hatte. Man stelle sich meine Glückseligkeit vor, einen leibhaftigen Freund des herrlichen Voltaire, dieses hellsten Leitsternes unseres lichtsüchtigen Jahrhunderts, in meiner dunklen, fettbespritzten Küche vor mir zu sehen und zu hören! Leider konnte ich in meiner Aufregung rein gar nichts vom Rezitierten behalten...

Dies alles, meine Damen, geschah in reinem, distinguiertem Französisch, was mich bei einem böhmischen Grafen doch reichlich stutzig machte. Wieder meiner Bibliothek zugewandt, meinte er: ›Sie sind ein außergewöhnlicher Mensch, mein Herr!‹ Sprach's, blätterte erst im ›Geizigen‹ von Molière, danach in Réaumurs ›Geschichte der Insekten‹, um übergangslos zu fragen: ›Wie können Sie in diesem dumpfigen katholischen Lande leben? Wollen Sie hier gar noch zugrunde gehen?‹

Wollte ich ewig in diesem langweiligen, gottesfürchtigen Strasbourg bleiben? Mesdames, das war eine den Kern meines Lebens betreffende Frage. Ich konnte mich kaum fassen und hätte beinahe die Hasenläufe darüber verbrutzeln lassen. Gerade noch rechtzeitig schnappte ich eine Bouteille Kaiserstühler Weißwein und löschte gehörig ab, dass alles um mich her, der böhmische Graf inbegriffen, in aromatischem Nebel versank. Ich überdachte mein Strasbourger Wirtsleben, dessen behäbige Routine mich langsam abtötete. Ich lebte in meinen wenigen Büchern und kochte die immer gleichen Feinheiten – meistens für Personen zweifelhaften Standes, reisende Kaufleute und Militärs, die der Mühe kaum wert waren und meine Kunst mit ihren unentwickelten Gaumen ja doch gar nicht schätzen konnten. Jetzt war mir, als sei mit diesem feingeistigen Edelmann eine frische Brise in mein Dasein gekommen und ein lange im Verborgenen gewachsener Entschluss spruchreif geworden: Strasbourg zu verlassen und anderswo das Glück herauszufordern.

Unterdessen hatte er den Durchgang ins Freie zu einer kleinen Laube im Kräutergarten bemerkt, die ich mir angelegt hatte, um mich nach der tristen Küchenarbeit ein wenig zurückziehen und erbauen zu können. Er bat, einen Blick in den kleinen hölzernen Gartentempel werfen zu dürfen, was ich ohne nachzudenken gestattete, da es im Küchendunst für einen vornehmen Herrn reichlich ungemütlich sein musste, bis mir die Unordnung einfiel, die draußen herrschte!

Auf einem rosenumrankten Tisch lagen kunterbunt allerlei kleine Skizzen von Kräutern und Blumen, Versteinerungen und Landschaften, Notenblätter und meine Traversflöte, mit der ich zuweilen zur Zerstreuung vor mich hin dilettiere. Doch der Graf von Dufour achtete des Durcheinanders gar nicht weiter. Ich hörte ihn einige nicht ungelenke Pfiffe auf dem Instrumente tun und sah ihn mit aufgehelltem, entschlossenem Gesicht wieder den Ort des Kochens betreten. ›Ich werde Sie einem einflussreichen Manne empfehlen, der an seinem jungen Hof die interessantesten Künstler, Literaten, Philosophen, Wissenschaftler und Architekten versammelt. Nichts Willkommeneres gibt es wohl für diesen als einen lesenden und musizierenden, gar philosophierenden Koch. Es ist öde in seiner nordischen Gegend, aber das Offene bietet auch Möglichkeiten. Sie werden wohl bald ein Billet erhalten, und dann müssen Sie sogleich packen und abfahren.‹

Der Graf hatte dies«, nahm Langustiers Erzählung ihren Fortgang, »mit einer seltsam herrschsüchtigen Bestimmtheit gesagt, weshalb ich es für einen Scherz hielt, vor allem, weil er nun kurios verkürzend wieder auf den Anlass seines Hierseins, das Essen zu sprechen kam.

›Doch nun lassen Sie uns das Karnickel probieren. Setzen Sie ruhig noch einige Exemplare an und laden mir ein paar französische Offiziers hinzu, mit denen es mir lieb wäre, mich zu unterhalten.‹

Ich schickte Marie hinüber ins Militärcafé, und sie hat mir später erzählt, wie sehr die dortigen Offiziere des Regiments Piemont sie zuerst auslachten und irgendein übles Spiel witterten, das ein frecher Kamerad mit ihnen treiben wollte, als sie schüchtern die Einladung überbrachte. Ein wildfremder Adeliger, der einheimische Offiziere an seine Tafel lädt – so etwas hatte es in Strasbourg seit Menschengedenken nicht gegeben. Sie kamen daher aus purer Neugier auf den heimlichen Witzbold und um ihm gehörig die Leviten zu lesen, zögernd in den ›Rabenhof‹ herüber, waren aber bass erstaunt über den Empfang, den ihnen der vermeintliche Graf dort in tadellosem Französisch bereitete.

Ein Willkommenstrunk und der unwiderstehliche Duft einer ganzen inzwischen garenden Kaninchenbrigade überredeten sie rasch, die Reserviertheit aufzugeben und sich am Tische des spendablen Herrn niederzulassen.

Der Gastgeber führte von da an das lebhafteste Wort. Des Zuprostens und genüsslichen Speisens war kein Ende. Ich setzte den Tafelnden noch eine Schokoladenmousse, Langues des chats und feinsten türkischen Mokka vor – mit einem Spritzer weißem Senf für den Präsess. Als die Offiziere anfingen, libertäre Lieder zu singen, stimmte der böhmische Graf lauthals mit ein, obwohl die Inhalte bald derber und zuletzt sehr anzüglich wurden.

Erst als er seinerseits begann, die französischen Militärsitten scherzhaft anzuprangern: Unpünktlichkeit, Liederlichkeit, laissez faire und laissez passer, drohte die Geschichte einen heiklen Verlauf zu nehmen. Die Offiziere verstummten, schauten ihn grimmig an, bis ihm fast einer an die Gurgel gesprungen wäre. Mit Mühe konnten meine Tochter und ich sie zu einem friedlichen Abgang bewegen; der Kaiserstühler Wein hat es eben in sich.«

Langustier wurde unterbrochen, da der Kutscher den Wagen zum Halten gebracht hatte und den Verschlag aufriss mit der gebellten Mitteilung, dass die Pferde ausgespannt und getränkt gehörten, den Gäulen hingen ja schon die Zungen heraus.

»Lassen Sie uns die Gelegenheit nutzen, meine Liebe«, sagte das Fräulein von Tetow zu ihrer Banknachbarin, dem Fräulein von Sonsfeld, »und Sr. Königlichen Majestät frisch installiertem Leibkoch das Bier der hiesigen Gegend zum Genießen geben.«

Langustier half den Damen aussteigen, wobei die türkischen Kleider Gefahr liefen, in Stücke zu gehen; schließlich hob er seine Tochter heraus und setzte sie auf den weichen märkischen Boden. Ein ansehnliches Gasthaus mit kleiner Kaffeeschänke nahe dem Weiler Treptow – von Einheimischen die ›Spreebudike‹ genannt – bot einladend ein paar solide Holzbänke im Freien dar. Die Sonne kam heraus, und mit einem Mal wurde es spätsommerlich warm, fast schwül.

Ein allgemeines Getuschel der dort am Ufer der behäbig

fließenden Spree versammelten bürgerlichen Gesellschaft hatte angehoben, als der korpulente Langustier mitsamt Tochter und den beiden Hofdamen aus der Prunkkutsche gestiegen war, sichtlich den Auftritt genießend. Der heranschwänzelnde Wirt, der zugleich Magistratsoberförster war, begrüßte die hohen Ankömmlinge mit vielerlei schlecht betonten, aber herzlich gemeinten, französischen Floskeln. Er brachte auf ihren Wunsch große Krüge ›Cöpenicker Moll-Bieres‹, Butterbrote mit kaltem Rindfleisch und Braunschweiger Wurst, danach Schokolade und Danziger Likör. Langustiers Erzählung klang wie folgt aus:

»Am nächsten Tag stießen zwei aus Kehl nachgereiste Personen zur Gesellschaft des sogenannten Herrn von Dufour: Da war einmal der italienische Schriftsteller Algarotti, der unter Fontenelles Einfluss eine komische Schrift ›Newtonianismus für das Frauenzimmer‹ geschrieben hatte, die in meiner Sammlung stand, und die ich – bitte mir dies zu verzeihen – für die allerbescheidenste Schrift halte, die je von einem menschlichen Wesen verfasst worden ist, weil hehre Gedanken eines wahrhaft großen Kopfes darin auf die dümmlichste Art bagatellisiert werden, was am wenigsten den Damen zur Ehre gereicht, denen sie zugedacht ist. Ich mühte mich daher, diesen Algarotti nicht sogleich meine Aversion spüren zu lassen, was mir einigermaßen gelang.

Die zweite Person hingegen, eingeführt als ein Graf Schaffgotsch, war schon nach wenigen Worten unschwer als der Bruder Sr. Königlichen Majestät, Prinz August Wilhelm, zu erkennen – nicht zuletzt, weil ihn der übersprudelnde Algarotti öffentlich so betitelte, was sowohl der Angeredete als auch der erwähnte Fredersdorff mit zornig hochgezogenen Brauen quittierten.

Bei der Besichtigung der Zitadelle und einem Rundgang durch die Stadt wurde der angebliche Graf Dufour nun gar mehrmals für den leibhaftigen König der Preußen gehalten, zuletzt beim Abstieg vom Münsterturme durch einen Mann, der ihn beschwor, seinen gewaltsam unter Friedrich Wilhelm angeworbenen und der Riesengarde einverleibten Sohn freizugeben, was er stante pede bewilligt haben soll, um weiteres Aufsehen zu vermeiden. Ein Trommler, der einige Zeit in Potsdam gestanden hatte und an diesem Morgen im Rabenhof eingekehrt war, wollte im Grafen bei dessen Rückkunft ebenfalls die inkarnierte preußische Majestät erkennen, wie er mir höchst erregt noch im gleichen Moment anvertraute.

Nun war meine Verwirrung vollkommen. Dufour schmunzelte, da ich nicht aufhören konnte ihn mit seiner vermeintlich gräflich-böhmischen Titulatur zu traktieren, wo doch bereits der Gouverneur des Elsass, Marschall de Broglie einen Abgesandten in den Rabenhof herübergeschickt hatte, um die ›Befehle des Königs‹ entgegenzunehmen. Was sollte ich nun glauben, so lange er sich nicht deutlich mir gegenüber erklärte?

Von einem Treffen mit dem Marschall am nächsten Morgen kehrten er und seine Begleiter sehr missvergnügt zurück. Sie ließen bald darauf zwei Mietkutschen vorfahren und waren schneller verschwunden, als man zusehen konnte. Dem eiligen Grafen, den plötzlich jedermann mit letzter Überzeugung für den König von Preußen hielt, fehlte die Zeit, mir zum Abschied mehr als ein Lächeln zu schenken. Eine Staubwolke blieb nebst reichlicher Bezahlung in Louisd'or von den geheimnisvollen Gästen zurück.

Inzwischen hatte das Gerücht von seiner höchsten Anwesenheit in Stadt und Land die Runde gemacht, und alle Welt kam in den ›Rabenhof‹, um sich die Geschichte des abendlichen Festes brühwarm von den Offiziers erzählen und sich dazu meine ›königlichen‹ Kaninchen und jede Menge ›königlichen‹ Kaiserstühler auftischen zu lassen. Ein paar Unwissende, die ihn noch immer für anwesend hielten, zündeten abends vor der Tür ein Freudenfeuer an und riefen sinn- und zwecklos stundenlang: ›Vive le roi de Prusse!‹

Erst das vornehmst eingesiegelte Billet, das ich eine Woche später aus Westfalen erhielt, zerstreute meine letzten Zweifel: Da war dann ebenso strikt wie schmeichelhaft zu lesen:

FR
Kommen Sie nach Berlin; man erwartet den Zweiten Hofküchenmeister & Seine laperaux dort mit Ungeduld! Frédéric.

Eine Woche später hatte ich meine Wirtschaft samt Inventar, Grund und Boden an meinen ehrbaren Konkurrenten vom ›Postillion‹, verpachtet, mein Bücherbündel geschnürt, mein Töchterchen gepackt und – voilà«, er machte eine Wald und Spree umfangende Geste, »jetzt liegt hier unsere ganze Zukunft, die eine geistreiche, fröhliche und sichere sein möge!«

Langustier tat auf diesen letzten Satz einen gewaltigen Schluck, mit dem der zweite Krug Klebebier bis auf den Grund geleert war. Die Damen applaudierten höflichst und prosteten dem erschöpften Erzähler artig zu. Als die Schokolade ausgetrunken war, drängten sie zur Weiterfahrt.

Bald nachdem sich das Gefährt wieder in Bewegung gesetzt hatte, kam schon auf freiem Felde Berlin in Sicht, von einer zierlichen Wand aus Stein und Holz eingefasst und gegen die breite, schilfgegürtete Spree leicht erhöht gelegen. Weit über ein Dutzend meist schlanke Kirchtürme reckten sich in den Himmel. Anstandslos passierte man das Wendische Tor und hatte auf der Cöpenickschen Straße wiederholt schöne Ausblicke auf die zahlreichen Windmühlen, deren Flügel sich eifrig drehten. Sowohl auf der anderen Flussseite in der Holländischen Windmühlenstraße standen sie als auch auf der sinnigerweise »Die Insel« genannten Insel. Durch Neu Cölln kam man nach Alt Cölln und durch eine breite Straße gleichen Namens schließlich vor das königliche Schloss, das die höchsten Bürgerhäuser in seiner Nachbarschaft noch einmal haushoch überragte. Wie eine kunstvoll mit Säulen, Pilastern, Gesimsen und steinernen Bordüren verzierte Felswand wirkte seine Front. Aus Spaß am Vorführen und Zeigen ließen die Damen den viel geplagten Kutscher zur Umfahrung des Schlosses auf die Berliner Seite der Spree hinüberwechseln. Die Kutsche bewegte sich nach rechts über die ›Lange Brücke‹, vor der eine Reihe kleiner Schildwachenhäuschen Aufstellung bezogen hatte. Nun konnte Langustier mit dem Großen Kurfürsten einen Blick tauschen, der – erhaben zu Pferde spreeabwärts reitend – die quer Vorbeifahrenden taxierte.

Diesem Monarchen, an dem alles groß war, selbst das Herz, hatten die ersten französischen Zuwanderer, die Reformierten, Refugiés oder Hugenotten ihre wohlwollende Tolerierung zu danken. Leicht trunken grüßte Langustier launig durchs Kutschfenster mit seinem Dreispitz zu dem eisernen Reiter hinauf, doch wurde sein Gruß kurioserweise von einigen am Denkmalsfuß gelehnten, äußerst freizügig kostümierten Damen ausgiebigst erwidert. Schmatzende Küsse warfen sie dem Verdutzten im Vorüberfahren zu, nebst unverständlichen Bemerkungen, die dem begleitenden Lachen nach zu urteilen, von einiger Unverschämtheit gewesen sein dürften.

Doch dem Begrüßten blieb keine Zeit, nachdenkend bei diesen Damen zu verweilen, denn schon kam man, am Ende der Burgstraße, wo im Joachimsthalschen Gymnasium die Schüler gequält wurden, wieder die Spree überquerend, erneut vor das Schloss, nämlich auf den Paradeplatz am königlichen Lustgarten. Langustier konnte nicht begreifen, dass der König im auswärtig gelegenen Charlottenburg residierte und diesen Paradebau in seiner Hauptstadt unbeseelt verschmachten ließ, der sicher mehrere ausgezeichnet bestückte Küchen umschloss.

Höchst fremdartig stahl sich dem Elsässer nun auf einmal

die ›Schlossfreiheit‹ in den Blick, deren schmale Häuser auf einem Ufergrat zur Spree hin wie eine Reihe Hühner auf der Stange hockten. Angesichts dieses drolligen Widerspiels zur adeligen Schlossmauer musste Langustier hell auflachen, was einen der gelangweilten Wachposten am Schloss veranlasste, drohend seine Pike zu senken. Die Berline rollte jedoch rasch und unverdrossen über die verödeten Kopfsteine und die hölzerne Hundebrücke mit ihrer Zugmechanik in die nunmehr sich ausbreitende Einöde des Zentrums, dessen Umgestaltung erst ihren Anfang genommen hatte.

Eine Art Dorfstraße mit niedrigen, unregelmäßigen Häuschen und Lindenbäumchen in mehreren Reihen rauschte vorüber, denn man fuhr, dem sprechenden Straßennamen gemäß ›Unter den Linden‹ dahin. Übers tatsächlich quadratische ›Quarré‹ ging es einem eher unscheinbaren Durchlass oder steinernen Tore entgegen. Dies zweckdienliche, die Kontrolle der passierenden Gefährte und Personen durch seinen Nadelöhrcharakter trefflich unterstützende Gebäude hatte immerhin den Adelszusatz ›de Brandenbourg‹ verliehen bekommen. Schon mahlten die Räder der Berline den tiefen Sand der Allee, die unterm dichten Laubwerk des ausgedehnten königlichen Tiergartens verschwand – einer sumpfigen Wildnis, die im Sommer einen süßlich-verwesenden Duft ausströmte und Myriaden von Stechmücken auf die Hauptstadt losließ.

Die Damen wollten es sich nicht nehmen lassen, den weiten Umweg einzuschlagen, um ihre erschöpften Schützlinge sicher am Ziele angelangt zu wissen. Der Himmel verdüsterte sich zunehmend, und ein ebenso fürchterliches wie zum Glück kurzes Gewitter brach über die Reisenden herein. Laut schlug der Regen aufs Kutschdach und ertränkte sogar die Flüche des Kutschers, dessen Peitschenschwünge nun eher den Charakter von Ruderbewegungen annahmen. Ein Stern aus einmündenden Alleen wurde durchschwommen, als das Gewitter sich auch schon wieder verabschiedete. Ganz deutlich, bevor das Cöpenicker Bier ihn doch zu guter Letzt noch einnicken ließ, waren für Langustier zwei Pistolenschüsse im vorabendlichen, hier nun üppigst verholzten Park zu hören. Durch die klare, vom Staub des Tages gereinigte Luft erschienen überhaupt alle Geräusche, vor allem die Lautäußerungen der Natur, nun wie verstärkt. Ein Schwarm Erlenzeisige erhob sich in der Nähe mit erschrecktem Gezwitscher, was Langustier aber nicht sonderlich im bierseligen Dösen störte. Die Damen fabulierten unterdessen von Fasanen, Kasuaren und anderem exotischen Geflügel, das der Hofjägermeister von Schlieben in der nahen Fasanerie kultiviere und schieße, doch Langustiers feines Ohr kannte den Unterschied zwischen einer Jagdflinte und einer Pistole gut genug, um in diesem Punkte seine eigene Meinung zu haben und bei sich zu behalten.

Mit dem letzten Büchsenlicht kam der Wagen in dem kleinen, unter Friedrich I. auf dem Reißbrette entworfenen Städtchen Charlottenburg zum Stehen. Das aparte Schloss leuchtete verheißungsvoll nahebei in schwachem Fackellicht am Ende einer prächtigen, effektvoll mit weit vorgesetzten Torbauten abgeschlossenen Straße, während sich eine letzte Abendröte am Himmel zeigte. Trotz der späten Stunde waren unerhört viele Menschen unterwegs. Man sah die verschiedensten Uniformen und Trachten. Noch auf den Vorplatz des Schlosses hatten sich kleine palavernde Grüppchen gelagert.

Langustier entschied, die Nacht über in einem Gasthof zu logieren, um seinem König am Morgen frisch restauriert zu begegnen. Der Kutscher lud im Gedränge die beiden Kofferkisten ab und empfing mit verstockter Dankbarkeit ein überaus fürstliches Salär. Knirschend vollführte die königliche Berline eine enge Kehrtwende und kam wieder in entgegengesetzte Fahrt. Ins Schlösschen Monbijou hatte es zunächst retour zu gehen, dann wieder hinaus bis Schönhausen an der Panke. Herzhaft knurrte der Wagenlenker zum Knallen der Peitsche. Die Damen winkten zum Abschied mit Tüchlein aus beiden Fenstern, wurden aber schnell von der wallenden Menge verschluckt. Die Zurückbleibenden nutzten die Dienste sich anbietender Träger, um auf Quartiersuche zu gehen.

III

Trotz des einfachen Strohlagers hatte Honoré Langustier wie ein Toter geschlafen und fühlte sich erholt, fast frisch. Vor dem Fensterloch des winzigen Verschlages hoch droben unterm Dachfirst des ›Blauen Bären‹ – den der verruchteste französische Wirt niemandem zum Logieren angeboten hätte – zeigte sich unerwartet eine herrliche Aussicht. Das Haus lag fast am südöstlichen Rand und bot einen schönen Überblick über die niedrigeren Häuser drumherum zu Schloss und Tiergarten hin. Langustier streckte den Kopf durch die Öffnung hinaus und hatte sogleich das helle Gemäuer des königlichen Schlosses mit der goldenen Fortuna auf der Turmkuppel im Blick. Die gegen Abend sich anschließende Orangerie war noch im Ansatz zu erahnen, doch Langustiers Rücken schmerzte zu sehr, weshalb er den Hals etwas einzog und sich lieber an dem sichtbaren Zipfel des barocken Lustgartens erquickte, den der berühmte Pariser Gärtner Goudeau nach Rissen des noch berühmteren le Nôtre angelegt hatte. Durch die Hecken schimmerte ein Teich mit etlichen lustig darauf schaukelnden Gondeln.

Entspannt ließ Langustier die Augen über den Spreebogen wandern und blickte schließlich geradeaus auf Wiesen, Felder und den Horizont bildenden Wald. Irgendwo dahinter lag das gestern eilig durchmessene Berlin verborgen.

Alle Charlottenburger Gasthöfe, sogar die Schenken,

waren mit Fremden jeden Standes überfüllt, so dass Langustier nur mit dem pointiert eingesetzten Hinweis auf seine künftige Stellung bei Hofe dieses jämmerliche Nachtquartier hatte erkämpfen können. Das früher so verschlafene und neben Berlin unbedeutende Städtchen glich einem aus den Fugen geratenen Jahrmarkt voller durchziehender Kavaliere und Offiziere. Fahrende Gewerbetreibende, vor allem Hugenotten, ersetzten derweil mit gutem Gewinn das am Ort fehlende Handwerk.

Unaufhaltsam strömten und schwärmten die Menschen herbei. Ein Siebtel der Bevölkerung war im Sommer von den Pocken dahingerafft worden, doch in Charlottenburg hatte das keine spürbaren Folgen gezeitigt. Mittags über den Schlossplatz zu gehen, war unmöglich, ohne ernsthaft in Bedrängnis zu geraten. Zeigte sich dann und wann der König, nahmen Jubel und Vivatgeschrei kein Ende. Der Baron von Keyserling, königlicher Adjutant und Kabinettssekretär, tat nichts anderes, als Billette und Briefe in Empfang zu nehmen und zu beantworten, wozu ihm kaum fünfzig rastlose Schreibkräfte notdürftig genügten.

Friedrichs Regierungsantritt verhieß den unter seinem Vater drangsalierten und gebeutelten Menschen ein neues, goldenes Zeitalter. Daher wollten ihn alle sehen, alle ihm nahe sein in diesen ersten Monaten. Längere Zeit war er auf Fahrt gewesen, hatte Huldigungen über sich ergehen lassen und gar inkognito eine abenteuerliche Reise ins Elsass unternommen, von der man sich lachend als von einem tollen Streich erzählte. Am vergangenen Mittwoch, dem 28. September, hatte die Residenz ihn nun endlich wieder gesund zurückerhalten, und schon das allein galt es zu feiern. Die Worte, die er am Tage seiner Rückkunft zu den Offizieren der beiden neu eingerichteten Regimenter gesprochen hatte, machten verheißungsvoll die Runde unter den Edelleuten und fremden Soldaten, die in seine Dienste zu treten suchten:

»Messieurs, führen Sie sich rechtschaffen auf, ich werde für einen jeden sorgen.«

Der König hatte es dabei vehement abgelehnt, sich von seinen neuen Untergebenen nach alter Adelssitte den Rock küssen zu lassen.

Die Charlottenburger Gastwirte kämpften einen schier aussichtslosen Kampf gegen die Leere in Küche und Keller. Nach zwei Missernten herrschte bitterste Not bei den einfachen Leuten. Eine nie dagewesene Teuerung machte Brot, Butter, Eier, Hirse oder Graupen so gut wie unerschwinglich. Und die Preise stiegen unaufhörlich weiter. Schlechte und unsichere Transportwege kamen erschwerend hinzu. Die in der Nacht unbeleuchtete Straße nach Berlin lieferte den idealen Ort für Raubüberfälle.

Die Schlossküche hingegen erhielt nicht nur Fleisch, Brot, Milch, Mehl, Flussfisch und frisches Gemüse auf dem Spreeweg in gesicherten Booten, sondern wurde auch durch eine eigens beauftragte Hamburger Firma mit feinsten Delikatessen wie Trüffeln, englischem Käse, Räucherfleisch, Austern, eisgekühltem Seefisch oder Hummer beliefert, die alle paar Tage in streng bewachten Transportwagen ankamen. Der königliche Geheime Kämmerer und Oberschatullenverwalter Michael Gabriel Fredersdorff bewältigte die Organisation der hochherrschaftlichen Genussmittelversorgung spielend neben seinen sonstigen Aufgaben. Freilich standen ihm ganz andere Druckmittel und Hilfskräfte zur Verfügung als jedem normalen Wirt.

Vorsichtig, um die noch auf dem Stroh schlafende Tochter nicht zu wecken, stahl sich Langustier aus der Kammer und stieg hinunter in die Wirtsstube. Vorsorglich hatte er einen kleinen Proviantbeutel mitgenommen, um seine gewohnte Frühstückszeremonie nicht entbehren zu müssen. Die Wirtsleute, die schon längst mit ihren schmalen Küchenvorbereitungen zugange waren, schauten erst verwundert, ließen sich dann jedoch rasch überreden, etwas Kaffee mit ihm einzunehmen. Als er überdies noch eine geräucherte Mettwurst, einen Laib Brot und eine Kugel holländische Butter aus dem Leinensäckchen zutage förderte, hellten sich ihre Mienen vollends auf.

»So ein Festmahl an einem so traurigen Tag«, seufzte die Bärenwirtin zu ihrem Manne hin.

»Weshalb traurig?«, fragte Langustier, der als Elsässer dem deutschen Idiom relativ gut folgen konnte, wenngleich ihm die örtlichen Verballhornungen desselben nicht immer auf Anhieb erklärlich waren.

»Na, gestern Abend haben die Jäger im Tiergarten, da wo es zur Fasanerie hingeht, einen von den hohen Adjutanten hingestreckt gefunden. Zwei von ihnen, die spät hier einkehrten, haben es erzählt.«

»Denken Se sich man bloß«, ergänzte der Wirt vielsagend, während seine Gattin vervollständigte:

»Mitten mang ins lebendige Herz ist der arme Mensch getroffen worden!«

»Ein Unglück – eine verirrte Flintenkugel«, konstatierte der Wirt.

Langustier indes war sehr ernst geworden und schüttelte bedächtig den Kopf. Zwei Schüsse tönten in seiner Erinnerung. Das Geschaukel der Berline war wieder da und der fluchende Kutscher, der sich bemühte, die scheuenden Rappen im Zaum zu halten. Das Fräulein von Sonsfeld mit dem hohen, vom Bier entfesselten Stimmchen hatte gerade noch vernehmlich etwas von Fasanerie und von Kasuaren gepiepst – was immer für Viecher das sein mochten. A propos: Singvögel, Zeisige, waren zu hören gewesen! Langustier ließ die Szene vor seinem inneren Ohr wieder aufleben.

»Das glaube ich nicht«, erlaubte er sich nach sorgfältiger Überlegung zu bemerken.

»Ich habe, da bin ich sicher, in der Kutsche beim zufälligen Vorbeifahren in jenem Wald zwei Schuss gehört: Das war kein Schießgewehr, sondern eine Pistole. Ich denke, es ist absichtlich geschossen worden. Mit einer Pistole im Duell.«

Der Wirt hob beide Hände wie zur Abwehr und berlinerte vor Schreck:

»Det muss ick unjelogen sein lassen!«

Mit diesem für Langustier sibyllinisch bleibenden Urteil verfiel man in Schweigen, was aber dem Genuss von Kaffee und Wurstbroten keinerlei Abbruch tat. Wirt und Wirtin bedachten bei sich die Konsequenzen der Langustierschen Vermutung. Dieser jedoch fieberte vorerst nur dem Wiedersehen mit seinem böhmischen Grafen entgegen, wovor alles Übrige in die Bedeutungslosigkeit zurücktrat. Er versuchte, sich das bevorstehende Treffen auszumalen, was ihm aber nicht gelang.

Gegen sechs Uhr verließ er den ›Blauen Bären‹ und ging geradewegs auf das Schloss zu. Mehr noch als am Vorabend empfand er jetzt die für hiesige Verhältnisse beeindruckenden Dimensionen des Gebäudes, bemängelte freilich bei sich, dass die Symmetrie nur im mittleren Teil vollständig war und dem länglichen Baukörper zur Linken eine Entsprechung auf der rechten Seite völlig fehlte.

Der zweite König Friedrich in Preußen hatte sich an diesem dritten Oktober 1740, einem Montag, wie gewöhnlich um vier Uhr von seinem Kammerdiener Wilsnack reichlich unsanft wecken lassen. Dies geschah mit Hilfe eines nassen Taschentuches, das ihm der Serviteur aufs Gesicht legte, woraufhin der Monarch unter Ausstoßen eines gurgelnden Lautes in die raue Wirklichkeit des Schlosslebens zurückfand.

Die herbstliche Morgenkälte war in den riesigen Innenräumen kaum zu ertragen. Kammerlakaien hatten schon eine halbe Stunde zuvor auf Zehenspitzen und mit allerhöchster Behutsamkeit das Feuer im Kamin entzündet, aber die Wärme stieg sofort in unerreichbare Deckenhöhen auf.

Auch war bei dieser Gelegenheit der Nachtstuhl geleert und für den Tag versteckt worden.

Hinter einem Wandschirm mit chinesisch bemaltem Tuch ruhte auf einem einfachen Feldbett mit dünner Matratze noch immer der König. Selbst seine Vorbilder, die Kaiser Marc Aurel und Julian hatten nicht stoischer genächtigt. Vom Knacken der Scheite angetrieben, setzte sich der König jetzt aufrecht, legte sich die schwarzen Samthosen und seine langen Stiefel an und benetzte sich aus einer dargereichten Wasserschüssel eilig das Gesicht. Einen Spülabort suchte man im Schloss vergeblich, denn es gab keine Wasserleitung. Aus diesem Grund entfiel ein Bad oder eine simple Waschung des ganzen Körpers.

Widerstrebend ließen sich Se. königliche Majestät vom Kammerdiener rasieren, während ihm ein Lakai den Zopf flocht und ihn anschließend puderte. Ein kurzer Rock, hellblau mit Casaquin, wurde übergezogen. Der König entspannte sich und rief laut:

»Ici!«

Auf dieses Zeichen hin betrat ein weiterer Haiducke mit einer Papiermappe den Raum. Darin befanden sich, vom Generaladjutanten und Kabinettssekretär Baron von Keyserling eingesiegelt, die von Feldjägern nachts aus Berlin und Potsdam gebrachten Briefe adeliger Absender. Etwaige Schreiben von Personen niederen Standes waren in Regesten beigegeben. Normalerweise hätten Se. Königliche Majestät diese Briefe nun gelesen oder sich daraus vorlesen lassen und anschließend einige Leutnants, Kadetten, Pagen zum vertraulichen Kaffee gebeten. Einem unter ihnen hätte der König dann eventuell ein Spitzentüchlein zugeworfen, um ihm ein viertelstündiges privates Tête-à-tête zu gewähren. Doch er konnte sich an diesem Morgen weder auf die Lektüre konzentrieren, noch war ihm nach Zerstreuung zumute.

Etwas Ungeheuerliches hatte sich am vergangenen Abend zugetragen und ihm weite Teile des nötigen Schlafes geraubt. Dass es gerade diesen jungen, forschen, ihm so angenehmen und wichtigen Falckenberg hatte ereilen müssen! Seine Planungen kamen durcheinander; mühsam Angesponnenes zerfaserte in Windeseile wieder, Hoffnungen schwankten, Aufgaben mussten neu verteilt werden.

Er bezwang sich, um keine Gefühlsregung zu zeigen. Seit seinem achtzehnten Jahr, als der Vater ihm den Freund genommen, war er an das eine Gefühl gewöhnt, das den Menschen kalt und kühn werden lässt: allein zu sein und vor einem Abgrund zu stehen.

Es war sein Schicksal, Freunde ebenso rasch zu gewinnen wie zu verlieren. An Falckenberg hatte es sich wieder einmal erfüllt. In mancherlei Hinsicht war er sein Gegenstück gewesen – sicher ein Grund für die unbeschwerte Zuneigung, die beide für einander empfunden hatten. Falckenberg hatte weniger Erfahrung mit gelehrten Materien, dagegen mehr, was Pferde und Liebesdinge betraf. Und war doch bei aller Freizügigkeit ein Musterbeispiel an Loyalität und Verschwiegenheit. Trotz aller wohl dosierten Zügellosigkeit hatte er sich auf eine unnachahmliche Art im Zaum, wenn es darauf ankam, und er, Friedrich, der sich in eben dieser Haltung zu perfektionieren suchte, die zwar oft an papiernen Helden, aber selten an einem wirklichen Menschen zu finden war, hatte sich an ihm ein lebendes Beispiel zu nehmen versucht.

Einer Perfektionierung in Liebesangelegenheiten war der König indessen nicht länger bedürftig, seit er in kronprinzlicher Zeit die Kelche der libertinage bis auf den bitteren Grund geleert und ihm der feucht-schleimige Merkurius, das Quecksilber, den mons veneris seit seinem sechzehnten Jahr für alle Zeiten verschlossen hatte. Rasch war sein Verlangen versiegt und Freundschaft noch alles, was er zu geben vermochte. Da nun dies der Damenwelt selten genügte, sondern sie ennuyieren musste, hatte er alle Weiblichkeit tunlichst aus seinem näheren Umkreis verbannt.

Se. Königliche Majestät entkamen den unmittelbaren Folgen des besagten Vorfalles im Tiergarten nicht. Was konnte bloß dahinter stecken? Waren es private Händel, in die sich Falckenberg verstrickt hatte, waren es Schulden, die ihn drückten und zum Äußersten trieben? Nein, das wäre ja absurd, deswegen Hand an sich zu legen. Er hätte mit ihm darüber gesprochen, ihm sein Herz ausgeschüttet.

Sämtliche, nun ja, ›verbliebenen‹ General- und Flügeladjutanten warteten schon einige Zeit im Audienzzimmer auf ihn, den König. Rasch übersah er die im Umschlag noch enthaltene Liste der in Charlottenburg neu eingetroffenen Fremden, die von einem Meldeoffizier abends anhand der Eintragungen der Wirtsleute angefertigt worden war. Sein Ausdruck hellte sich kurz auf, als er den Eintrag »Honoré Langustier, Strasbourg« auf dem Blatte las. Sofort jedoch umwölkte sich seine Miene wieder, und er legte das Papier achtlos zur Seite.

»Alors!«

Vier Lakaien, die bereits Aufstellung bezogen hatten, bahnten Sr. Königlichen Majestät mit raschem Türöffnen den Weg durch ein Zwischenkabinett ins Chambre d'audience, wo ihn die Generaladjutanten von Borcke, von Podewils, von Stille, Graf von Wartensleben, Baron von Hacke, Baron von Keyserling sowie die Flügeladjutanten von Buddenbrock, von Münchow und von Winterfeldt militärisch knapp begrüßten. Hier wurden zur Erfrischung Kaffee, gebutterte Brotkanten mit Zucker und Schokolade sowie frisches Obst gereicht. Se. Königliche Majestät löffelten sich weißen Senf in den Kaffee und tranken krügeweise Pyrmonter Brunnen hinterher.

Für die Pagen und Lakaien, Hofjäger und Läufer hatte der Alltag schon weit vor Tagesanbruch begonnen. Das Schloss war schnellstmöglich für die Audienzen des Vormittags vorzubereiten. Nicht zuletzt war an die Bequemlichkeit der Gäste des Königs zu denken.

Als Langustier die Küche am Ende des rechten Seitenflügels betrat, nachdem er die Wache von seiner künftigen Funktion unterrichtet und um eine Unterredung mit dem Ersten Hofküchenmeister gebeten hatte, stellten die Küchenjungen bereits die angesetzten Fonds für Saucen und Suppen zur Seite. Der Eindringling wurde unwirsch begrüßt, da man einen müßiggehenden Gast des Königs in ihm vermutete und sich ungern am Morgen schon stören ließ.

Als jedoch das Missverständnis ausgeräumt war, blühte der amtierende Küchenchef Eckert förmlich auf in lauter Lobreden auf die französische Kochkunst und führte seinen künftigen Kollegen mit höfischen Gesten durch die drei Küchenräume, die für ein so stattliches Haus keineswegs großzügig bemessen waren. Langustier kam jedoch nicht umhin, den gemauerten Holzkohleherden mit versenkten Töpfen nach Leutmanns System, den zahlreichen Sautierpfannen und der venezianischen Destillierblase in der kleinen Confiturierie unumwundenes Lob zu zollen. Die Köche, darunter mehrere Franzosen, Italiener, Engländer und Russen, machten einen sauberen Eindruck und hatten trotz der frühen Stunde keine verhärmten und verschlafenen Gesichter.

Dem Herrn Eckert allerdings schien am Ende seiner Einführung doch eine Laus über die Leber zu laufen. Er druckste herum, als Langustier ihn ausholen wollte und kam erst auf wiederholtes Drängen mit der Wahrheit heraus. Er habe es verabsäumt, den Speiseplan rechtzeitig dem Kabinettssekretär weiterzureichen, der ihn für gewöhnlich morgens dem König zur Kontrolle vorlege. Gestern abend habe es eine ziemliche Aufregung gegeben wegen eines tödlichen Unfalles mit einem der Adjutanten, und da sei ihm der Fauxpas unterlaufen. Er schien untröstlich deswegen, doch Langustier erbot sich sogleich, dieses Versäumnis aus der Welt zu schaffen. Eigenhändig werde er die Speisenliste dem König präsentieren, da er sich diesem noch binnen Stundenfrist als diensteifriger Ankömmling vorzustellen gedenke. Hierüber war Eckert nun überaus glücklich und beruhigte sich wieder. Sie schieden in bestem Einvernehmen mit der Verabredung, später am Vormittag die Vorratshaltung zu inspizieren und das pünktlich um 12 Uhr zu servierende Mittagsmahl gemeinsam auf den Weg zu bringen.

Langustier, den gerollten Speiseplan wie einen Marschallstab unter dem rechten Arm, verließ den Küchenflügel und steuerte die Wache vor dem Hauptportal an. Diese geleitete ihn zum Vorzimmer des Kabinettssekretärs, wo man ihn höflichst bat, sich einen Augenblick zu gedulden, da Baron von Keyserling gerade in wichtiger Angelegenheit bei Sr. Königlichen Majestät weile. Er überflog den Speiseplan – Bouillabaisse avec Aiglefin et Rouget, Krustaten mit Lobster, dazu Mirepoix, Macairetartuffeln und Nantuasauce, Mignons et Émincé vom Charolais mit Profiteroles aus Steinpilzen sowie Friandises zum Abschluss – und formulierte im Geiste einige Anmerkungen, die er bei seinem Obersten Dienstherrn über die Kücheneinrichtung zu machen gedachte, als der Kabinettssekretär bereits erschien, mehr als aufgelöst, und ihn, kaum dass er sich's recht versah, ins Audienzzimmer führte.

Es sei Eile geboten, ließ Keyserling ihn wissen, der Tagesablauf sei ohnehin durcheinander, da gelte es nicht zu säumen, da müsse das gleich mit abgemacht werden. Der Kabinettssekretär verschwand in der Antichambre und schloss die Tür hinter sich. Langustier blieb allein im prächtigen Empfangssaal zurück. Mochten dies für gewöhnlich weite, luftige, sparsam möblierte Räumlichkeien sein, überflüssigerweise mit grimmigen Pikenträgern bestückt, die nichts als sich selbst bewachen, Salons ohne Erfrischungen zumal – hier war es anders. Keine Wache, keine Leere, sondern trödelstubenhafte Fülle. Bauchige Vasen aus China-Porzellan machten jede Bewegung Langustiers zu einem Wagnis. Eine Schale mit Obst lud zum Zugreifen ein.

Langustier schnappte sich einen saftigen Gravensteiner Apfel und sah sich um. Sein Blick fiel auf eine Landkarte mit allerlei projektierten Wegen, Heckenlabyrinthen, Tempeln und Rabatten, die auf einem langen Tisch ausgebreitet lag. Angetan von dem farbenfrohen Plane vertiefte er sich in die Legende und besah sich mehrmals und besonders genau eine bestimmte Stelle der feinen Zeichnung, bevor sein Interesse augenscheinlich wieder erlosch. Er wollte gerade damit beginnen, die übrige Pracht dieses Raumes ausgiebig zu bewundern, als die rote Seidentapete des Raumes in Bewegung geriet. Durch eine Wandtür erschien der König.

Jegliches Hofzeremoniell in diesem denkwürdigen Augenblick missachtend, neigte Langustier den Kopf, ergriff die rechte Hand seines in etwa gleichgroßen, doch um die Hälfte schmaleren Gegenübers und drückte sie innig. Se. Königliche Majestät lachten herzlich über diese elsässische Ungezwungenheit und deuteten eine Umarmung an, die jedoch nicht ganz zum Ziel kam. Schon waren wieder drei Schritte Distanz hergestellt.

»Ich freue mich, dass Sie es gewagt haben herzukommen. Sie haben gewohntes Terrain verlassen für ein nordisches Abenteuer – hoffentlich enttäuscht Sie unser Land nicht.«

Langustier bemühte sich abzuwiegeln:

»Wo Sie sind, Sire, da kann es keine Abenteuer geben. Da ist nur Sicherheit!«

Erst als er es gesagt hatte, schoss ihm die Pistolengeschichte in den Kopf. Der König schwieg betreten. Aber er fasste sich schnell und bemerkte:

»Leider ist dem nicht so. Gestern gab es einen Fall, der Sie widerlegt.«

»Verzeihung, Sire«, bemerkte Lagustier. »Ich habe bereits davon reden hören. In der Stadt wird von einem Unfall erzählt. Es muss wohl gestern am frühen Abend geschehen sein, als ich gerade mit meiner Tochter die Anfahrt durch den Parc de Berlin nahm, kurz vor Sonnenuntergang.«

»Wie kommen Sie darauf? Von der Zeit ist nichts verlautet.«

»Wenn mich mein Verstand nicht täuscht, Sire, habe ich den betreffenden Schuss mit eigenen Ohren gehört. Meine liebenswürdigen Begleiterinnen könnten nichts anderes behaupten. Ich habe indes nicht einen Schuss, sondern deren zwei gehört.«

»Die Zeit mag stimmen, doch wer sagt Euch, dass der Ort passt? Und was soll das heißen, zwei Schüsse?«

Des Königs Interesse wuchs. Er freute sich mit einem Mal wieder, diesen Elsässer zu sich gerufen zu haben. Seine ungezwungene, direkte Art erfrischte ihn. In Strasbourg waren ihm die musischen, philosophischen und kulinarischen Stärken des Mannes aufgefallen. Doch nun schienen sich noch weitere Qualitäten zeigen zu wollen. Im Übrigen liebte er die versteckten Begabungen an den Menschen und machte sie sich gerne nützlich, wo er konnte. Es galt, so fand er, wenn man in der Politik erfolgreich sein wollte, um jeden Preis Personen zu gewinnen, die imstande waren, Nachrichten aus erster Quelle zu beschaffen oder andere, über deren Diensteifer man nicht mehr die letzte Sicherheit besaß, ohne Aufsehen und viel Aufwand zu überwachen.

»Ich habe mich zuvor erdreistet, Sire, bevor Sie durch die Wand kamen, den dort auf dem Tische liegenden Plan zu studieren. Er zeigt den Wald, durch den ich gestern gefahren wurde. Eigentlich zeigt er ja das, was aus diesem Wald einmal werden soll, wenn er durch die Entwurfsmaschine Eures Gartenarchitekten gedreht ist…«

(der König schmunzelte)

»…doch er zeigt gewisse Partien, in denen die Bäume weiterhin bequem stehen dürfen, und die hier als ›Boissage irregulier‹ eingetragen sind.«

Der König nickte zögernd, zustimmend.

»Ich habe einen Stern von Alleen bemerkt, danach ging ein schrecklicher Regen nieder, sodann hörte ich in einiger

Distanz zwei Schüsse, einen Zeisigschwarm auffliegen und schließlich, wiederum etliche Sekunden weiter, fuhren wir über eine kleine Steinbrücke. Hier auf dem Plane, Sire, erkenne ich nun nicht nur den ›Großen Stern‹ und die Brücke wieder, sondern auch den Erlenwald, in dem sich bekanntlich die quirligen Vögelchen gern aufhalten. Sie müssen, Sire, meine Kombinationslust verzeihen, doch haben mich derlei Dinge schon immer zu Überlegungen gereizt. Kurzum: Zwischen Brücke und Stern, wo die Vögel aufflogen und wo hier auf der Karte die Erle als natürliche Baumart eingezeichnet ist, hörten meine Begleiterinnen und ich das Schießen. Es waren, wenn ich mir dies noch erlauben darf anzumerken, keineswegs die Schüsse zweier Jagdflinten, sondern solche von Pistolen!«

Für den Moment war Ruhe. Langustier bangte innerlich. Doch das königliche Gesicht war aufgeheitert.

»Perfectement Monsieur! Sie erstaunen mich wieder.«

Genau im fraglichen Areal hatten zwei Hofjäger den toten Falckenberg gefunden. Da sie zuvor keine Schüsse auf etwaiges Wild abgegeben hatten und nach ihren Angaben dort keine weiteren Jäger unterwegs gewesen waren, bekam Langustiers akkustische Beobachtung, an deren Treffsicherheit der König keinen Zweifel hegte, ungemeine Bedeutung.

»Doch nun verraten Sie mir noch, was Sie zu dieser diffizilen Unterscheidung der Waffen befähigt?«

»Nun, Sire…«,

(Langustier wand sich etwas)

»…einst war ich gezwungen, der Sekundant meines hitzigen Vaters zu sein, als er sich wegen eines verschmorten Gänsebratens mit seinem zweiten Küchenchef duellierte. Es ging glimpflich ab. Er schoss daneben und der andere in die Luft.«

Der König überlegte, was wohl geschehen würde, wenn er diesen Langustier, dem es weder an Unerschrockenheit noch an der Fähigkeit zu brillantem Räsonnement mangelte, sich ein bisschen in der unleidlichen Forstgeschichte umtun ließe? Seine Adjutanten waren in heillose Verwirrung gesetzt und das konnte er momentan ganz und gar nicht brauchen. Es wäre gut und beruhigend, neben dem viel beanspruchten Polizeioberinspekteur Jordan einen ausgeruhten, unbefangenen Beobachter und scharfsinnigen Tranchierer an der Sache zu wissen.

»Lassen Sie mich Ihre Kombinationsgabe auf die Probe stellen, Monsieur. Finden Sie mir den vermeintlichen Attaquanten! Sie werden ein General-Permiss erhalten, dass Sie alles in Ruhe und erlaubtermaßen ausforschen können.«

Langustier runzelte die Stirn bei dem Wort »Permiss« und der König variierte:

»Carte blanche, Monsieur! Möchte indes noch nicht wetten, ob Sie Recht behalten. Meine Polizei wird es als eine willkommene Hilfe empfinden, wenn ihr ein Mann zur Seite steht, der die Klinge des Verstandes ebenso behände führt wie das Filiermesser. Ich weiß ja von Ihnen, Monsieur, dass Ihr Küchenhandwerk Sie keineswegs ausfüllt – so trefflich Sie es auch verstehen und verrichten mögen. Ich reise heute nach Potsdam. Bekochen Sie meinen Baumeister Knobelsdorff ordentlich. Er ist ausreichend mit Aufträgen versehen und daher jeder Stärkung bedürftig. Ab morgen wird er hier regieren und es tüchtig lärmen lassen, wie ich ihn kenne.«

Der König entließ seinen frisch gebackenen Zweiten Hofküchenmeister mit Wohlwollen, nicht ohne sich vorher noch die Speisenliste aushändigen zu lassen, die Langustier gerollt unterm Arm trug. Die Tapetentür schloss sich.

Langustier schwindelte. Was hatte er sich da für eine Suppe eingebrockt! Wie verändert war ihm dieser König erschienen. War das nun seine wahre Gestalt? Keine flötenhafte Leichtigkeit, kein Palaver, kein Voltaire – aber quälende Fragen, kleine stechende Examina; Landkarten und Baupläne statt Notenblätter auf dem Tisch.

Mühsam fand er den Weg ins Freie, wo ihn keineswegs

frische Luft, sondern der Gestank dreier ungewaschener Kamele empfing. Major von Spiegel führte die kuriosen Tiere im Schlosshof herum. Sie trugen bunte Zelte und waren ein Geschenk des Obersten der Husaren an den König, der sich denn auch kurz an einem Fenster zeigte. Die Zuschauer brachen in Jubel aus. Langustier drückte sich durch die zäh wogende Menge und verschwand aufseufzend in der Tür zum Küchenflügel.

Der Erste Hofküchenmeister Eckert erwartete noch immer einen Verweis Sr. Königlichen Majestät wegen des vergessenen Speisezettels. Doch Langustier konnte ihn rasch beruhigen. Geschwind eilte man zur Inspektion durch Küche und Keller. Ein italienischer und ein russischer Koch schätzten sich glücklich, in den folgenden Wochen dem Zweiten Hofküchenmeister zur Hand gehen zu dürfen. Die Mittagsstunde rückte näher, und Langustier stürzte sich mit Wonne auf die schon so lange entbehrten Handgriffe. Es waren freilich nur kleine Verzierungen, die diese gut eingespielte Truppe von Küchenkünstlern ihm momentan zu tun übrigließ. Pünktlich wurde aufgetragen, und die spärlichen Reste ließen später keinen Zweifel daran, dass das Essen behagt hatte.

Die Abfahrt des Königs und seiner Hofbeamten erfolgte bald nach dem Aufheben der Tafel. Das Vivat-Gerufe der gaffenden Menge wollte kein Ende nehmen.

Gemeinsam mit Eckert entwarf Langustier den Speiseplan für den kommenden Tag und eröffnete dem älteren Kollegen unter vier Augen die seltsame Aufgabe, die ihm der König gestellt hatte. Eckert wunderte schon lange nichts mehr bei Sr. Königlichen Majestät, und er sparte sich daher jeden Kommentar zu dieser aus einer Laune geborenen Zusatzbeschäftigung seines neuen Kollegen. Herzlich schieden sie voneinander und konnten noch gemeinschaftlich über das königliche Billet lächeln, das Langustier vom Kabinettssekretär überreicht wurde.

FR
Rolle er die Papiere nicht. Sie sind sonst kaum zu glätten und abzulegen!
F.

Derweil ging es im Park eines anderen Schlosses viel sorgenvoller zu. Noch immer bestimmte die Hoftrauer um den Soldatenkönig das Leben in Monbijou und seinem geometrisch-strengen Ziergarten, weshalb das Trio der schwarzen Damen an dem steinernen Tisch vor dem Heckenlabyrinth nicht weiter auffiel. Für einen am anderen Spreeufer vorbeiflanierenden, scharfäugigen Beobachter mochte es so aussehen, als trauerten die Damen auf Geheiß ihrer Herrschaft noch immer pflichtgemäß um das abgegangene Scheusal, und er mochte sich insgeheim über die Heuchlerei dieser vorgespiegelten Trauer aufregen oder daran ergötzen. Hätte er jedoch in die Herzen der Damen blicken können, wäre er bei jeder einzelnen von ihnen erschrocken zurückgeschaudert vor so viel Inbrunst und Schmerz.

Wilhelmine von Hammerstein, eine zierliche, jungmädchenhafte, dabei asketisch und streng wirkende Person, die sich genau wie ihre beiden Freundinnen zum engsten Zirkel Sophie Dorotheas zählen durfte, weinte als Einzige nicht. Statt in Tränen zu schwimmen, wirkte ihr Blick kühl und berechnend. Etwas von Rachsucht saß darin, auch Tücke.

Das leise Gespräch der Damen war gekennzeichnet durch längere Pausen und allerlei Unausgesprochenes. Frau von Hammerstein eröffnete es mit den Worten:

»So hat er es denn getan!«

Charlotte von Marquard, von Gestalt und Gemüt das genaue Gegenteil Auguste Wilhelminens, eine äußerst reizvolle und empfindsame Erscheinung, verfiel über diese Feststellung in heftigstes Schluchzen und presste das seidene Taschentuch fester gegen ihr tränennasses Gesicht.

»Das Ungeheuer! Doch nein – ich glaub es nicht!«

Fräulein von Stechow, etwas älter und gesetzter wirkend als ihre Leidensgenossinnen und quasi die mütterliche Komponente verkörpernd, wiewohl sie die Jüngste war, bereicherte den Tränenstrom der Freundin.

»Fand man denn gar nichts bei ihm? Keinen Brief? Überhaupt kein Zeichen?«

Dies fragend, goss das Fräulein von Hammerstein der immer heftiger vom Weinkrampf Geschüttelten ein Glas Zitronenlimonade ein.

»Nein – nichts! Kein Stück…« Charlotte von Marquard vermochte nicht weiterzusprechen.

Fräulein von Stechow griff zerstreut das Glas Limonade, vergaß jedoch zu trinken, ganz betäubt von dem Unfasslichen.

Die trauernde Charlotte erhob sich und lief in einen der Heckengänge, gefolgt von Fräulein von Stechow, die sehr in Sorge war um die Gesundheit der Freundin.

Fräulein von Hammerstein blieb allein am Tisch sitzen. Gedankenverloren nippte sie an der Limonade und zerrieb mit der freien Hand eine welke Hibiskusblüte. Fast tonlos wiederholte sie einen Namen, und der Klang ihrer Stimme verhieß alles andere als wohlwollende Anhänglichkeit:

»Marquard!«

Ein unstetes Flackern war in ihren Augen. Doch schon wenige Momente später dominierte wieder der schier unbezwingliche, ohnmächtige Schmerz über den Verlust, den sie – gleich ihren Freundinnen – bei diesem schrecklichen Zweikampf, dem Geliebten aufgezwungen durch einen scheinbar hoffnungslos Eifersüchtigen, erlitten hatte.

Was hatte ihr Falckenberg bedeutet, wie hatte sie die Freundin um ihn beneidet? Alles hätte sie getan, ihm ebenso zu gefallen. Die Liebesdienste, die sie Charlotte geleistet hatte: das Wachestehen, wenn sie sich an entlegenem Orte mit Falckenberg traf, das Ausspionieren der feindlichen

Marquardschen Winkelzüge – aus Liebe zu ihm war es geschehen. Zur Liebesgöttin hatte sie gefleht, dass er es bemerken und sie innerlich zu sich erheben möge.

Marquard hatte mit seiner Tat nicht allein das Leben der Freundin, sondern ebenfalls das ihre zerstört.

IV

Kaum war der Magister Jakob Adler im Kontor des Buch- und Zeitungsverlegers Ambrosius Haude erschienen, um einige alte Ausgaben der »Berlinischen Nachrichten« zu ergattern, fiel er dem ehrbaren, geschäftigen Mann auch schon mit fruchtlosem Gerede auf die Nerven – wie immer ging es um hypothetische Artikel über Alchemie und Geheimbündelei oder um eventuelle Vorschüsse auf projektierte, nie ernsthaft in Angriff genommene neue Bücher. Haude und sein Redakteur Lamprecht atmeten jedesmal befreit auf, wenn der ungebetene Stammgast wieder verschwand. Weil Adler vor Jahren ein schmales, schlecht gehendes Bändchen mit lateinischen Lehrgedichten bei Haude veröffentlicht hatte, brachte es der gewissenhafte Verleger nicht übers Herz, dem Störenfried barsch die Tür zu weisen. Insgeheim war ihm Adlers Franzosenhass sogar sympathisch, wenngleich er neben den deutschen »Berlinischen Nachrichten von Staats- und gelehrten Sachen« das »Journal de Berlin« verlegte, das vom ständigen Sekretär der Akademie, dem Hugenottenpfarrer Jean Henri Samuel Formey, redigiert wurde. Allerdings behielt Haudes Geschäftssinn stets die Oberhand über seine politischen Ansichten.

Die Meldung vom pompösen Einzug des französischen Mathematikers Maupertuis, einem der vielen ausländischen Wissenschaftler und Künstler, die vom neuen König an den Hof gezogen und prunkvoll bewirtet wurden, war der Anlass für Adlers Ausfälle. Ansehnliche Räume in Schlossnähe hatte man dem Ausländer und neuen Präsidenten der Akademie der Wissenschaften angewiesen – der mit einer Bande wirklicher Affen, einigen Papageien und chinesischen Katzen angereist war – während deutsche Gelehrte in schmutzigen Kammern versauerten. Eine geräumige Etagenwohnung im Zentrum kostete 300 bis 400 Taler jährlich, während ein königlicher Beamter durchschnittlich nur etwa 120 Taler verdiente. Ein privater Hofmeister kam finanziell niemals in Sichtweite feudaler Behausungen.

Seine Landsleute scherten den König einen feuchten Kehrricht! Indem er sich einen Hofstaat aus fremden Gecken zusammenkaufte, befand Adler, beförderte der Monarch den Untergang des deutschen Geistes. In die Akademie kam bloß, wer sich mit den englischen und französischen Modewissenschaften beschäftigte, mit philosophischer Physik oder mathematischer Philosophie, mit chemischer Mathematik oder sonst einem Unfug für gelehrte Damen und in die Jahre gekommene Kavaliere. Wenigstens halber Franzose oder viertel Italiener musste einer sein, um des Königs Aufmerksamkeit zu erlangen.

Man brauchte sich die königlichen Zieraffen nur der Reihe nach anzusehen, um diese Behauptung bestätigt zu finden: Pesne, Maupertuis, Jordan, Algarotti und jetzt gar Voltaire – den man der Zeitung zufolge in Kürze am Hof erwartete. Gerade war wieder ein elsässischer Koch hinzugekommen, wie Adler aus der neusten Zeitung ersah.

Seine Aufnahme in die Akademie war dagegen abgelehnt worden, obgleich er ein aufrechter Philolog war, Latein und Griechisch fließend redete und die Metrik allerwegen vorbildlich beherrschte. Da er den böhmischen Dörfern der Mathematik und Physik abhold blieb, verabscheute und seine Rede vor dem verweichlichenden französischen Zungenschlage in Acht nahm, weshalb ihm, außer beim Fluchen, weder »Bulljong« noch »Roulade« über die Lippen kamen, waren seine Aussichten auf eine akademische Standeserhöhung denkbar gering.

Die letzte Hauslehrerstelle bei einem Berliner Kaufmann hatte er sich durch seinen Jähzorn verscherzt. Wehmütig gedachte er der feuchtfröhlichen Studienzeit, die noch nicht vom Kampf um Brot und Geld entstellt war, da der väterliche Geldsegen ihn stets pünktlich ereilte. Welch beschwingte Jahre hatte er in Frankfurt an der Viadrina verbracht, welch unbeschwerte an der Hallenser Leopoldina! Nach Wittenberg war er mit den Kommilitonen gezogen und nach Leipzig in Auerbachs Keller, wo Faust einst mit einem Weinfass als Reittier die Treppe bezwungen hatte.

Einige von Adlers Kommilitonen waren nach der bewegten Kap-Horn-Fahrt ihres Studiums nun ebenfalls in Berlin gestrandet, wo sie als Hofmeister von reichen, ungelehrten Menschen abhingen. Niemandem konnte dieses Los auf lange Sicht behagen. Daher hatten die Leidensgenossen, um sich in ihrem Elend zu verbrüdern und ein Refugium für ihre höheren Gedanken zu schaffen, einen Geheimbund namens »Litterärische Harmonie« ins Leben gerufen. Diese dunkle, gallophobe Akademie, die im Kellergewölbe des »Kronenwirts« ihre Sitzungen abhielt, war ein genaues Gegenteil der weltoffenen königlichen Freimaurerloge. Statt griechische, römische oder französische Logennamen anzunehmen, gaben sich die »Litterärischen« nordische Götternamen. Adler hatte in dieser heroischen Hierarchie als unangefochtener Präsident den Namen »Odin« angenommen.

Charles Etienne Jordan, königlicher Geheimer Rat und Chef der Berliner Polizei, hatte Tränen in den Augen, als er sich zwei Stunden nach Mittag in den Schlossgarten begab – in einer mehr schwankenden als gehenden Bewegung. Er war ein äußerst gut aussehender, schlanker, hoch gewachsener Mann mit einem schmalen, fein geschnittenen Gesicht, die Nase und die Augenbrauen waren vornehm gebogen, die

Augen – etwas eng stehend – braun und empfindsam. Ein Dreitagebart deutete darauf hin, dass seine Zeit nicht überreichlich bemessen war. Obschon seine private Unterredung mit dem König bereits vor dem Essen stattgefunden hatte, war der weichherzige und zartfühlende Mann noch immer einem Zusammenbruch nahe. Überdeutlich spürte er wieder einmal, dass ihn sein zweites Amt überforderte.

Der Sohn hugenottischer Réfugiés war am Rheinsberger Musenhof als Bibliothekar in die kronprinzlichen Dienste getreten. Als heiterer, liebenswürdiger Gesprächspartner war er rasch zum vertrauten Freund und Weggefährten Friedrichs geworden. Der Kronprinz konnte ihm alle Geheimnisse und intimsten Gedanken anvertrauen, ohne je eine Indiskretion oder Unehrlichkeit von seiner Seite befürchten zu müssen. Niemand vermochte zu erklären, warum der junge König gerade diesen sanften, guten, milden und friedliebenden Mann der Bücher im zweiten Amt zum Polizeipräfekten von Berlin ernannt hatte.

Während der Regierung des Soldatenkönigs hatte die kommunale Selbständigkeit Berlins ein Ende gefunden. Der Magistrat der Stadt unterstand seither dem König. Fünf Jahre waren seit der Neuorganisierung vergangen. Nach dem Vorbild der Pariser Polizei verfügte nun jedes Stadtviertel über einen eigenen, für die lokale Aufsicht zuständigen Beamten. Aus Ergebenheit dem Freund und König gegenüber schickte sich Jordan in die Bewältigung der rauen Pflicht, die Ordnungshüter zu beaufsichtigen und anzuleiten.

Normalerweise durfte sich der Polizeichef zum Glück ganz der Armen- und Waisenpflege widmen, worin er in der kurzen Frist seit Juni doch bereits einiges geleistet hatte. Gewaltverbrechen waren in Berlin äußerst selten; in der Mehrzahl hatten es seine Polizisten mit Diebstählen, seltener einmal mit einem Raubüberfall zu tun. Auf hundert Freitode im Jahr kamen höchstens ein oder zwei Morde, ungerechnet freilich mehrere Dutzend Kindstötungen. Se. Königliche

Majestät hatten aus Barmherzigkeit immerhin das fürchterliche Säcken verboten, das den Not leidenden Müttern bisher als Strafe sicher gewesen war. Unter Friedrich Wilhelm I. hatten sie sich den Sack, in dem sie in der Spree ertränkt wurden, selbst nähen müssen.

Durch die Nachricht von Falckenbergs Ableben war der zart besaitete Jordan zuinnerst aufgewühlt worden. Da er nichts so sehr fürchtete wie den eigenen Tod, erschütterte ihn der Fortgang eines jeden, den er persönlich gekannt hatte, bis ins Mark. Ausdrücklich hatte ihm der König untersagt, wie sonst üblich bei »Polizeisachen von einiger Bedeutung«, eine Magistratskommission einzuberufen. Jordan allein sollte die Untersuchung des Vorfalles durchführen. Die Vertrautheit zwischen Falckenberg und dem König schien sich darin ausdrücken zu wollen.

Allerdings hatte der König seinem Polizeipräfekten für die heikle Mission einen Mitarbeiter zugesellt, der vom angestammten Metier alles andere als prädestiniert schien zu dergleichen kriminalistischen Ausspähungen. Ein Schwindelanfall zwang Jordan zum Niedersitzen auf der nächsten Bank. Seine Umgebung kaum mehr als verschwommen wahrnehmend, sank er in den Sitz, seufzte und sprach laut vor sich hin:

»Ein Koch und ein Bibliothekar als Polizisten! Warum nicht noch ein Baumeister, ein Sekretär, ein Kammerlakai?«

Schritte näherten sich, weshalb er seinen weiteren Monolog verschluckte. Der Erste Hofküchenmeister Eckert führte ihm seinen neuen Kollegen zu, der sich den Spaß erlaubte, an die gerade mit angehörten Worte anzuknüpfen:

»Keine üble Idee, Monsieur, denn alle diese Berufe erfordern Umsicht. Was dem Baumeister an Kenntnissen abgeht, ersetzt leichthin der Sekretär und der Lakei gibt seinen Senf noch freiwillig mit hinzu. Allein, mir scheint, dass Se. Königliche Majestät hier aus mir unbekannten Gründen Diskretion wahren möchten. So werden wir beide uns wohl miteinander behelfen müssen. Gestatten Sie, dass ich mich Ihnen bekannt mache: Ergebenster kochender Diener Sr. Königlichen Majestät und tatkräftiger Hilfskommissär – Honoré Langustier!«

Jordan musterte sein Gegenüber – einen überaus wohlgenährten Herrn in weinroter, grün bestickter Seidenjacke, weißem Rüschenhemd, roten Samthosen, weißen Kniestrümpfen und schwarz glänzenden, zierlichen Schuhen mit Silberschnallen. Ein offenes Gesicht, mehr rund als länglich, strahlte ihm entgegen, mit den allerdeutlichsten Zeichen einer nie versiegen wollenden Lebensfreude – vollen, leicht geröteten Backen und tiefen Lachfalten. Als sich der Herr leicht vorneigte und dazu mit chevalieresker Geste seinen bunt befiederten Dreispitz zum Gruße schwang, sah Jordan, dass er es freigeistig verschmähte, eine Perücke zu tragen, was den Blick auf die hohe Stirn mit ihren Geheimratsecken im lässig nach hinten gekämmten, dunkelbraunen Haupthaar freigab.

Vielleicht, überlegte Jordan, abrupt von seinen trüben Gedanken befreit, wäre ein gepuderter Kopfputz ja beim Kochen hinderlich und dem Geschmacke feiner Saucen abträglich, über die sich der Küchenchef beim Abschmecken wohl beugen muss, und er lüftete zögerlich nun ebenfalls seinen Hut, das Lächeln mit jedem Atemzuge fröhlicher erwidernd und seine Trauer vergessend.

Der verblüffte Polizeichef begriff schnell, dass dieser Langustier kein weltfremder Topfgucker war. Nichts von dem, was der König über den »flötenden Straßburger« hatte verlauten lassen, schien ihm nun mehr übertrieben, eher im Gegenteil. Er war von einer heiteren Grundstimmung und hatte dabei die vorzügliche Manier, noch die dunklen Momente mit einer spielerischen Leichtigkeit wieder ins Hoffnungsfrohe zu wenden. Vornehm, empfindlich, aufgeklärt und mit vortrefflichem, einfachem Witze begabt, erschien Langustier dem geplagten Jordan als rettender Engel, und so säumte er nicht, in die Beratung über die vor ihnen liegende Aufgabe einzutreten.

Langustiers Vorschlag, sowohl den Ort des Geschehens als auch die sterblichen Überreste des armen Falckenberg umgehend in Augenschein zu nehmen, fand seine freudige Billigung. Zum einen ließen sich vielleicht tatsächlich noch Spuren entdecken, die seine Beamten in Eile und Aufregung übersehen hatten. Zum anderen würde er, Jordan, neben diesem sicheren und fröhlichen Manne das Fürchterliche und Herzangreifende der unumgänglichen Inspektionen wohl ruhiger und gefasster ertragen können.

Wer die beiden angeregt plaudernden und gestikulierenden Herren in einer Mietkutsche davonfahren sah, wäre nie auf den Gedanken gekommen, zwei königliche Polizeikommissare mit dienstlichem Auftrage in ihnen zu vermuten. Befremdlich allerdings wäre es dem Beobachter erschienen, dass ihr Wagen an höchst entlegener Stelle im Wald zum Stehen kam und sich die beiden Insassen ungeachtet ihrer kostbaren Kleidung durchs Unterholz in Richtung auf die Bergische Eiche vorzukämpfen begannen. Jordan verharrte am Rand der sich bald zeigenden Lichtung und zeigte auf das schöne Herbstlaub des einsamen Baumes:

»Dort ist es geschehen.«

Langustier war jedoch noch nicht ganz bei ihm; er hatte sich in einem kleinen Dickicht aus Holunderbüschen, Waldrebenschlingen und Brombeerranken verfangen, das ihm strangulierend, peitschend und einhakend den Fortgang erschwerte. Er machte sich daran, das sperrige Naturwerk mit den Händen zur Seite zu biegen, doch seine Arme waren zu kurz, um auf diese Weise freizukommen. Er bückte sich und schien sich ohne ersichtlichen Grund völlig verstricken zu wollen.

»O – bitte, Herr Praefecteur! Helfen Sie mir!«

Unbesorgt um Samt und Seide attackierte Jordan das widerspenstige Gehölz und befreite den Festsitzenden.

Langustier hielt einen glänzenden Gegenstand in der Hand, der sich bei genauerem Hinsehen als eine Pistole Schweizer Bauart darstellte.

Jordan hatte bis zu diesem Zeitpunkt der Annahme, Falckenbergs Tod könnte das Resultat eines bewaffneten Zweikampfes sein, keinerlei ernstliches Gewicht beigemessen. Sein Glaube an einen Jagdunfall war nachgerade unumstößlich gewesen, wenn auch das verschwundene Pferd des Toten etwas irritieren konnte.

»Mon dieu!«

Offenbar hatte der König Recht behalten mit seiner Einschätzung, dass dem Koch besondere Fähigkeiten innewohnten. Seine Hände zumindest schienen Wünschelruten zu sein.

Langustier war sich sicher, dass die zweite Waffe ebenfalls noch zu finden sein müsste. Seine Überlegungen waren ganz auf einen vermeintlichen Zweikampf konzentriert.

»In der Tat – der ideale Ort für ein Duell«, konstatierte er, als er das malerische Arrangement aus Lichtung und frei stehender Eiche sah. »Er liegt fern der Straße und bietet dem allerletzten Blicke ein durchaus angenehmes Ambiente dar.«

Den Polizeichef schauderte es, denn damit war der Anlass ihres Waldspazierganges für seine Begriffe wieder allzu deutlich bezeichnet. Langustier hingegen, von derartigen Bedenklichkeiten unbeirrt, fragte sogleich nach dem Fundort der Leiche und ihrer genauen Lage. Anhand einer kleinen Skizze konnte Jordan, wiewohl er dem Abtransport des toten Falckenbergs nicht beigewohnt hatte, in allen Punkten Aufklärung geben. Langustier forschte am Boden nach Fußspuren, doch die Jäger hatten unter der Eiche derart viele hinterlassen, dass jeder etwaige Hinweis auf Falckenbergs Kontrahenten getilgt worden war. Einen Augenblick lang sah er sich unschlüssig um. Dann verlangte er allen Ernstes:

»Monsieur Jordan, wir müssen uns schießen! Um der heiligen Ehre willen!«

Mit gespieltem Pathos schaute Langustier seinen erstaunten Begleiter an. Aus zwei alten Astgabeln hatte er Stücke herausgebrochen, die wie Pistolen zu fassen waren, und reichte eine davon dem jetzt unsicher lächelnden Polizeipräfekten, der einen Spaß hinter diesem Tun vermutete. Doch Langustier hatte nichts weniger im Sinne als das.

»Die Stunde dürfte genau hinkommen. Um diese Zeit wird es geschehen sein. Wie würden Sie sich vernünftigerweise aufstellen, wenn Sie sich hier und heute mit mir schießen wollten?«

Langustier wartete gespannt. Jordan postierte sich zunächst in angemessener Entfernung vom Fundort des Toten unterm Baum, doch an dieser Stelle blendete ihn die Abendsonne. Er konnte Langustier, der den Part des zu treffenden Falckenberg übernommen hatte, trotz seiner Leibesfülle und bunten Kleidung kaum erkennen. Der Blätterschirm der Eiche, unter dem sein Gegner stand, machte es einem Schießwütigen bei dieser Beleuchtung unmöglich, sicher zu treffen – es sei denn aus einer Distanz, die aller Ehre abträglich schien. Dies änderte sich auf keinem anderen Punkt des Kreises, den Jordan mit seiner Holzpistole jetzt versuchsweise um den Baum beschrieb. Für kurze Zeit stand sogar dessen gewaltiger Stamm zwischen ihnen. Jordan, dem der Sinn von Langustiers Spiel mittlerweile aufgeschienen war, schloss also:

»Falckenberg kann unmöglich an der Stelle getroffen worden sein, wo man ihn gefunden hat. Der Kontrahent muss ihn unter die Eiche gezogen haben oder – wenn es Zeugen und Gehilfen bei diesem Ehrenhandel gegeben hat – mehrere Personen müssen ihn dorthin getragen und seinen Körper abgelegt haben. Sollte ihn einer allein bewegt haben, wären im Grase die Schleifspuren der Reitstiefel zu erkennen – selbst noch nach Tagen. Wären es mehrere Träger gewesen, müssten sich Spuren davon auf der halben Wiese finden. Weder das eine noch das andere ist aber hier zu sehen.«

»D'accord! Ganz Ihrer Ansicht«, sagte Langustier und senkte seine Holzpistole.

»Ein Duell ist etwas sehr Ästhetisches. Da stellt man sich ganz anders zu einer solch schönen Eiche – vor allem so, dass beide Schützen gleich weit vom Baum entfernt sind und die Sonne für keinen von Nachteil ist.«

Bis zum Dunkelwerden suchten Langustier und Jordan nach Hinweisen auf den wahren Standort der Duellanten und ihrer etwaigen Gehilfen, doch sie fanden im weiteren Umkreis der Eiche nichts dergleichen. Jordan verfocht zunehmend die Auffassung, Falckenberg habe sich selbst getötet. Dazu nun allerdings stand der Fundort der Waffe in einigem Widerspruch. Aber der Polizeichef gab seine These nicht so leicht auf:

»Er brachte sich den tödlichen Schuss dort bei, wo Ihr die Waffe gefunden habt, doch er war nicht sofort tot und schleppte sich noch bis zur Eiche.«

»Und kam ohne Schwierigkeiten sterbend durch die dichten Brombeerranken?«, Langustier meldete starke Zweifel an.

Käuzchen riefen und Fledermäuse gaukelten bereits im Zickzackflug über die Lichtung, als sich die Männer den Weg durchs Unterholz zur Chaussee zurück bahnten, wo der Kutscher im Finstern ausgeharrt hatte. Die spärlich verteilten Laternen brannten nur, wenn sich zwischen den Schlössern königlicher Verkehr bewegte. Der Wagenlenker entzündete die trüben Öllampen an seinem Gefährt, was sofort Dutzende von Nachtfaltern anlockte, und rollte mit den Insassen wunschgemäß Richtung Berlin.

Vor dem mit Fackeln erleuchteten Brandenburger Tor bog er nach links ab, querte die Spree über die Tiergartenbrücke und den am Unterbaum einmündenden Schönhauser Kanal, an dessen Ufern Nebel zu wallen begann. Ein Strich Enten zog vorbei und landete weiter hinten in den Schilfgürteln. Der Mond schob sich durch schütteres Gewölk, als der

Wagen langsam die Dammstraße herunterkam und das einzige, weithin sichtbare Gebäude ansteuerte: ein zweigeschossiges, kasernenartiges Häuserquarré mit vier Ecktürmen, vielen Schornsteinen und einem Scheunentor an der Straßenfront. Widerstrebend wurde auf Jordans Zuruf das Tor geöffnet. Lärmend rollte der Wagen mit seinen eisenbeschlagenen Reifen auf den gepflasterten und sauber gekehrten Innenhof, in dessen Mitte ein niedriger Bau, das Inspektorhaus, stand.

Die vorgerückte Stunde schien nicht unbedingt geeignet, ohne Vorankündigung einen so wichtigen Lokaltermin anzuberaumen. Doch Langustier und Jordan hatten Glück. Der leitende Arzt des Garnisons- und Bürgerlazaretts der »Charité«, Johann Theodor Eller, königlicher Leibarzt und lehrender Professor am Collegium Medico-chirurgicum, aktives Mitglied der Akademie der Wissenschaften sowie Direktor aller medizinischen und chirurgischen Sachen in königlichen Landen, befand sich noch in seinem Labor, wo ihn gerade die Anfertigung eines Lehrpräparates in Atem hielt. Professor Eller bat die unerwarteten Besucher kurz um Geduld und goss den Rest heißen Wachses aus einem Stieltopf durch verschiedene metallene Trichter ins geöffnete Aderwerk eines pantoffelförmigen Gebildes – eines Lungenflügels, wie er nebenhin erklärte.

Jordan bemühte sich, bei diesem Anblick nichts zu empfinden und starrte angestrengt abwechselnd auf Decke oder Estrich, während Langustier die Gelegenheit nutzte, das rundum sich ausbreitende anatomische Wunderkabinett menschlicher Überreste ausgiebigst in Augenschein zu nehmen. Schließlich bekam kein gewöhnlicher Sterblicher derlei Dinge oft zu Gesicht.

Abnorme Gehirne, verwachsene Gliedmaßen und halb zersetzte Nieren stauten sich in beschrifteten Einmachgläsern am Boden. Eine Holzkiste mit voluminösen Blasensteinen und monströsen Zahnwurzeln leitete vom bücherbeladenen Tisch zum Holzregal an der Wand über, wo eine Batterie übel deformierter Hirnschalen lagerte: platte, spitze und ballonartig aufgetriebene Schädel, die sich eher für Mäuse oder Elefanten als für Menschen geschickt hätten, daneben solche mit Blessuren, kreisförmigen Trepanationslöchern oder zackigen Einsplitterungen. Ein komplett mit Haut und Haaren eingelegter winziger Kopf bildete den Abschluss dieses ungewöhnlichen Frieses: Wie ein menschenähnliches Frettchen hatte das zugehörige Wesen ausgesehen. Langustier mochte sich von diesem schauerlichen Anblick kaum trennen.

Links und rechts der Tür zum Hörsaal, der sich unmittelbar an dieses Kabinett anschloss, standen in makaberster Drappierung noch zwei Gerippe, bei deren Größe es dem hartgesottenen Langustier für einen Moment die Sprache verschlug. Es waren die Knochengerüste zweier Riesen aus der früheren Garde der »Langen Kerls«, die der ungeschlachte Soldatenkönig so geliebt und sich in aller Herren Länder zusammengekauft hatte. Von den prächtigen Uniformen waren ihnen nur die roten Blechkappen mit schmalem, hohem, blattartig aufgetriebenem Vorderschild gelassen worden, auf dem unter einer ziselierten Goldkrone in vielstrahligem Stern ein kleiner Preußenadler Flügel und Beine spreizte, was ihm das Aussehen eines schwarzen, erwürgten Huhnes verlieh. Da die Riesengerüste bis knapp unter die Zimmerdecke reichten, hatte ihnen der Schalk von Präparator den vormaligen Kopfputz frech unter die knöchernen Achseln geklemmt.

Der Lungenausguss war beendet. Stolz wie ein Bildhauer betrachtete Eller sein Werk. Der gängige Abscheu vor solchen Innerlichkeiten war ihm bekannt. Zwar liefen die meisten Berliner zu jeder Hinrichtung an den Neuen Markt, vors Cöllnische Rathaus oder ans Hamburger Tor oder tranken gar, als unfehlbares Mittel gegen Fallsucht, das frische Blut der Enthaupteten – vor Ellers Einmachgläsern jedoch überkäme sie das blanke Gruseln. Das Handwerk des Professors, des Leichenzergliederers, galt als widernatürlich. Der immense Wert seines Tuns für die Fortentwicklung der Medizin wurde noch nicht allgemein begriffen.

Nach wie vor weigerten sich die meisten Ärzte, einen Messerschnitt am menschlichen Leibe zu tun. Den Skalpell durfte nur führen, Blasensteine nur schneiden, den Star nur stechen, Brüche nur operieren, wer sich zuvor als ein tüchtiger Bartabschneider erwies – der Berufsweg des Chirurgen begann in der Barbierstube. Und die praktische Ausbildung der meisten Feldschere unterschied sich nicht von derjenigen des berüchtigten Doktor Eisenbart; etwaige Fertigkeiten in der Behandlung häufiger Krankheiten waren das Ergebnis einer blutigen, autodidaktischen Versuchsphase der hochstapelnden Frisöre. Tausende kamen bei ihren so genannten Operationen ums Leben.

Erst allmählich, viel zu langsam, gewannen Lehrinstitute wie die königliche Charité an Boden, wo der medizinisch-chirurgische Nachwuchs unter der Aufsicht erfahrener Fachleute Diagnose und Behandlung im täglichen Betrieb üben und sowohl durch das Aufschneiden von Leichen als auch anhand von Lehrpräparaten die Natur des menschlichen Organismus in Ruhe und ohne Gefahr für fremdes Leben studieren konnte.

»Monsieur, was Sie hier sehen, ist die Lunge eines Mannes, den ein Blitz von solcher Stärke traf, dass die Sense, die er über der Schulter trug, vollständig geschmolzen ist. Wenn es Sie interessiert, kann ich Ihnen eines seiner Schulterblätter zeigen, in welchem sich das erkaltende Metall wie eine Intarsie eingelagert hat –?«

»Aber außerordentlich gerne!« Langustier betrachtete den ihm gereichten Knochen sehr aufmerksam und legte ihn vorsichtig auf den Tisch. Es schien ihm an der Zeit, den Grund ihrer Anwesenheit zur Sprache zu bringen, und er wies Eller sein Permissionsschreiben vor. Dieser nahm es zur Kenntnis und sagte:

»Sie sind wegen des unglücklichen Mordopfers hier, ich konnte es mir denken. Immerhin erscheint der Polizeipräfekt nur bei den allerwesentlichsten Fällen, will sagen, den unmittelbaren Staatsaffären.«

Jordan, der hinzugetreten war, wurde blass wie Bleichspargel. Eller ergänzte:

»Eigentlich ist es erst das zweite Mal, dass ich ihn überhaupt hier empfange. Sein letzter Besuch liegt ja bereits etliche Wochen zurück.«

Der Polizeichef bemühte sich, Ellers Gesprächsfluss zu kanalisieren.

»Wir wollen Sie nicht über Gebühr von Ihrer wichtigen Arbeit abhalten, Herr Professor. Kommen wir zu der Sache, die uns beschäftigt. Wieso sprechen Sie von Mord? Konnten Sie etwas herausfinden, was wir wissen sollten?«

»Wenn Sie mir bitte folgen würden, meine Herren.«

Jordan und Langustier stiegen hinter Eller in einen kühlen Kellerraum hinunter, wo Falckenbergs Überreste auf einem gemauerten Tische lagerten. Noch verhüllte ein Laken den Körper, doch der Pathologe schlug es umstandslos zurück.

Langustiers heitere Miene bekam einen kleinen Sprung. In Falckenbergs Brust klaffte ein respektables Loch, genau an der Stelle, hinter der normalerweise ein intaktes Herz schlagen sollte.

»Zugegeben, es ist nicht erfreulich anzuschauen«, pflichtete Eller bei. »Doch so spektakulär sie für den Laien aussehen mag, so war diese Verletzung doch keineswegs tödlich.«

Eller, das sich nunmehr abzeichnende, wieder rein interessierte Erstaunen in Langustiers Gesicht genüsslich auskostend, machte eine wohl dimensionierte Pause, bevor er mit seinen Enthüllungen fortfuhr.

»Am Eintrittspunkt der Kugel in die Uniformjacke, die Sie

übrigens dort über dem Stuhl hängen sehen, fanden sich Spuren von anhaftendem Ruß. Daraus muss geschlossen werden, dass die Waffe beim Schuss nicht mehr als eine Handbreit von Falckenbergs Herz entfernt war, weil der aus dem Pistolenrohr herausgeschleuderte Schmutz nur in unmittelbarer Nähe desselben aufgefangen werden kann.«

»Also doch Selbstmord!«, triumphierte Jordan.

»Dies allerdings nicht, meine Herren«, entgegnete Eller. »Die Pistole wurde einem bereits Toten auf die Brust gesetzt.«

»Einem Toten?«, fragte Langustier, während Jordan leise fluchte. Es hätte ja alles so einfach sein können.

»In der Tat. Denn das Sichtbare ist meist nicht das Entscheidende. Das Herz dieses Mannes, den ich übrigens noch vor wenigen Tagen als Gast begrüßen konnte wie Sie beide jetzt«, Jordan schluckte, »hatte bereits aufgehört zu schlagen, als die Pistolenkugel ihn ereilte.«

Eller wendete den Leichnam wie einen Braten und wies auf die Nackenpartie, wo sich eine äußerst schwache und daher nur dem Fachmann auf Anhieb erkennbare Rötung erahnen ließ.

»Der Exitus wurde bedingt durch eine Diversion des Canalis Vertebralis, der das Mark enthält, genau zwei Wirbel unterhalb des Epistropheus. Ein kräftiger, gezielter Schlag hat ihm das Genick gebrochen. Es können auch zwei gewesen sein. Ich fand keine Halme oder Sandpartikel in Mund und Nase, was darauf hindeutet, dass sich der Mann im Sturz noch umwendete, beziehungsweise, was wahrscheinlicher ist, im Augenblick des Schlages gekauert oder gebückt verharrte. Als er getroffen wurde, stützte er sich wahrscheinlich mit der Hand ab, fiel auf die Seite und kam auf dem Rücken zu liegen.«

Langustier, dem die Praxis des Tötens durch Genickschlag aus reicher Küchenerfahrung nichts Neues war – Kaninchen und Fische ließen sich auf diese Weise bequem ins Jenseits befördern – war keineswegs verwundert, dass dieser Kunstgriff auch beim Menschen mit Erfolg zur Anwendung gebracht werden konnte. Sogar den Vertreterinnen des anderen Geschlechts mochte dies zuzutrauen sein. Eller bedeckte Falckenbergs Leichnam wieder.

»Er hat Glück, noch vor November das Zeitliche gesegnet zu haben, denn so entgeht er der öffentlichen Zergliederung im Anatomischen Theater.«

Da Langustier nicht wusste, wovon die Rede ging, erläuterte Eller ihm kurz:

»Das Theatrum Anatomicum ist eine unter dem Vater des jetzigen Königs eingerichtete, löbliche Institution, mit deren Hilfe wir den Lernbegierigen an den Überresten wirklicher Menschen die anatomischen Wunder demonstrieren können, wofür ein eigener neuer Hörsaal«, er zeigte in Richtung Decke, »eingerichtet wurde. Sämtliche zwischen dem ersten November und dem ersten Mai in den Spitälern, dem Irren- und Armenhause, oder bei Gewaltverbrechen Verblichenen werden uns hierfür zu Eigen angewiesen. Den Sinn der zeitlichen Begrenzung werden sie sich, wenn sie in der Vorratshaltung von Viktualien nicht unerfahren sind, leicht beantworten können.

Bei der Entkleidung des Toten fand ich übrigens diesen Zettel in einer der Hemdmanschetten, der sie sicher interessieren dürfte.«

Langustier nahm das Papier und überflog es rasch, bevor er es an Jordan weiterreichte. Dieser hatte Ellers Bericht vom Türrahmen aus mitangehört, aber keine Anstalten gemacht, das schreckliche Gelass zu betreten. Jetzt war es, fand er, höchste Zeit, nach Charlottenburg zurückzukehren. Der Zettel, auf dem eine ominöse Einladung stand, deutete für ihn wie für Langustier darauf hin, dass Falckenberg mit Absicht zur Bergischen Eiche bestellt worden war. Selbstmord und Duell schieden somit gleichermaßen aus den Überlegungen aus.

»Ich könnte Ihnen noch den interessanten Fall dieser männlichen Kindsleiche demonstrieren, die mir vorgestern aus dem Militärwaisenhaus überstellt wurde...?«

Eller machte eine einladende Geste in Richtung auf den zweiten Tisch, doch Langustier wollte nun wie Jordan den Bereich dieser Gruft bald verlassen.

»Ein anderes Mal gern.« Er dämpfte die Stimme. »Ich komme noch einmal in den nächsten Tagen bei Ihnen vorbei, um mir Ihr Kabinett etwas genauer anzusehen.«

»Mit Vergnügen, Monsieur, wenn es Ihnen nicht den Geschmack verdirbt?«

Während Langustier angestrengt darüber nachdachte, wie die neuen Erkenntnisse in eine vernünftige Ordnung zu bringen wären, schlossen sich die Flügel des Scheunentores hinter der Kutsche. Vor allem beschäftigte ihn die Frage, im Gefolge welcher Staatsaffäre Jordan zuletzt bei Eller gewesen sein könnte. Aber auch den Grund für Falckenbergs Besuch bei diesem hochgelehrten Mann gedachte er baldmöglichst herauszubringen.

Die erschöpfte Gestalt seines vielgeplagten Kollegen, dessen Leichenblässe vom Mondlicht nicht eben gemildert wurde, ließ ihn aber von bohrenden Nachfragen für diesen Tag absehen. Schweigend rollten die Inspekteure bis zum »Blauen Bären« nach Charlottenburg hinaus, wo sich Langustier verabschiedete, während Jordan zu seinem Quartier im Kavaliersflügel des Schlosses fuhr.

V

Das »Schlösschen«, drei Minuten vor dem Frankfurter Tor gelegen, war eine berüchtigte »Tabagie« und ein beliebter Treffunkt der Berliner Halbwelt. An Markttagen herrschte dort der regste Durchgangsverkehr von Fuhrleuten und Bauern, ansonsten aber ging es eher ruhig und heimlich zu.

Ihren feudalen Namen hatte die Bierkneipe in älterer, vornehmerer Zeit erhalten, als König Friedrich I., wenn er nach Schloss Friedrichsfelde hinausfuhr, dort frühstückte. Diese wortlose königliche Empfehlung war dem Lokal gut bekommen und hatte es drei Jahrzehnte lang in gutem Flor gehalten, bis sein ursprünglicher Besitzer mit einer Zuckersiederei Bankrott erlitt. Er hatte seine ganze Habe weit unter Preis losschlagen müssen, um nur die blanke Haut zu retten. Unter seinem ersten Nachfolger war das »Schlösschen« schon bald abgesunken. Die frühere Kundschaft hatte der Kaschemme den Rücken gekehrt und beim jetzigen Wirt, einem Luderjahn wie er im Buche stand, würde sich das nicht mehr ändern.

Der junge Ankömmling, der nun in elegantem Schwung die Tür öffnete, konnte auf den ersten Eindruck für einen inkognito reisenden Grafen oder Baron durchgehen. Vielleicht kannte er das Lokal in seinem früheren Zustande und hoffte hier, nach langer Abwesenheit, noch immer vornehme Gesellschaft zu finden? Der Sand, mit dem die Dielen der Schankstube bestreut waren, um die Illusion von Sauberkeit zu vermitteln, knirschte unter seinen feinen, stark angestaubten Stiefeln. Der Eingetretene ließ sich an einem freien Tisch am Fenster nieder, legte nur seinen Dreispitz ab, orderte gleich eine Sandweiße und bestellte eine Auswahl der Spezialitäten des Hauses. Dann aß er, als sei er drei Tage und Nächte wacker durchgeritten, einen halben Schwartenmagen mit heißen Pellkartoffeln. Sein Pferd, ein gesunder, schlanker Brauner, der draußen vor dem Fenster an der Futterkrippe stand, zeigte keinen geringeren Appetit angesichts des ihm reichlich dargebotenen Hafers.

Argwöhnisch beäugten die morgendlichen Gäste den Unbekannten und machten sich ihre Gedanken über diesen feinen Pinkel, der es beim Essen durchaus vermied, seinen weißen Mantel mit den drei Reihen Silberknöpfen abzulegen. Eine rote Samtweste mit blauer, floraler Seidenstickerei schimmerte ihm auf der Brust. War er als geheimer Kurier unterwegs oder doch nur ein Strauchdieb, der es auf die feinen Damen abgesehen hatte? In diesem Falle allerdings stahl er sich mit sichtlich mehr Fortüne durchs Leben als seine Beobachter, beulte ihm doch, für jeden Gauner gut erkennbar, eine stattliche Geldkatze den Mantel zwischen Hose und Weste aus!

Vier Gestalten, eine Frau und drei Männer, saßen um einen verzogenen, kerbenübersäten Tisch neben dem Neuankömmling in der Ecke. Einer von ihnen wandte sich leise an den hinzugetretenen Wirt:

»Kennt Ihr den fein bemehlten Ausgehungerten da?«

Doch Eusebius Hammann schüttelte den Kopf. Er schob sein braunes Käppi zurück und kratzte sich die rote, blank polierte Platte.

Obwohl er sich der Bekanntschaft sämtlicher zwielichtiger Gestalten rühmen konnte, die je durch das Frankfurter und das Landsberger Tor herausgekommen waren, hatte er diesen Stutzer noch nie gesehen. Achselzuckend trat er wieder hinter seine Theke zurück und putzte die trüben, glasig grauen Bierkrüge. Dicke Blutwürste, Speckleisten und Schinken hingen reglos an den Haken einer schwarzen Eisenstange über ihm. Drei Reihen von Branntweinflaschen aller Couleur mit zweideutigen Inschriften, die von Liebestrankqualitäten des Fusels zu berichten wussten, standen ihm im Rücken. Und wenn er mit schmutzigem Lappen den Schanktisch wischte, begrenzten eine irdene Schüssel mit gekochten Eiern und eine Käseglocke auf welligem Holz die Bewegungen seiner Hand. Der dichte Fliegenbesatz legte von der Reife des verlaufenen Goldleistenkäses ein lebendiges Zeugnis ab.

»Mir scheint det ein rechtes Langohr zu sein, wenn ihr's wissen wollt.«

Die anderen nickten zaghaft, denn jeder von ihnen hatte Grund genug, sich vor Spionen oder Spitzeln in Acht zu nehmen und war daher leicht zu bereden, in dem Unbekannten einen solchen zu vermuten.

Der Geheimnisvolle am Nachbartisch war nun beileibe kein Fürst. Sein Name lautete ganz prosaisch Heinrich Steffen, wenngleich er über einen liebevoll gefälschten Pass verfügte, der ihn als »Baron von Steden« auswies.

Eine familiäre Überlieferung, die eine Liaison zwischen seiner Ururgroßmutter, einer Wäscherin, und dem Großen Kurfürsten behauptete, hatte ihm die Flause in den Kopf gesetzt, sich für einen natürlichen Bruder des jetzigen Königs zu halten. Lange hatte er das eigene Profil mit den königlichen Schattenrissen und Münzenköpfen verglichen und glaubte wirklich, in dem fliehenden Schnitt von Nase und Stirn, die beinahe eine durchgehende Linie beschrieben, eine gewisse Familienähnlichkeit zu erkennen. Gerne steigerte er sich in die Unumstößlichkeit dieses physiognomischen Beweises hinein, bis er das königliche Blut förmlich in sich fließen spürte. Seine Gestalt straffte sich, und er war zu allem in der Lage.

So plötzlich wie er gekommen war, erhob sich der geheimnisvolle Gast wieder, kaum dass seine Pfeife brannte und das frische Bier vor ihm stand. Nachlässig beglich er seine Schuld, ohne den vollen Krug noch anzurühren und ging grußlos hinaus. Schlagartig hefteten sich aller Augen wieder auf ihn. Schon klappte die Tür und die Gäste vom Nebentisch schlichen ans frei gewordene Fenster. Was sie sahen, ließ sie erleichtert aufatmen. Eine schwarz ver[illegible]nte Dame stand neben dem Pferde des Unbekannten und gebot ihm, ein Stück Weges mit ihr zu flanieren. So hatten sie denn nur den Liebhaber eines vorsichtigen Fräuleins beargwöhnt, das sich zum Treffpunkt dieses entlegene Lokal erwählt. Dem Liebeshungrigen hatten sicher ganz andere Sorgen im Kopfe herumgeschwirrt, als dass er den gezischelten Lautäußerungen am Nachbartisch zuzuhören geneigt gewesen wäre.

Während sie nun beruhigt ihre Köpfe zusammenstecken konnten, ging das Paar draußen in ein – wie es wirkte – höchst vertrauliches Gespräch vertieft auf der holprigen All[illegible] den Wiesen und Feldern am Horizont entgegen. Es herrschte kaum Verkehr an diesem Morgen. Der König war fern der Hauptstadt, und die Zeit für gesellige Ausfahrten schien vorbei. Die Mietkutsche der vermummten Dame folgte den beiden Fußgängern in gebührendem Abstande, so dass sie vor Mitwissern aller Art sicher waren, sofern das am Zügel geführte Pferd des Unbekannten die menschliche Sprache nicht verstand. Übrigens hatte er es im Tiergarten ›gefunden‹, wie er sich über die Aneignung des edlen Tieres beruhigte.

Weit weniger beschaulich und ruhig ging es unterdessen in [illegible] Charlottenburger Schl[illegible] zu. Die Hände des Zweiten Hofküchenmeisters Sr. Königlichen Majestät des Königs in Preußen troffen vor Blut. Langustiers russischer Hilfskoch war gerade dabei, ihm die Zubereitung des viel gerühmten Borschtsch, einer traditionellen Gemüsesuppe seiner Heimat, zu erläutern. Getreulich den Anweisungen folgend, hatte Langustier in der Rolle des Küchenlehrlings gerade einen Kessel voller gekochter roter Rüben enthäutet und die heftig ihren Saft verspritzenden Knollen klein geschnitten. Er strahlte übers ganze Gesicht, obgleich ihm der Schweiß in dickeren Tropfen auf der Stirn stand als bei den anstrengenden Inspektionsgängen des vorausgegangenen Tages. Nur kurz schob sich das Bild von Falckenbergs klaffender Brustwunde über die Schüssel mit dem Blut des edlen Wurzelgemüses. Langustier verscheuchte rasch die momentan unpassende Erinnerung, mit derselben Handbewegung, mit der er sich die zahllosen Fliegen vom Leib hielt. Auf der sonnenbeschienenen Außenwand der Küche des Charlottenburger Schlosses wärmten sich die schwarzborstigen oder grüngoldenen Brummer zu Tausenden und drangen batallionsweise durch die Ritzen der Fenster in den verführerisch duftenden Küchenraum ein, um von Suppen und Saucen ihren Zoll aufzunippen.

Nach Wochen zwangsweiser Enthaltsamkeit konnte sich Langustier erstmals wieder ganz in seinem Element bewegen. In drei riesengroßen Töpfen schmorte das Ergebnis einer weiteren blutigen Schufterei, die bereits hinter ihm lag. Zehn Kaninchen von der Hasenheide, die ihm der Jägermeister von Schlieben persönlich als Einstandsgeschenk überbracht hatte – ein überaus lustiger, für einen Waidmann ungewöhnlich leutseliger Mensch –, waren ausgeweidet und zerlegt worden. Eigentlich hätten sie gut abhängen müssen, aber dazu fehlte die Zeit. In zwei stattlichen Blechschüsseln dampften noch die Innereien, von Fliegenhorden umschwärmt, auf dem Rasen vor dem Fenster. Die Jagdhunde mit ihren feinen Nasen würden sich binnen kurzem dieser appetitlichen Brocken annehmen.

Schlegel und Läufe der Kaninchen hatte Langustier abgetrennt, die Pfoten mit einem kleinen Handbeil abgehackt und die Rücken der Tiere entbeint. Entlang der Wirbelsäule hatte er die Rückenstränge auf beiden Seiten vom Knochen geschält und die so gewonnenen Filets mit einem Plättiereisen zu Schnitzeln flachgeklopft. Die ausgelösten Markknochen waren zerhackt und in einer Kasserole mit grob zerkleinertem Sellerie, gewürfelten Mohrrüben, Schwarzwurzeln, Teltower Rübchen und Zwiebeln kurz angeröstet worden. Zerdrückter Knoblauch und die Nadeln einiger Zweige Rosmarin waren hinzugekommen, schließlich die Keulen und Läufe der Hoppler. Nach kurzem Anbraten derselben hatten Fleischbrühe und Rotwein das Ganze dampfend abgelöscht, bevor es zum stillen Garen auf die Öfen verfrachtet worden war. Kleine Kaninchen brauchten vielleicht eine dreiviertel Stunde, aber für diese ausgewachsenen Rammler hier wären eineinhalb Stunden eher noch zu wenig. Gegen Mittag, kurz bevor sich der Tross des Hofarchitekten, der nun für kurze Zeit die Regierung in Charlottenburg übernommen hatte, im ovalen Saal zu Tisch setzen würde, kämen die Schnitzel an die Reihe, die aber nur kurz angebraten und mit frischen Steinpilzen, vorgekochten Auberginenscheiben und Schalotten in Mehlbutter geschwenkt werden müssten. Bis dahin wäre er, schätzte Langustier, dann wohl ebenfalls mit dieser kuriosen roten Suppe zu Rande gekommen, für deren Bereitung ihn der Russe jetzt munter Weißkohlköpfe spalten ließ.

Bei diesen kräftezehrenden Vorbereitungen kam es Langustier sehr gelegen, vor dem Fenster ein bisschen Abwechslung zu haben. Seit den nebligen Morgenstunden, als man kaum hundert Meter weit schauen konnte, trieb dort draußen eine ruhelose Herrschergestalt ein Regiment von dienstbaren Geistern an. Gebüsche wurden abgesägt, wimpelgeschmückte Holzpflöcke in den Boden gerammt, Schnüre gespannt. Pausenlos jagten Zahlen und Maße durch die Luft und wurden auf einem großen Papierbogen aufgefangen. Der stattliche Mann, der an einem mobilen Holzpult über den Plan gebeugt, seine Mannschaft dirigierte wie ein architektonisches Kammerorchester, machte einen gehetzten Eindruck. Er wollte vor innerer Hitze schier vergehen. Noch lange bevor die Sonne für Erwärmung gesorgt hatte, waren Jacke und Weste schon von ihm geflogen und die weißen, rüschenbesetzten Hemdsärmel aufgekrempelt worden.

Hans Georg Wenzeslaus Freiherr von Knobelsdorff schnaufte kurz, die goldgelben Ahornbäume im Bildhintergrund fixierend, und ging im Geiste die Liste seiner dringlichsten Aufträge durch, deren gefälligste Erledigung sein oberster Dienstherr mit Macht von ihm verlangte. In privater Konferenz hatten sie nur die wichtigsten Punkte kurz durcheilt, als da wären: der Ausbau von Schloss Monbijou, der Bau des königlichen Opernhauses in Berlin, die Planung des damit begonnenen »Forum Fridericianum«, die Umgestaltung des Tiergartens, der Neubau der Landstraße Berlin – Charlottenburg, der Wiederaufbau des im April völlig niedergebrannten Dörfchens Rheinsberg… ach ja, und nun: die Erweiterung von Schloss Charlottenburg um einen ganzen Flügel. Aber das fiel eigentlich kaum weiter ins Gewicht. Wie sollte er das alles schaffen? War das zu bewältigen? Es schien zum Verzweifeln, doch selbst dafür gebrach es ihm an Zeit.

Eine halbe Woche blieb ihm für die hiesigen Gründungsarbeiten, die Instruktion der Bauleute und Poliere, das Vorzeichnen der Pläne. Anschließend müsste er den Gehilfen das Feld überlassen und, so Leid es ihm tat, auf Befehl des Königs nach Dresden und Paris reisen, um die neuesten Entwicklungen im Theaterbau sowie den fortschrittlichen französischen Geschmack in der Baukunst noch rasch in sich aufzunehmen.

Sonderbarerweise bekam er bei diesen letzten Gedanken wieder Hunger, nachdem er nun seit Monaten an Appetitlosigkeit gelitten hatte. Von irgendwoher kam hier ein betörender Duft. Er schnupperte, sah sich um und erblickte hinter einem heranjagenden Rudel Spürhunde, das sich auf den

Inhalt zweier Blechschüsseln mit Gekröse warf, eine massige, weißumhüllte, irgendwie seltsam mit den Armen rudernde oder flügelschlagende Gestalt am jetzt offenen Küchenfenster. Diese menschliche Windmühle musste der neue französische Küchenchef sein und der umwerfende Geruch, der die ganze Baubrigade in ein verzücktes Luftholen hatte verfallen lassen, war ohne Zweifel die Ausströmung seines viel gerühmten Kaninchengerichtes. Aber es blieb noch eine gute Stunde bis zum Mittag.

Einer aus der Gruppe äffte den drinnen heftig Kohl raspelnden Langustier nach. Man lachte. Die Hunde unterbrachen kurz ihr Blutmahl und blickten umher. Eine Stunde noch in diesem Duft zubringen zu müssen, könnte für die Vermessung fatale Folgen haben!

VI

Der Soldatenkönig hatte Unsummen dafür aufgewendet, die Zahl der Häuser in seiner Hauptstadt zu vermehren. Trotzdem klafften überall noch riesige Baulücken. Groß stand neben klein, hoch neben niedrig, breit neben schmal, hochherrschaftlich neben bäuerlich. Manches Haus mit ansehnlicher Straßenfront entpuppte sich beim Öffnen der beiden Flügel des Portals als zweigeteilt. Die linke und die rechte Tür führten in zwei getrennte, enge Halbhäuser, in deren düsteren Stübchen man sich kaum drehen und wenden konnte.

Honoré Langustiers Eindruck von diesem Berlin war dennoch ein ganz ausgezeichneter. Nach dem fröhlichen Mittagsmahl mit Knobelsdorff und seinen Bauleuten, die er durch Borschtsch und Kaninchen unschwer zu Freunden gewonnen hatte, war er auf den Gedanken gekommen, sich einmal das Falckenbergsche Logis anzusehen. Jordan hatte ihm nach dem Essen spärliche Einzelheiten über seinen ersten Besuch bei Eller verraten, doch wollte er nicht so recht mit der Sprache heraus. Im Auftrage des Königs, so Jordan, habe er mit Eller über einen Anfall von Geistesschwäche gesprochen, der bei einem Lakaien nach jahrelangem treuen Dienst plötzlich aufgetreten sei.

Jordans Angebot, ihm noch heute Aufnahme in eine ehrenwerte Gesellschaft von freiheitsliebenden und erkenntnisheischenden Männern zu verschaffen, die sich auch des Königs Mitgliedschaft erfreue, war Langustier reichlich dunkel und geheimnisvoll erschienen, doch er hatte freudig akzeptiert. Längst war es für ihn beschlossene Sache, interessiert aufzunehmen, was immer ihm in diesem aufstrebenden Staate Seltsames und Unerklärliches begegnen würde.

Eine kurze Stunde später wandelte Langustier zum ersten Mal allein mitten in der preußischen Kapitale. Auf den Fußgänger hatte diese Stadt eine noch viel größere Wirkung als auf den Kutschreisenden. Da er sich zu einer selbständigen Erkundung entschlossen und seinen Mietkutscher an der Hundebrücke verabschiedet hatte, irrte er in südlicher Richtung dahin. Bei nasser Witterung waren die Stiefel in dieser königlichen Stadt so unentbehrlich wie der Löffel beim Suppeessen; bei trockenem Wetter dagegen mochte man die Augen stets bedeckt halten. Ganze Wolken von Staub gaben den wandelnden Menschenkindern das Aussehen der Götter, wenn sie, eingehüllt in Schleier, den Augen der Sterblichen ihren Glanz verbergen.

Die »Materialisten«, an deren Läden er nun vorbeikam, machten ihm das Vorhaben, Falckenbergs Logis aufzusuchen, nicht eben leichter, denn sie boten allerhand Köstlichkeiten feil, an denen ein französischer Koch in Berlin nicht umhin konnte, sich erst einmal genüsslich satt zu sehen. Nach den jämmerlichen Zuständen in Charlottenburg hätte er diese Leckereien nie und nimmer vermutet. Warum war der König nicht in Berlin? Hier schien doch alles viel reicher beschickt zu sein – in den besseren Geschäften herrschte der blanke Überfluss. In der Handlung des Herrn Herrmann begutachtete er besonders das reichhaltige Angebot an Weinen: Obermoseler, Moseler und Rheinwein, sowie die bunte Palette der ihm so geläufigen Franzweine – vom gemeinen Picardan, über den Medoc, Margaux, Pontac, Cahors, Clairet bis hin zu den wahrlich vornehmen Sorten: Cotte-Rottie, Movileseau, Pezzier, Rocquemaure (oder petit-Burgunder), veritablem Hermitage (einem feurigen Rotwein, der nach Myrthenbeeren schmeckte), Baune, Bourgogne Volnay, Nuid und schließlich echtem Burgunder! Dessen Preis ließ Langustier erbleichen, denn die Bouteille kostete 18 hiesige Groschen, das waren fast zwei Friedrichstaler! Nichtsdestotrotz erstand er eine Flasche und versprach dem Händler, demnächst mit einer Bestellung wiederzukommen.

Allerlei italienisches Kuchenwerk, Konfitüren und Konfekt, Marzipan, Zucker und Zuckerpuppen, Zuckerbilder auf Hamburger Fasson sowie in Kandis eingemachte Kirschen bestaunte er bei seinem Landsmann Etienne Petit, der sich kaum beruhigen konnte, als Langustier andeutete, für wen er arbeitete. Gerne ließ er sich zum Probieren der einen oder anderen Süßigkeit bereden und trank den türkischen Mokka dazu, der ihm angeboten wurde. Er wäre kaum mehr aus den verschlungenen Komplimenten des Monsieur Petit herauszureißen gewesen, der im Umgarnen seiner Kundschaft wahre Größe bewies, hätte er sich nicht plötzlich wieder mit Macht an sein eigentliches Ziel erinnert. So trat er, um einige kleine Honigkuchen reicher, erneut auf die Straße ins noch reichlich unvertraute Berlin hinaus.

In seiner wachsenden Not fragte er nun doch einen älteren Mann nach der ihm von Jordan bezeichneten Adresse. Warum hatte er sich nur so vertrödeln müssen? Freundlicherweise führte ihn der rüstige Greis zum gesuchten Haus in die Roßstraße, die nicht mehr weit entfernt war. Langustier dankte rasch mit vielen, ehrlich gemeinten Segenswünschen, doch derartige Uneigennützigkeit war hier beim ehrlichen Teil der Bevölkerung nicht ungewöhnlich.

Welche Überraschung: Falckenberg hatte im Haus der Witwe Stolzenhagen logiert, die ebenfalls eine äußerst achtbare Grossistin war. Recht eigentlich musste ihre Handlung sogar die vorzüglichste aller hauptstädtischen genannt werden, wie Langustier sogleich bei sich bemerkte, als er ihren Delikatessenladen betrat.

Da war zunächst das reiche Angebot an frischen Austern und Seefischen: Kabeljau, Schollen, Schellfische, aber auch eingemachter Fischrogen aus Russland und spanische Anschovis. Daneben prangten Fleisch- und Wurstwaren aller Art, etwa Anhaltinische Knackwürste und Braunschweigische Mettwürste, Hamburger Kapaune und eingesalzenes Rindfleisch aus Chorin, desweiteren Butter aus den verschiedensten Regionen: Böhmen, Schlesien oder Holstein, sowie Käse: Texel, Parmesan, Englischer, Limburger, Schweizer. Es fehlten weder Kakao noch Kaffee noch Tee; dieser war in etlichen Sorten vorrätig: Kongo-, Bingo-, Pekoe, Heison- und Grüner, Boy-Tee oder Tee Bouy.

Langustier bezwang sich angesichts der Fülle und sprach, einer Eingebung des Moments gehorchend, während er eine höfliche Vorneigung seines Leibkegels andeutete, als die Besitzerin des Ladens zu ihm herantrat, eine kräftige, im übrigen alles andere als reizlose Dame im besten Alter, die ihn um einen halben Kopf überragte:

»Meine größte Verehrung, ma très chère Madame. Wie ich hörte, steht bei Ihnen ein allerkomfortabelstes Logement zur Vakanz, auf das ich, so es noch disponible, recht gerne meine augenblickliche prétention machte.«

Die so apostrophierte Dame verzog keine Miene. Voller Misstrauen beäugte sie den Unbekannten, der von der frei gewordenen Wohnung keinesfalls in der Zeitung gelesen haben konnte. Gerade erst hatte sie bei der Redaktion des »Intelligenzblattes« ihre diesbezügliche Anzeige aufgegeben. Das Vermietungswesen in der Stadt war nicht eben das regste, und es war nicht ungewöhnlich, dass eine Wohnung Monate oder gar Jahre auf einen neuen Mieter wartete. Wie hatte dieser seltsame Mann, ein Franzose ohne Zweifel, so rasch von der »Vakanz« in ihrem Mietshaus erfahren?

»Darf ich fragen, wie Ihr auf die Idee kommt, Monsieur, hier könnte etwas frei werden?«

Langustier nannte unbeirrt seinen Namen und seine

Profession, dabei die adrette, üppige Person unvermindert anstrahlend, und übertrieb ein bisschen, indem er vorgab, Se. Königliche Majestät in höchsteigener Person hätten ihm diesen Wink gegeben.

Die schöne Witwe erblasste, was sie in den Augen des Besuchers nur noch reizvoller erscheinen ließ. Sie erwiderte auf diese dreiste, indes gut vorgebrachte Lüge hin:

»Welche Ehre. So werde ich mich schwerlich länger sperren können. Bitte verzeiht meine Reserviertheit, doch man muss vorsichtig sein in den heutigen unsteten Zeitläuften. Verbrechen und Missgunst lauern überall.«

Sie räusperte sich und erbot sich nun, Langustier die Falckenbergsche Wohnung zu zeigen, bat ihn aber, ihr die noch verbliebene Unordnung in den Gemächern nicht übel anzurechnen. Sie sei noch nicht dazu gekommen, die Habe des Herrn durchzusehen und zu verräumen. Es liege noch alles in Kraut und Rüben.

Am Ende dreier langer Stiegen wollte Langustier schon seinen Plan verteufeln und sann auf eine billige Ausrede, denn der Anmarsch zu diesem Appartement glich einer Bergtour. Aber die Treppenexkursion war umso schneller vergessen, je weiter sich die vormals Falckenbergsche Etage erschloss: Das war keine einzelne Stube gewesen, sondern die Wohnung eines kleinen Fürsten! Fünf aneinanderhängende Zimmer mit Alkoven – davon eines ein Saal mit Kamin – sowie eine Küche, nebst Speisen- und Holzkammer. Drei Kemenaten fürs Gesinde. Ein Weinkeller und eine Remise im Hof, in der drei Wagen Platz hatten. Ein kleines Stück Garten für Eigenagrarier, wenn gewünscht.

Als sei dies noch nicht genug, einen Kavalier vom Umfange Langustiers zufriedenzustellen, erbot sich die gewesene Madame Stolzenhagen bescheidenst, die extraordinairen Meubles, so in den mit blauen, roten und grünen Seidentapeten ausgeschlagenen Zimmern noch befindlich waren, ihm gleichfalls gegen ein geringes Aufgeld zu überlassen. Der Mietzins von 250 Talern jährlich ließ das Farbengepränge der Tapeten und Bezüge kurzzeitig verblassen, doch hier mochte das letzte Wort noch nicht gesprochen sein. Langustiers Miene drückte denn auch unverhohlene Freude aus, und in seine Augen trat ein charmantes Funkeln, als er seine wohl proportionierte künftige Zimmerwirtin betrachtete.

Auf den kleinen Balkon getreten, der nicht nur einen hübschen Ausblick auf das Treiben in der Straße gewährte, sondern auch die Häuserzeile vis-à-vis in Richtung auf die »Insel« und das Mühlenviertel bequem zu überblicken gestattete, hatte Langustier ganz vergessen, was doch sein ausschließliches Geschäft an diesem Orte sein sollte. Er dachte daran, wie er hier, vom Parterre täglich besser versorgt als der König, und der vormaligen Madame Stolzenhagen vielleicht bald mehr als nur geschäftlich verbunden, ein sorgenfreies Leben führen könnte, sobald sich Se. Königliche Majestät endlich entschlössen, den Lebensabend in dieser schmackhaften Stadt zu verbringen. Und Marie! Wie würde sie jubilieren bei diesem Anblick! Sie vom Strohlager im »Blauen Bären«, wo sie noch immer heulend schmachtete, in diese innerstädtische Prachtsuite hinüberzuführen – das wäre ein lustiges Umtopfen!

»Kommod, kommod«, beschied Langustier. Dem zurückgelassenen Kücheninventar seines Vormieters entlieh er ein Paar schön geschliffene Weingläser, um den Handel mit einem Schlückchen Burgunder sogleich perfekt zu machen. Er holte seine Flasche und die Honigkuchen aus dem kleinen Beutel, den zu tragen er nicht müde geworden war, doch sie winkte ab und wollte partout nicht zugeben, dass zu diesem freudigen Anlass dem Weine ihrer Konkurrenz zugesprochen würde. Sie bat Langustier, sich einen Moment zu gedulden, um aus ihrem Keller einen passenderen Tropfen beizubringen. Möge er sich nur alles noch einmal in Ruhe betrachten. Wenn man nämlich alleine mit sich über eine

Sache zu Rate gehen könne, so meinte sie, stelle sich manche Entscheidung, die man im Gespräch mit anderen leichthin getroffen habe, oft viel nüchterner und in wahrhaftigerem Lichte dar.

Kaum war nun die Witwe aus der Etage hinaus, schob sich Langustier einen der kleinen, weichen und ungeheuer süßen italienischen Kuchen in den Mund, was ihm sofort einen solchen Durst bescherte, dass er gezwungen war, die Flasche Burgunder jetzt trotzdem zu öffnen, sich ein Glas des starken und hitzigen Getränkes einzugießen und beherzte Schlucke davon zu tun. Diese Frau hatte ihn ganz aus dem Häuschen gebracht. Dabei wollte er doch hier einziehen! Über diesen eklatanten Widerspruch galt es ein Gläschen zu leeren.

Nach dem dritten Glase des formidablen Stoffes, der die Zimmer augenscheinlich in ein noch vorteilhafteres, weicheres Licht setzte, verschaffte er sich einen vorläufigen Überblick über die – von den Möbeln und Gerätschaften abgesehen – spärlichen persönlichen Hinterlassenschaften des Abgeschiedenen. Es herrschte eine Unordnung, als hätte hier jemand nach irgendetwas gesucht.

Vor einem hübschen blauen Glas mit einem Büschel von Gänsekielen lag eine Reihe von Papieren unsauber zusammengeschoben auf einem wunderschönen Sekretär aus spanischer Olive. Aber darunter schien nichts Bedeutungsvolles, es waren ältere Ausgaben des »Journals«, des »Intelligenzblattes« und der »Berlinischen Nachrichten« – nichts Handschriftliches, Persönliches.

Die Fächer des Sekretärs enthielten die üblichen Schreibutensilien, Papierbögen, Kärtchen, Enveloppes. Langustier fuhr über die unversehrten, polierten Oberflächen des herrlichen, karamelbraunen Holzes mit den ocker- und quittegelben Flammen und Maserungen. Er hatte solch ein Holz erst einmal in seinem Leben gesehen. Allein dieser Sekretär wäre es wert, die Wohnung zu mieten, so schön war er. Er ging vor dem Möbel auf die Knie, um unter der herausziehbaren Tischplatte nach einem Handwerkerzeichen zu suchen, und siehe da, es war kaum zu glauben, aber wahr: »Valentin Escorbiere, Strasbourgh« hatte es fabriziert! Schnaufend verharrte Langustier in seinem Kniefall, denn er kannte diesen Mann, er kannte vielleicht gar dieses Möbelstück! Als Kind war er oft geduldeter Zuschauer in Escorbieres Werkstatt gewesen. Stundenlang hatte er dem genialen Tischler und seinen fähigen Gesellen bei ihrer feinen Tätigkeit zugesehen. Das Hobeln, Schleifen, Polieren, Sägen, Einlegen geschah mit einer ungeheuren Gewissenhaftigkeit und Präzision. Einmal hatte ihm der Meister ein Geheimnis gezeigt, das normalerweise niemand zu Gesicht bekommen durfte. Der kleine Honoré hatte heilige Eide schwören müssen, es keinem Sterblichen je zu verraten.

Spaßeshalber nahm Langustier die unterste Lade heraus und tastete mit der Hand an der Rückwand nach einer knopfartigen Erhebung. Wie stutzte er, als er sie tatsächlich vorfand! Er zog daran, und ein »Klack« ließ sich vernehmen. Nun entfernte er das oberste Schubfach und fand wie erwartet eine kleine, fingerbreite Öffnung an der Rückwand. Er fuhr mit den Fingern hinein und drückte vorsichtig: Noch einmal »Klack«, und eine kleine, bislang unsichtbare Schublade sprang im barocken Giebel des Möbels hervor, wo eben noch glänzendes Holz gewesen war. Die Front des kleinen verborgenen Faches imitierte täuschend eine rechteckige Einlegearbeit aus rötlich gefärbter Korkeiche. Innen war es reichlich flach, wie es aussah, und mit rotem Leder ausgekleidet. Bloß ein blaues Seidenband lag darin, was Langustier enttäuschte. Als er das Band herausnehmen wollte, bemerkte er jedoch sofort seinen Irrtum: Es bildete nur den Verschluss einer roten Ledermappe von der Größe des kleinen Holzgevierts. Neugierig zog er sie heraus und hatte eben noch Zeit für einen kurzen Blick darauf, als er bereits Schritte auf der Treppe hörte. Er steckte sie in eine Innentasche seiner Jacke.

In fieberhafter Eile drückte er die kleine Lade wieder hinein, bis sie festrastete, schob das oberste Fach wieder in Position, doch es wollte ihm partout nicht einfallen, wie die kleine auslösende Schublade zuunterst wieder zum Verschwinden gebracht werden konnte... So stand die Bodenlade des Sekretärs etwas offen, es war nicht zu ändern. Schnell trat er zum Fenster und nahm noch einen Schluck.

Als ihm das letzte Tröpfchen Burgunder die Kehle hinunterlief, betrat die schöne Witwe mit höchst bestechendem Hüftschwunge wieder die Zimmerflucht. Langustier ließ die Rotweinflasche verschwinden und schob sich den Rest Honigkuchen in den Mund, damit sein Atem etwas weniger hochprozentig daherkäme. Doch die Hinzugetretene argwöhnte nichts. Sie trug eine dickwandige Bouteille in einem Korb, die sie nun umstandslos herausnahm und geräuschvoll entkorkte. Schäumender weißer Champagner ergoss sich in zwei hohe Gläser. Freudig stieß sie mit Langustier auf ihre künftige Hausgenossenschaft an. Langustiers Blut, das von der zurückliegenden Strapaze, dem roten Wein und nicht zuletzt dem zauberhaften Anblick der Dame bereits perlte, deren weißes Décolleté in gefährliche Tiefen blicken ließ, begann heftig zu moussieren. Gerade als er die dralle, sinnliche Erscheinung mit beiden Armen umfassen und an sich heranziehen wollte, rettete eine Platte mit kaltem Braten und Schwarzbrot die Situation, die von einem Gehilfen der Stolzenhagenschen Handlung hereingetragen wurde. Das Essen besänftigte den stürmischen Mieter und hielt ihn von überstürzten Vertraulichkeiten zurück. In einer der Innentaschen seines Justaucorps spürte er das Mäppchen mit seinem papiernen Inhalt. Liebesbriefe vermutlich.

Über das Belassen des Inventars und eine deutliche Minderung der Miete wurde man sich leichter einig, als Langustier gedacht hatte. Sie würde, überlegte die Grossistin, an diesem kochenden Gourmet dennoch genug verdienen und sah ihn schon vor sich, wie er ihr gegen klingende Münze den halben Laden ausräumte. Ihre anfängliche Zurückhaltung und Furcht vor dem Hofbediensteten schien gegenstandslos. Dieser Mann war nur in einer Hinsicht gefährlich. Doch über etwaige Gegenseitigkeiten mochte sie jetzt nicht weiter nachdenken, denn ihr Herz klopfte, vom Champagner angetrieben, zu stark.

Bevor er sich verabschiedete, wieder standfester auf den Beinen, fragte Langustier noch nach dem Verbleib der Dienerschaft seines Vormieters, da er sich ebenfalls nach Personen guten Leumunds umzuschauen gedenke. Hier nun erblasste die Witwe Vermieterin trotz der Champagnerröte ihrer Wangen, denn sie ward offenbar nicht gerne an Falckenbergs Bedienten, ja überhaupt an die vorigen Bewohner erinnert.

»Bei dem Doktor Eller in der königlichen Charité könntet Ihr mehr erfahren. Ich weiß nur, dass Herr... Falckenberg den armen Andersohn aus reiner Barmherzigkeit bei sich arbeiten ließ, obwohl er eigentlich bereits damals ins Irrenhaus gehört hätte. Er war ihm, wie sie an dem Chaos hier sehen, ja weiß Gott keine Hilfe.«

Langustier dankte überschwänglich für alles und ging – nicht ohne ihre zierliche Hand einen sehr langen Augenblick in der seinen zu halten, bevor sie sich ihm lächelnd, aber bestimmt entzog.

Bis zum mit Jordan verabredeten Zeitpunkt war es noch weithin, daher beschloss Langustier, zur Charité zu fahren und ein weiteres Gespräch mit Eller zu führen. Ein paar Groschen bewegten den nächstbesten Botenjungen, ihm eine Mietkutsche aufzutreiben.

Langustiers Vermutung hatte nicht getrogen: Das medizinische Arbeitstier laborierte auch an diesem Abend noch sehr rege. Eller freute sich sogar über die Unterbrechung seiner kniffligen Beschäftigung, als er den Besucher sah – er baute gerade ein Kinderskelett zusammen –, denn Langustiers Interesse an seiner Tätigkeit schmeichelte ihm. Dennoch hatte er sich ernsthaft zu fragen, was auf einmal los war in dieser Stadt? Die königlichen Inspektoren gaben sich neuerdings bei ihm die Klinke in die Hand. Erst wegen Andersohn, dann wegen Falckenberg. Er befürchtete, dass dies noch nicht alles war.

Die beiden begrüßten einander, und Langustier bestaunte zuerst in Ruhe die akribische Knochenbastelei. Da er nun endlich die Zeit dazu aufbringen konnte, schloss sich eine ausgiebige Besichtigung des Ellerschen Kabinettes an. Der Hausherr, der sich sicher sein konnte, dass seine Erläuterungen hier auf fruchtbaren Boden fallen würden, ließ keine Sache aus, bis Langustier erschrocken die Schläge vom Glockenturm zählte und erkannte, dass es schon stark auf Mitternacht zuging. Die Verabredung mit Jordan durfte er keinesfalls versäumen.

Doch noch blieb eine kleine Frist, und er wünschte von Eller dringend zu erfahren, ob es sich lohne, Falckenbergs Diener, der ja angeblich in der Charité in Behandlung stehe, noch zum Casus seines Herrn einzuvernehmen.

Eller, ein Mann, den nach Langustiers Einschätzung nichts so leicht aus der Fassung bringen konnte, nahm eine Flasche mit einer durchsichtigen Flüssigkeit aus dem Wandschrank. Er versuchte sich diese Doppelbefragung zu erklären.

»Hat ihnen denn Jordan nichts von diesem Casus berichtet?«

»Die Zeit war knapp«, entgegnete Langustier, »und mir fiel der Zusammenhang erst in Falckenbergs Wohnung auf, wo ich den Bedienten vergeblich suchte. Er sei hier im Hause, hieß es.«

So war Jordans seltsamer Kollege nicht darüber aufgeklärt. Eller war amüsiert. So schien das öffentliche Geheimnis für des Königs Beamten immer noch tabu zu sein.

Zwei lange nicht mehr gespülte Gläser wurden zwischen

die noch unverarbeiteten Knöchelchen auf die Arbeitsplatte gestellt. Etwas von der klaren Flüssigkeit ergoss sich in jedes und verströmte einen charakteristischen Duft. Langustier, dem nach einer Flasche Burgunder und fünf Gläschen Champagner nichts Alkoholisches mehr fremd sein konnte, tat es Eller gleich und sprach dem übel stechenden Kornbrand ohne Zagen zu. Wenn es doch nun einmal der Wahrheitsfindung diente.

»Andersohn heißt der bedauernswerte Diener, von dem Ihr sprecht. Es steht traurig mit ihm. Doch ich habe in der Tat alles versucht…«

Eller goss nach.

»Er diente dem König seit der Rheinsberger Zeit.«

»Dem wem?«

Langustier glaubte, sich verhört zu haben.

»Dem König, Sr. Königlichen Majestät, Friedrich dem anderen, Eff Zwo, ganz wie Ihr wollt. Er war einst der beste Freund des eifrigen, erfolgreichen Barons von Schlütern. Doch während dieser immer weiter in des Königs Gunst aufstieg, fallierte bei Andersohn alles. Er blieb der Kammerdiener, nicht nur für den König, sondern auch für seine jungen, niedlichen Pagen, mit denen dieser sich so gerne umgab, während sein feiner Freund munter seine Stellung zu privaten Geschäften nutzte. Schlütern wirtschaftete mit Erfolg in die eigene Tasche, was keinem verborgen bleiben konnte, außer vielleicht dem König. Andersohn hingegen versuchte es nur einmal – er wollte eine Locke des Königs an einen seiner Verehrer verkaufen – und landete prompt in der Spandauer Festung. Und dann die Geschichte mit dem Staatsgeheimnis Nummer Eins. Damals war es ja noch eines.«

Langustier verstand nicht, wovon die Rede war. Es mochte der Branntwein sein, der seine Auffassungsgabe blockierte und Eller so durcheinandererzählen ließ.

»Nun ja, kurz geredet: Andersohn hatte ausgeplaudert,

dass der König ohne Thronfolger bleiben werde, wegen der Quecksilberspritzen.«

»Quecksilber?«, fragte Langustier, in immer basseres Erstaunen fallend.

»Der König hat sich einmal, während seiner ungestümen Kronprinzenzeit, bei einer Dame von der Langen Brücke… Ihr versteht…«

Langustier blickte erst fragend, dann ging ihm ein trübes Licht auf.

»…mit der Lustseuche angesteckt und wurde daher so mit dem Merkurius vollgepumpt, dass es gereicht hätte, einem Ochsen die Zeugungskraft zu nehmen.«

Langustier wiegte den Kopf.

»Man wollte ihm mit dieser gewaltigen Spritze das damals übliche Martyrium im Oberstübchen der Charité ersparen, wo krätzige Personen und die an Syphilis Erkrankten therapiert wurden, Quecksilber schlucken mussten, ihren Speichel in Fässer spucken und monatelang schwitzen.«

Eller goss nach. Er sah, dass Langustiers Bild vom König leicht angekratzt war, und beeilte sich, dem Gesagten den Stachel zu nehmen.

»Die Eskapaden des kronprinzlichen Jünglings und ihre Folgen sind heute kein Geheimnis mehr. Es gibt sogar eine ehemalige Geliebte, die er mit einem Haus und einer respektablen Jahresrente beschenkt hat. Sie ist inzwischen die ehrbare Frau eines Mietkutschenunternehmers.«

Langustier staunte über soviel Freizügigkeit an höchster Position, und seine unbescholtene Tochter fiel ihm ein. Er schüttelte sich leicht angewidert, schenkte erst Eller und dann sich selber nach, während der mitteilsame Branntweinschenk zu sprechen fortfuhr:

»Um jedoch auf Andersohn zurückzukommen: Wenn er krank war, kürzte ihm der König den Sold – wohingegen von Schlütern einen Tross von Leibärzten zu seiner privaten Pflege bemühen durfte. Wer hätte diese ständige Zurücksetzung auf lange Sicht ohne Schaden für die Seele ertragen?«

Er füllte die Gläser erneut.

»Die meisten an seiner Stelle wären wohl auf Schlütern oder den König losgegangen, nicht so der arme Andersohn. Er kehrte seinen ganzen Zorn, seine ganze Verzweiflung gegen sich selbst und wurde irrsinnig. Im Dienst begann er nervös zu zittern, konfabulierte während der ihm aufgetragenen Besorgungen und war den einfachsten Aufträgen immer weniger gewachsen.«

Eller zitterte, als er wieder einschenkte, so schien ihn das Schicksal des armen Dieners mitzunehmen. Ein ungewöhnliches Verhalten bei einem Arzt wie Eller, der Tag für Tag so viel Leid zu Gesicht bekam und keine Bedenken trug, mit dem kältesten Stahl die noch lebenswarmen, verletzlichen Organe eines Menschenleibs zu durchschneiden, fand Langustier.

»Bald redete er auch in Gegenwart des Königs oder seiner Gäste, was diesem nun nicht länger tolerabel war. Andersohn flog ohne Entlassungsschein aus seiner Stellung und entbehrte jeder weiteren Versorgung. Der König schien ihn förmlich vernichten zu wollen. Der ungnädig Entlassene lief zu anderen Herrschaften und erzählte wunderliche Dinge über den König und über seinen ehemaligen Freund von Schlütern. Er redete gar von ihrer beider Verschwörung gegen ihn. Auf diese groteske Weise machte er sich zum Gespött der feinen Berliner Hof-Gesellschaft.

Möglicherweise wurde dem König nun bewusst, dass er den Andersohn zu streng behandelt hatte. Vielleicht war ihm die Sache aber nur peinlich. Jedenfalls bat er Falckenberg, den Verwirrten dauerhaft bei sich aufzunehmen.

Erst schien das Experiment zu gelingen. Andersohn wurde ruhiger, schickte sich in sein Los, gewann wieder Zutrauen in die Welt um sich her. Das Konfabulieren verschwand fast ganz. Doch dann, vor zwei Wochen, kam der

Rückfall, er tobte auf offener Straße, rannte vor eine Kutsche und wäre um ein Haar zu Tode gekommen, wenn der Wagenlenker ihm nicht gerade noch hätte ausweichen können. Man wollte ihn ins Irrenhaus in der Krausenstraße verbringen, worin gemeinhin rasende, wahnwitzige und trübsinnige Personen verwahrt werden, doch ich verfügte, dass er zuvor hierher kommen sollte. Denn ich habe eine Therapie an ihm versuchen wollen, die schon die Alten kannten – sie infizierten ihre Geisteskranken mit Krätze und heilten sie so, denn der Körper wendet alle Kraft gegen die niedere Krankheit und vergisst die höhere Seelentrübung –, doch leider…«,

Eller goss Langustier nach, der seiner Armbewegung mit glasigen Augen folgte, sich jedoch ganz auf das Zuhören konzentrierte, Wort für Wort wie Tropfen eines starken Destillats in sich aufnahm und keinerlei Kraft mehr für eine Widerrede hatte.

»…leider ist uns Andersohn entsprungen. Gerade am Tage nach dem Mord. Er sah unglücklicherweise, wie die Leiche seines Herren über den Hof gefahren wurde. Das hat ihm den Rest gegeben. Unweigerlich musste er dies für die letzte Attacke halten, die der König und Schlütern gegen ihn ritten. Ich wünschte, wir hätten ihn schon wieder. Weiß der Himmel, was er gerade anstellt.«

»Mon dieu!«, entfuhr es Langustier, der immerhin noch Kraft genug besaß, den letzten Nordhäuser hinunterzukippen. »Docteur, ich danke Ihnen. Ich weiß zwar noch nicht, wie das alles zusammenpasst, aber es wirft ein kurieuses Licht.«

Langustier stierte auf das Skelett und spürte wie der Alkohol in seinem Inneren zu einem höllischen Gemisch zusammenlief. Unerwartet schwer fiel ihm das Aufstehen, ja selbst das Aufblicken. Hatte ihm der Doktor Gift in den Schnaps gekippt? Doch der führte ihn behutsam die Treppe hinab zur Tür und empfahl sich.

Langustier erspähte unscharf die wartende Kutsche. Die Pferde und ihr Lenker hatten eine unendliche Geduld bewiesen, die nun sogleich durch ein Goldstück überreich belohnt wurde. Langustier fühlte, wie seine Beine immer mehr englischen Plumpuddings glichen. Er fand nur eine schwache Erinnerung an die bevorstehende Zusammenkunft der freiheitsliebenden oder fruchtbringenden »Gesellschaft von den drei Kugeln« oder wie immer sie hieß. Jordan hatte ihn dazu eingeladen. »Jordan«?

»Zum Jordan!«, befahl er im Überschwang. Doch der Kutscher kannte keine Kneipe dieses Namens. Verdammt, wie hieß die Wirtschaft bloß? »Über den Jordan«?

Der gute Kutscher schob ihn förmlich in den Wagen, denn dem wohlgenährten Herrn hatte sich alles zu drehen begonnen. Er machte einen letzten Versuch:

»›Zu den drei Kugeln!‹«

Der Kutscher dachte so angestrengt nach, dass seine schwarzen Brauen zu einem dicken Strich wurden. Schließlich fuhr er los. Langustier schnarchte längst für drei. Wo vorher sein überschwemmter Verstand gewesen war, klaffte jetzt ein rabenschwarzes Loch.

Der freundliche Kutscher, der an diesem frühen Abend Sr. Königlichen Majestät Zweiten Hofküchenmeister beförderte, wusste, dass die Sitzungen der Freimaurerloge »Aux trois globes« in einem ansonsten wenig angesehenen Lokal, dem »Cöllnischen Römer«, stattfanden. Der Wirt selbigen Etablissements stand in dem üblen Verdacht, den Wein aus vielen Pülverchen und Reagenzien zusammenzumischen – wenigstens schmeckte das, was er als Moselaner Rotwein ausschenkte, wie eine Emulsion von Silberglätte, Bleimennige und Essig. Nachhaltig wurden Gaumen nebst Speiseröhre für Stunden und Tage davon verätzt. Aber seine mauernden Gäste nahmen hier sowieso wenig zu sich, da der Grund für ihre Anwesenheit ein viel ernsthafterer war.

Seit dem 13. September war der »Großorient von Berlin« um eine Loge reicher – er umfasste jetzt deren zwei. Weil sich der König bald nach seinem Regierungsantritt öffentlich zum Freimaurertum bekannt hatte, wollten viele der nach Berlin gekommenen Kavaliere ebenfalls Freimaurer werden und in seiner, der »Loge du Roi«, Aufnahme finden. Doch der Hofloge durften nur Angehörige des Hochadels beitreten, und so befahl der König in seiner Eigenschaft als Großmeister aller Logen auf brandenburgischem Territorium, Abhilfe zu schaffen. Der königliche Legationssekretär Jakob Friedrich Freiherr von Bielfeld und der Geheime Rat und Polizeipräfekt Charles Etienne Jordan gründeten daraufhin die Stadtloge »Aux trois globes«.

Dass sie jenes unscheinbare Gebäude am Ufer der Spree zum Tagungsort für diese Vereinigung wählten, wurde einzig und allein durch das Vorhandensein eines für Maurerzwecke geeigneten Innenraumes begründet. Dieser hatte, um seiner symbolischen Rolle zu genügen, ganz bestimmte, höchst reale Bedingungen zu erfüllen.

Die Loge hatte ein längliches, viereckiges, von Osten nach Westen sich erstreckendes Zimmer mit je einem Fenster im Osten, Süden und Westen zu sein. Auf der Mitternachtsseite hingegen durfte sich keine Lichtöffnung befinden, weil die Sonne aus dieser Richtung keine Strahlen senden kann und somit für die Licht bringende Maurerei hier nutzlos bleibt. Die Oberen nahmen im Osten ihre Plätze ein, wo die Sonne aufgeht, unter einem Baldachin als Sinnbild des Himmels. Vor ihnen erhob sich der Altar mit der Säule der Weisheit, zu dem drei Stufen hinaufführten – er trug die »drei großen Lichter«: Bibel, Winkelmaß und Zirkel. Die Lehrlinge und Gesellen saßen im Norden, während im Süden und Westen die Säulen der Stärke und der Schönheit aufgestellt waren. Auf den drei Säulen brannten die drei »kleineren Lichter« – Kerzen, welche den Tag (die Sonne), die Nacht (den Mond) und den Meister vom Stuhl (den Regenten der Loge) bedeuteten.

In der Mitte des Raumes unterm Dach des »Cöllnischen Römers« lag ein Teppich ausgebreitet, der den Arbeitstisch darstellte. Er wurde als »Grundriss des Salomonischen Tempels« bezeichnet und zeigte auf seinem Rande in kleinen bildlichen Zeichen die freimaurerischen Sinnbilder – den flammenden Stern, die Fransen, das Mosaik, das Winkelmaß, die Wasserwaage, das Senkblei, den rauen Stein, den Würfel, das Reißbrett, die Kelle, den Hammer, den Zirkel sowie Sonne und Mond.

Fünfzehn Männer in schwarzen Roben und weißen Handschuhen, einem Hut auf dem Kopf und einem Schurz aus weißem Lammfell um die Hüfte, warteten bereits seit geraumer Zeit um den Teppich versammelt. Das Weiß der Handschuhe und des Felles symbolisierten ihren reinen, lauteren Lebenswandel und ihre aufrichtige Gesinnung, während der Schurz daran erinnern sollte, dass sie Arbeiter waren und im Dienste der Menschheit standen. Unter ihnen befanden sich, wie in jedem richtigen Vereine, neben dem Vorsitzenden ein Schatzmeister, ein Schriftführer und mehrere Aufseher. Sämtlichen Mitgliedern des Vorstands hingen Winkelmaß, Wasserwaage oder Senkblei an königsblauen Bändern um die Hälse.

Heute Abend waren alle Grade zusammengetreten: Lehrlinge, Gesellen und Meister, um in der »Lehrlingsloge« drei neue Mitglieder aufzunehmen. Doch bisher hatten sich nur zwei der Kandidaten im Vorbereitungszimmer, einem Nebenraum des eigentlichen Logensaales, eingefunden. Alexander von Marquard, Oberst im Regiment Prinz Heinrich, schimpfte kaum verhalten und schielte dabei zum zweiten Novizen des Abends hin, einen Verbündeten für seinen Ärger suchend.

»Franzose. Das war doch klar. Die kommen noch zu ihrer eigenen Beerdigung zu spät!«

Doch Baron von Beeren, ein vornehm dreinschauender Jüngling, der von Marquards Schätzung nach kaum älter als

20 Jahre alt war, wusste mit militärischen Pünktlichkeitsbegriffen rein gar nichts anzufangen. Es interessierte ihn nicht sonderlich zu erfahren, wer der Dritte im Bunde sein sollte, auf den sie, da der Hochmittag (die zwölfte Nachmittagsstunde) schon längst verstrichen war, augenscheinlich noch zu warten hatten. Er war eigens nach Berlin gekommen, um Mitglied der Stadtloge zu werden. Der Name des Gasthofs, in dem er abgestiegen war – er hieß »Zur Neuen Welt« – kam ihm sehr passend und beziehungsreich vor, da er sich genau dies von den maurerischen Aktivitäten erwartete: eine neue, edlere Welt, in der gegenseitige Anteilnahme, Menschlichkeit und Freude regieren würden. Sobald er die unteren Grade durchlaufen hätte, das plante er, würde er in seiner Heimat unweit Berlins ebenfalls eine Loge begründen. Dieser Abend war somit von einiger Wichtigkeit für ihn. Mochte der Mensch mit seiner albernen Uniform neben ihm nur nörgeln und quaken, das machte ihm nichts. Auch die triste Ambience und der kaschemmenhafte Name der Gastwirtschaft, in der die Aufnahmehandlung erfolgen sollte, konnten ihm die hohe Meinung von dem Bevorstehenden nicht nehmen.

»Der dritte Lichtsuchende ist angekommen. Oder das, was von ihm übrig ist...«, hörte er plötzlich den Türsteher in den angrenzenden Raum rufen, wo von Bielfeld und Jordan standen.

Jordan erschrak über diese kryptische Andeutung und sprang die Stiege hinab. Doch die Sorge war unnötig, denn er fand in der Kutsche einen zwar rauschhaft-schläfrigen aber sehr lebendig sägenden Langustier, der es willenlos mit sich geschehen ließ, dass ihn drei Mann stützend, schiebend, ziehend, schleppend aus dem Wagen bugsierten und die Treppen des »Cöllnischen Römers« hinauf bis unters Dach bewegten.

»Terriblement! Was nun?«

Der Freiherr Jakob Friedrich von Bielfeld zeigte sich ratlos. Doch Jordan, der sich schnell wieder gefasst hatte, resümierte ungerührt:

»Egal wie. Wir müssen ihn heute aufnehmen. Befehl des Königs. Staatsraison. Wir haben schon ganz anderes gedeichselt, so werden wir auch das über die Bühne bringen. Hauptsache, die Form wird gewahrt. Ich werde ihm später alles in Ruhe erklären.«

»Um Himmels willen, Jordan«, empörte sich von Bielfeld, »das geht doch nicht! Es verstößt gänzlich gegen die Statuten. Der Eintritt soll freiwillig sein und nicht auf Überredung basieren. Wie kann er wissen, was mit ihm geschieht in seinem Zustande, geschweige denn eine Entscheidung treffen?«

»Aber es ist ja sein Wille, er hat es mir heute Mittag gesagt. Herrje, Bielfeld, so schickt Euch in Gottes Namen darein, uns bleibt ja gar keine Wahl. Wir können nicht jeden Tag eine solche Sitzung anberaumen, und die Zeit drängt höllisch, glaubt mir. Morgen könnte es schon zu spät sein.« Er übertrieb absichtlich ein bisschen, um den anderen umzustimmen. Es hing ja im Grunde nichts daran. Aber die Anordnungen des königlichen Freundes mussten nun einmal stets sofort in die Tat umgesetzt werden, selbst wenn es schwerfiel.

Bielfeld wusste nicht, worum es hier genau ging. Doch er gab es auf, weiter darüber nachzudenken, und so geschah etwas, was für die Geschichte des »Berliner Großorients« wohl einmalig geblieben ist und von jeder Chronik daher tunlichst verschwiegen wurde.

Mit einem kalten Wasserguss über den Kopf, was eigentlich nicht zum Zeremoniell gehörte, gelang es, Langustiers Lebensgeister notdürftig zu beleben. Mehrmals während der Prozedur, die zu straffen niemand autorisiert war, nickte er jedoch wieder ein. Aus Staatsräson verzichtete der fragende Jordan darauf, Langustier der gleichen philosophischen Geistesprüfung zu unterziehen wie seine beiden künftigen Mitbrüder, denn es hätte ihm schwerlich zum Vorteil gereicht.

Zwei starke Helfer unterstützten ihn schließlich, als der Ritus seinem symbolischen Abschluss entgegenging. Drei starke Schläge an die Eingangspforte der Loge tat Langustiers Hand, der hierüber wieder dauerhaft zu erwachen schien und die denkwürdigen Sätze sprach:

»Wer suchet, der findet. Wer bittet, dem wird gegeben. Wer klopfet, dem wird aufgetan.«

Immerhin durfte man nunmehr sicher sein, keinen Ahnungslosen vor sich zu haben, denn nichts anderes hatte das Klopfen im Verständnis des Ordens zu bedeuten.

Man verband Langustier die Augen, was aber kaum nötig gewesen wäre, und es folgte die so genannte »Wanderung«. Dreimal wurde der Arbeitstisch, das heißt der Teppich umkreist – alles geschah im Übrigen dreimal, was bei mystischen Handlungen üblich ist. Jordan und die Aufseher führten Langustier zum Altar der Wahrheit, wo sie seine rechte Hand auf die »großen Lichter«, will sagen: auf Bibel und Winkelmaß legten, zum Zeichen, dass er gewillt war, an Religiosität und Rechtschaffenheit festzuhalten. Jordan war überzeugt, ihn bereits gut genug zu kennen, um über diesen Punkt beruhigt zu sein. Sie ließen den Schwerfälligen vor dem Heiligtum der Freimaurer in die Knie sinken und lasen ihm seine Pflichten vor.

»Herr, ich beschwöre meine Unschuld«, kam es gemurmelt von seinen Lippen, was leider ganz und gar nicht intendiert war.

Verschwiegenheit zumindest, die oberste Schuldigkeit, durften die Maurer von Langustier gewiss erwarten, denn er würde später sicherlich keinerlei Erinnerung hieran haben. Drei Hammerschläge Bielfelds auf den heiligen Grundstein vollendeten die Zeremonie. Die beiden anderen Kandidaten hatten sich bemüht, Langustier nicht weiter zu beachten, und waren bei sich übereingekommen, dass dies mitzuerleben die seltsamste Probe war, die man ihnen je auferlegt hatte.

»Geschlossen, mein Bruder, ist nun der Bund fürs ganze Leben. Erhebe dich jetzt!«

Langustier »wurde erhoben« – allein hätte er es schwerlich geschafft –, von der Augenbinde befreit und grunzte, gähnte. Man hielt seine daraufhin erfolgenden Lautäußerungen für den aufrichtigen Wunsch nach Erleuchtung und schien trotz der ungewöhnlichen Verfassung des Suchenden von seiner inneren Anteilnahme überzeugt. Langustier, der nun dem Ablaufplane der Einweihungszeremonie gemäß die Stufe der inneren Wiedergeburt hätte erreicht haben sollen, seufzte indes, verdrehte kurz die Augen und schnarchte. Von der Belehrung profitierte er nicht mehr, und seine feierliche Begrüßung seitens der nun mit ihm zu gleichem Streben und in einem Geiste verbundenen Brüder blieb ihm unbewusst. Handschuhe, Schurz, Aufnahmeurkunde und Mitgliedsverzeichnis wurden ihm beigesteckt, dann legte man ihn im Nebenzimmer ab, um von lauten Schlafgeräuschen unbeeinträchtigt die kleine Tafelloge begehen zu können.

Dem abwesenden Gourmet entging hierbei nichts. Eher war es ein Glück für ihn, die Küchenerzeugnisse des »Cöllnischen Römers« zu versäumen. Langustier erwachte kurz, als man ihn in die Kutsche verfrachtete, die Jordan und ihn nach Charlottenburg zurückbrachte und begleitete den Vorgang mit der höflich geäußerten Frage, ob er denn jetzt schon im Himmel sei?

VII

Die Gegend vor dem Rosenthaler Tor war ein locus amoenus, wie ihn der Hofmaler Pesne in seinen Schäfergemälden kaum schöner darstellen konnte: Weite Sandflächen wechselten mit dichtem, mannshohem Weidengebüsch und Halbinseln aus Heidekraut. Außer einer Windmühle auf der Kuppe eines flachen Hügels stand weit und breit kein Haus.

Eleonore Charlotte von Marquard zeichnete mit der Schuhspitze verschlungene Linien in den vom Tau feuchten Sandboden. Seit Tagen kam sie jeden Morgen hierher, als könnte ihr der Ort den einzigen Menschen ersetzen, den sie für alle Zeiten an ihrer Seite geglaubt, und den sie jetzt so unbegreiflicherweise verloren hatte. Wenn sie hier ihre ziellosen Spaziergänge unternahm, war ihr, als seien all die vor Glück überschäumenden warmen Sommernächte noch in Busch und Kraut gegenwärtig.

Noch einmal, vielleicht zum letzten Mal, gelang es ihr, die Stimme des Geliebten zum Leben zu erwecken. Ließe sich nur ungeschehen machen, was ihre erste Lust und Unbedachtsamkeit an Schmerzen nach sich gezogen hatte. Hätte sie ihn doch niemals kennen gelernt, sich ihm hier auf sandiger Heide damals nicht hingegeben! Sie begann zu weinen. Welch ein schändlicher Gedanke! Wie konnte ihr so etwas einfallen? Sie liebte Falckenberg wie am ersten Tag – und jetzt, wo er tot war, zu allem Unglück mehr als je zuvor.

Die Gestalt ihres ungeliebten Gatten, des Obersten von

Marquard, von dem sie schon lange getrennt lebte, erschien vor ihrem geistigen Auge. Obgleich sie es ihm verwehrte und seit Jahren auf die endgültige Lösung ihrer unglückseligen Verbindung drang, bemühte er sich hartnäckig, mit geist- und fühllosen Werbungen ihre Liebe wiederzuerlangen, die indes seit langem ausschließlich Falckenberg hatte gelten können. Schon diese Unnachgiebigkeit, dieses Hündische, Anhängliche war ihr widerwärtig erschienen, aber Marquard war, wiewohl sie ihm deutlich zu verstehen gegeben hatte, dass seine Mühe auch fürderhin ohne Ergebnis bleiben würde, nicht von seinem Wege abgewichen, hatte sie immer eindringlicher mit seinen nutzlosen Reden, Schwüren und Beteuerungen gequält.

Wie war Marquard hinter ihre Verbindung mit Falckenberg gekommen, wo sie doch, um seinen Argwohn und seine Unberechenbarkeit wissend, alle erdenklichen Schliche und Wege zur Vertuschung genutzt hatten? Falckenberg, der schon aufgrund seiner Stellung am Hof Verschwiegenheit und Diskretion als oberste Tugenden kultivieren musste, hätte sich nie zu einer unbedachten Äußerung oder Prahlerei mit ihrer Zuneigung hinreißen lassen, das wusste sie gewiss.

Die Bläue des Oktoberhimmels dehnte sich kalt. Vereinzelt fielen müde, gelbe, schwertförmige Blätter von den Weiden. Die Lerchen, die sich den ganzen Sommer über in die Luft geschraubt hatten, waren längst in den Süden geflohen.

Im Gasthof »Zur Neuen Welt« herrschte an diesem Freitagmorgen helle Aufregung. Seine Exzellenz, der Hohenfließische Sonderbotschafter in Preußen, Maximilian Edler von Waldegg, hatte in aller Herrgottsfrühe durch eine Staffette seine bevorstehende Ankunft melden lassen. Was der Gesandte derzeit so überaschend in Berlin verloren hatte, wo der König doch in Potsdam weilte und sich gar anschickte, für Wochen nach Rheinsberg überzusiedeln, interessierte hier niemanden, denn die Ankunft des Diplomaten bedeutete sicheren Gewinn für Tage, wenn nicht Wochen.

Adrian von Beeren, der zwei kleine Zimmer im ersten Stock der »Neuen Welt« bewohnte, nahm den Aufruhr nur am Rande wahr. Er wusste weder, wo dieser Zwergstaat »Hohenflicß« eigentlich lag, noch begehrte er es zu erfahren. Seine glückliche Aufnahme in den Bund der Freimaurer war alles, was ihn beschäftigte. Das Diplom seiner Einweihung wieder und wieder hervorziehend und wie einen Fetisch zu magischem Gebrauche beschwörend, saß er am Fenster und sah gelegentlich auf die Straße hinab.

Unter den Linden wurde bereits eifrig flaniert, zahlreiche Kutschen kamen stadtaus- und einwärts vorbei. Ein für Sonntag anberaumtes Erntedankfest, das die Königinmutter in Schloss und Garten von Monbijou auszurichten gedachte, füllte Berlin mit vornehmen auswärtigen Gästen. Ein besonders hübsches, rotes Gefährt mit goldenen Wappen scherte aus dem Korso aus und steuerte das Portal der »Neuen Welt« an. Zwei blau livrierte Lakaien sprangen behände von den schmalen Trittleisten an der Rückseite des Kutschkastens ab. Der eine klappte ein bewegliches Treppchen unter der Türe aus, während der Zweite seinem teuer kostümierten Herrn den Schlag aufhielt. Nur einen kurzen Augenblick nahm der Ausgestiegene sich Zeit, mit einem grazilen Stöckchen den Berliner Boden auf seine Tragfestigkeit zu prüfen, dann schwang er seinen bunten Federhut aufs Haupt und bewegte sich eilig vorwärts.

Ärgerlich beklagte von Beeren die dünnen Wände dieses Bauwerks, die nicht eben einen ruhigen Aufenthalt erwarten ließen. Ein Rumpeln im Nachbarraum hatte ihm endgültig angezeigt, dass der neue Gast unmittelbar neben ihm logierte. Leider gab es eine frühere Verbindungstür zwischen den beiden Räumen, die den Schall noch im verschlossenen Zustand kaum behinderte. Von Beeren verfolgte genau, wie die Bagage abgestellt und die hauseigenen

Träger mit einem hohen Trinkgeld abgefertigt wurden, denn durch die wurmstichigen Bretter konnte er sogar ihr erstauntes Dankesmurmeln hören. Unter Aufbietung aller Kraft ging von Beeren daran, den breiten eichenen Kleiderschrank vor die Tür zu rücken, was den Geräuschen, wie er hoffte, Einhalt gebieten würde.

Noch bevor er das schwergewichtige Möbel bis zum Türrahmen geschoben hatte, war im Nebenraum bereits ein erster Besucher eingetroffen. Da ihm die Masse des hölzernen Ungetüms ohnehin eine Pause abnötigte und die Worte »Hohenfließ«, »Erbfolge« sowie »Provokation« nun doch einen nicht ganz uninteressanten Gesprächsgegenstand verhießen, hielt von Beeren kurz in seinem Tun inne. Im Nachbarraum war es für den Moment ruhig geworden, da man sich offenbar durch das Möbelrücken gestört fühlte. Die Stimmen kamen anschließend etwas gedämpfter, blieben aber dennoch klar und vernehmbar. Das schnarrende Organ, das sich jetzt hervortat, war unzweifelhaft das seines geschäftigen Nachbarn.

»Se. landgräfliche Durchlaucht sind nunmehro weniger denn je gewillt, die Zumutungen des roi charmant tatenlos hinzunehmen. Die pragmatische Sanktion über die Anerkennung der Braunfeldischen Erbfolge soll plötzlich, nach zwei Jahren der Ruhe, da wir dies Thema schon für nachhaltig abgetan hielten, nun doch angefochten werden und das Land nach kinderlosem Ableben unseres allergnädigsten Fürsten und Herren aufgrund eines alten, 1664 geschlossenen Vertrages an Brandenburg fallen. Die Braunfelder intervenierten erfolglos. Der Brandenburger will die Sache militärisch abtun und wartet nur auf den letzten hochfürstlichen Atemzug aus Hohenfließ.«

»Man stelle es sich vor! Der homme des lettres als mordlüsterne Bestie«, schaltete die zweite, fistelige Stimme ein, die dem Besucher zugehörte.

»Nun ja, ganz so ist es freilich nicht. Und doch scheint es

besiegeltes Ansinnen des Brandenburgers, seine Chancen zu nutzen, wo immer sie sich bieten. Rücksichtslos! Wir haben seine Proklamation vor Wochen mit sieben Siegeln erhalten. Jakob Heinrich, der sanftmütige Landesvater, ist über diesen Schreckensvisionen sogar auf dem Totenbett noch einmal tüchtig aufgewacht. Doch es ist wohl nur ein letztes Aufflackern der Lebensgeister.

Bevor ich vor vier Tagen Richtung Bebra abfuhr, stand sogar sein träger Beraterstab, der sich bislang nur durch das eindringliche Geräusch vernehmen ließ, das die Atemluft verursacht, wenn sie von den Schlafenden unbeherrscht ausgestoßen wird, in hellen Flammen der Begeisterung. Alles loderte mit wilden Verwünschungen gegen den brandenburgischen Goliath. An den Straßenecken unserer edlen Residenzstadt Hohenfließ ergeht man sich tapfer in den wildesten Schmähreden.«

»Die Schnurrkatzen zeigen Zähne und Krallen«, bekräftigte papageienhaft die zweite Stimme.

»Und es ist an der Zeit, es ist hohe Zeit! Viel zu lange haben wir zu den Demütigungen geschwiegen. Man ist nicht mehr lange Dachs, wenn die Meute schon vor dem Bau hechelt. Wenn wir uns jetzt nicht rühren, wird aus Hohenfließ ein zweites Herstall, aus Braunfeld ein zweites Lüttich. Nicht auszudenken, dass in wenigen Wochen königsblaue Truppen die Staatsgrenzen überschreiten und unsere wackere Armee mit einem wie nebenbei geführten Handstreich zur kampflosen Aufgabe zwingen könnten. Was würde wohl in den ›Berlinischen Nachrichten‹ stehen? Man müßte nur die Namen ändern und hätte alles schon einmal gelesen.«

Der Sprecher kramte hörbar ein altes Zeitungsblatt hervor und zitierte daraus:

»Damit es dem dortigen Fürsten und seinen Beratern gefalle, auf bessere Gedanken zu kommen und sich zu einem gerechten und anständigen Vergleiche zu bequemen, haben

Se. Königliche Majestät einige Völker in die unrechtmäßig liierten Grafschaften Braunfeld und Hohenfließ marschieren lassen.«

Er legte das Blatt weg.

»Punktum. Es bedürfte nur eines Wimpernschlages für ihn und wäre doch unser aller sicheres Ende.«

»Adieu, blühende Landschaften«, ergänzte der Adressat dieser Neuigkeiten.

»Er würde uns die Bauern vollends wegrekrutieren, so dass wir unser Getreide bald von Braunschweig oder Kassel beziehen müssten. Denn er braucht Soldaten, immer mehr Soldaten. Mögen ihn seine Beweihräucherer als Musengott preisen und in den Himmel heben – er ist doch ganz der Vater. Noch kein halbes Jahr König, und schon meilenweit entfernt vom schöngeistigen Kronprinzen, der als einzige Leibgarde das ihn umschwänzelnde Musiker-, Maler- und Literatenpack befehligte. Es kann mir niemand weismachen, dass dieser so genannte ›Friedensfürst‹ keinen Geschmack daran findet, seine königsblauen Regimenter zu vereidigen und herumzukommandieren. Sein ›Antimachiavell‹ ist ein schöngeistiger Witz – er hat ihm mit Lüttich längst Hohn gesprochen. Lasst nur erst den greisen Österreicher abtreten und er wird sich mit der halben Welt anlegen. Das fehlte noch, dass sie ihn dereinst ›den Großen‹ nennen. Aber noch ist Hohenfließ nicht bezwungen!«

Der dumpfe Schlag eines auf die Dielen prallenden hölzernen Hohlkörpers beendete den Monolog abrupt. Von Beerens an der Wand lehnender Reisekoffer war umgekippt, als er sich zu nachlässig auf ihm abgestützt hatte. Das Reden ging zwar geflüstert fort, doch war schlechterdings nichts davon mehr aufzuschnappen. Von Beeren rückte nun den Schrank, wie eigentlich beabsichtigt, vor die Öffnung, was dem im angrenzenden Raume Flüsternden einige Sicherheit zurückzugeben schien, da er lärmende Hausarbeiten vermutete. So erlangte die Stimme des Gesandten fast wieder ihre anfängliche Stärke und war bei geöffneten Schranktüren noch immer leidlich zu verstehen. Von Beeren registrierte es einerseits verärgert, andererseits aber mit einer seltsamen Neugier, die ihm bis dahin an sich nicht aufgefallen war.

»Man vermag als König in Preußen vieles, aber doch nicht alles. Auch das blaueste Blut macht keinen unverwundbaren Drachen aus ihm, kein unverbrennbares Tier, das seinen bunten schleimigen Leib mir nichts, dir nichts durch die rotglühenden Kohlen ziehen kann. Der König ist noch einige Zeit in Rheinsberg, und seine Aufpasser schwirren nicht so zahlreich wie gewöhnlich in der Stadt herum. Daher müsst ihr Eure Schlingen rasch auslegen. Und belohnt Eure Spürhunde gut, damit sie keinen Laut geben. Findet mir unseren Mann. Ich bin mir gewiss, dass die Gegenpartei längst Lunte gerochen hat. Wenn es nur nicht schon zu spät ist.«

Das Klimpern schwerer Münzen war zu vernehmen. Die zweite Stimme krähte:

»Untertänigster Diener, Euer Exzellenz! Euer Exzellenz können sich ganz auf mich verlassen!«

Eine Tür ging und der Botschafter von Hohenfließ blieb still und allein zurück.

»Zum Glück redet er nicht noch mit sich selbst«, dachte von Beeren und schloss die Tür des Abhörschranks.

Für Honoré Langustier war der Tag nach seiner denkwürdigen Erhebung in den freimaurerischen Lehrlingsstand in schmerzhafter Zwangsläufigkeit verstrichen. Von der Zeremonie hatte er leider nur sehr wenige Bilder im Gedächtnis behalten, die ihm in ihrer Isoliertheit geheimnisvoll und unerklärlich blieben. An ein jeweiliges Vorher oder Nachher konnte er sich beim besten Willen nicht entsinnen, als er – die Urkunde seiner Aufnahme noch in den Händen – nach steinernem Schlafe und mit schmerzendem Schädel viel zu spät im »Blauen Bären« erwacht war.

Erst als die Köche einen Küchenjungen herübergeschickt hatten, da die Mittagsmahlzeit schon auf dem Spiele stand und alles verloren schien, war wieder Bewegung in ihn gekommen. Der Russe hatte sibirische Pelmeni im Visier und eine deftige Füllung aus Hirschfleisch mit Steinpilzen für die Teigtaschen vorbereitet, was der Italiener indessen nicht tatenlos hatte hinnehmen wollen, da er ligurische Agnelotti aus dem Teig zu fertigen gedachte, in die ausschließlich Weißkohl und Frischkäse gehörten. Mit dem letzten Bröckchen Eis aus dem königlichen Tiefkeller auf der Stirn hatte Langustier gerade noch rechtzeitig eingreifen, den Streithähnen die Messer entwinden und sie zur anteiligen Produktion beider Füllungsvarianten anhalten können. Knobelsdorffs Arbeiter, darunter mehrere Italiener und Russen, hatten sich gar nicht genug über die Mischung begeistern können.

Nach ausgiebigem zweitem Schlafe war dann alles wieder bestens im Lot, wie die freitags offerierte Speisenfolge für die königlichen Handwerker bewies: Bouillabaisse mit Rotbarben, Rebhuhn mit Maronen und Porree, Gänseleberpastete und kandierte Schwarzwurzeln, getrüffelte Spinatnudeln sowie einen mit Holunderschnaps beträufelten Gugelhupf. Wären Se. Königliche Majestät zugegen gewesen, sie hätten es Verschwendungssucht genannt.

Jordan hatte sich im vertrauten Gespräch nach Tisch halb amüsiert, halb tadelnd über die Verfassung seines Kollegen während der Initiation geäußert, war aber dann schnell auf die zwischenzeitlichen Ergebnisse einer Untersuchung der von Langustier im Tiergarten gefundenen Pistole zu sprechen gekommen. Man habe eine Gravur entdeckt, die darauf schließen lasse, dass es sich – unabhängig davon, ob das Duell nun echt oder vorgetäuscht gewesen sei – wahrscheinlich nicht um eine Waffe aus Falckenbergs Besitz handele. Noch immer sei keine zweite Pistole gefunden worden, was die Duelltheorie natürlich nicht erhärte.

Langustier kam dies alles herzlich verworren vor. Es passte zu der laxen Art, mit der sein hauptamtlicher Kollege in solchen missliebigen Fällen vorzugehen pflegte. Die Duellthese war doch schon längst passé! Er erbat sich daher vom Polizeipräfekten die Waffe und betrachtete die fein ziselierte Initiale: »M«.

Als er Jordan davonziehen sah, fiel ihm siedendheiß die Mappe ein, die er in Falckenbergs Sekretär gefunden hatte. Er tastete die Taschen seiner Jacke ab und stellte mit Schrecken fest, dass er sie nicht bei sich trug! Hatte er sie in seiner partiellen Umnachtung verloren? Um des Himmels willen – wo waren die sichergestellten Papiere?

Er schickte kurzerhand einen der Küchenjungen – einen Belgier, der ihm durch die arbeitsame, gewissenhafte Art besonders vertrauenswürdig schien – zur Nachforschung nach Berlin. Bei Eller vor allem war nachzufragen. Vielleicht hatte aber der umsichtige Kutscher, da er in der verhängnisvollen Nacht schon so viel Geistesgegenwart bewiesen hatte, das Mäppchen in seinem Wagen gefunden? Das wäre freilich am günstigsten. An die Möglichkeit, dass der Verlust noch in der ehemals Falckenbergschen Wohnung oder im Stolzenhagenschen Treppenhaus, respektive auf der Straße eingetreten sein könnte, wagte er kaum zu denken. Er spähte verstohlen in der Küche umher, ging ins Vorratslager und bemühte sich, die Bewegungen des letzten Tages zu rekapitulieren – ein fast aussichtsloses Unterfangen. Im »Blauen Bären« konnte er Nachsuche halten, aber viel mehr fiel ihm nicht ein. Sollte er das Ding beim Freimaurerzauber verloren haben, wäre wohl über Jordan ein Drankommen. Er hätte sich ohrfeigen können über die eigene Nachlässigkeit. Momentan war in dieser Verlustangelegenheit wenig mehr zu unternehmen. Er wollte vermeiden, dass zu viele Neugierige von seinem Geheimauftrag Wind bekämen. Dann wurde er von dringlichen Geschäften abgelenkt. Küchenvorbereitungen in Hülle und Fülle waren zu treffen, denn am Sonntag würde mit einem Gartenfest, bei dem er durch königliche Depesche angewiesen war, die hauseigenen Köche der Königinmutter zu unterstützen, Erntedank gefeiert. Man war, von den warmen Septembertagen zum Ausharren verleitet, etwas über der Zeit. Um den vielen Gästen das Feuerwerk dennoch im herbstlich gelben Park vorführen zu können, würden mit offenen Kohlenschalen beheizbare Zelte aufgeschlagen. Eine Feldküche würde das Erwärmen vorbereiteter Speisen ermöglichen.

Langustier freute sich auf diese barocke Festlichkeit – das erste Hoffest, bei dem er mitwirken sollte. Und Marie dürfte mitkommen, das würde er arrangieren. Langsam musste dem armen Mädchen etwas geboten werden. Die Nachricht vom bevorstehenden Einzug in die Stadtwohnung hatte sie elektrisiert. Während seiner Unpässlichkeit am Vortag war sie eigenmächtig nach Berlin gefahren und bei der Witwe Stolzenhagen vorstellig geworden, welche gerade die Wohnung für die neuen Mieter putzte und dabei das unterste zuoberst kehrte. Die schönen Möbel waren bis in die letzte Lade ausgeräumt, die kleinste Kammer rein bis auf das lackierte Holz des Parketts. Jubelnd vor Freude war Marie zurückgekehrt und dem Vater um den Hals gefallen.

Auf der taunassen Waldwiese vor der Bergischen Eiche schwebte eine geisterhafte Gestalt durch den Frühnebel. Eine immaterielle Decke hatte sie ins Gras gebreitet und machte sich nun daran, einen achtbaren unsichtbaren Rehbraten zu tranchieren, der einem imaginären Weidenkorbe entstiegen war. Drei Gläser der durchsichtigsten Art wurden auf den unebenen Grund gesetzt, wo sie sich sogleich mit der Vorstellung von edlem Tokayer füllten.

Sr. Königlichen Majestät Kammerdiener, Friedrich Ludwig Andersohn, umtänzelte den König und dessen Gast, den Baron von Schlütern, die hier zu ungewöhnlicher Stunde ihr wundersames Frühstück einnahmen.

»Noch Wein, Sire?«

»Aber gern. Nehmt Ihr noch Braten?«

Andersohn legte munter vor. Die ansonsten höchst ungleichen Gäste glichen sich doch in ihrem Appetit. Sie ließen eifrig ihre Gläser klingen, sprachen dem Braten zu und waren schier nicht zu sättigen. Flaschen hatten entkorkt und neue Braten tranchiert zu werden, um die Herrschaften zufriedenzustellen. Hinten fuhren schon Wagen auf, die Nachschub brachten.

»So sind wir uns denn einig, Sire?«

»Aber unbedingt!«

Andersohns Behändigkeit nahm nur noch zu. Er drehte sich, flog, wirbelte um die beiden Sitzenden herum, goss nach, schnitt ab, legte vor.

»Wollt Ihr nicht bei uns Platz nehmen, Andersohn?«, fragte von Schlütern.

»Ja wirklich, bester Andersohn, es dünkt mich gleichfalls, dass Ihr schon viel zu lange stehet. Kommt setzt Euch, greift zu und lasst es Euch schmecken!«, sagte der König.

Andersohn, zwar überglücklich, wollte diese Erhebung – die kurioserweise durch Niedersitzen erfolgen sollte –, aber nicht sofort zugeben, sondern ließ sich ausgiebigst bitten, um nur jede Nuance dieses freudigen Ereignisses recht tief auszukosten.

»So lasse er sich doch herab zu uns!«

»Düpiere er uns nicht, Monsieur Andersohn.«

»Nur frisch herzu!«

»Nur nicht gescheut!«

Andersohn wirbelte derweil und wirbelte um die beiden Sitzenden, um die Eiche, in immer weiteren Kreisen, bis er erschöpft ins nasse Gras fiel.

Als er nach Minuten der Bewusstlosigkeit vorsichtig aufblickte, war nichts mehr von den Noblen zu sehen. Fort die Decke, fort der Braten; keine Kutschen, die Nachschub brachten, keine Weingläser, die lustig funkelten. Es war wie immer. Sie hatten sich nicht zum Bleiben bewegen lassen. Wenn nur der bohrende Schmerz verginge, ihn nur für Sekunden entließe – er würde sie festhalten, sich besser konzentrieren, ihre Zuneigung dauerhaft erlangen und triumphalen Einzug halten in ihren Herzen. Vergessen die Jahre der Gefangenschaft, verziehen all die ihm angetane Schmach. Was war das aber auch nur für eine Eitelkeit mit ihm? Wieso ließ er sich von ihnen bitten? Das bräuchte nicht zu sein…

Er stand auf, drehte sich wieder ein bisschen, die Arme weit ausgestreckt wie Flügel, lehmverschmiert die Schuhe, schmutzig braun die Livree. Dann fiel er ins Gras, lag lange reglos. Ein Bussard kreiste über ihm, kam tiefer, wurde nicht schlau aus dem Kadaver. Eine Amsel dagegen pickte ihm unbeeindruckt ins Ohr, wo sie einen Wurm vermutete. Der jedoch saß in seinem Kopf, regte sich nochmals träge, trieb ihn wieder hoch und hieß ihn fortlaufen. Sein Kopf war jetzt ganz leer bis auf jenen bohrenden Schmerz. Ziellos wanderte sein Blick. Es ging wohl auf die Mittagsstunde. Eine Kutsche fuhr nahe vorbei. Die Leute sahen die irrende Gestalt über die Chaussee laufen und wieder im Unterholz verschwinden, ein Waldphantom, ein Kobold. Die Spaziergänger schauderten.

VIII

Langustier und seine Untergebenen schwitzten Blut und Wasser, denn der kommende Tag warf rabenschwarze Schatten voraus. Neben der täglichen Kocherei für den Charlottenburger Bautrupp waren diffizilste Pflichtaufgaben für den Festabend im Park von Schloss Monbijou zu lösen.

Sehr zum Leidwesen ihrer vereinigten Köche gefiel es der Königinmutter, die Gäste mit unzeitgemäßen Schaugerichten zu ergötzen, die eigentlich ins sechzehnte Jahrhundert gehörten, wie Langustier befand. Für die morgige Veranstaltung war das Thema »Die sieben Weltalter« vorgegeben, und die sieben Köche hatten sich in ihrer eilig einberufenen Konferenz – an der auch der Zweite Hofküchenmeister des Königs teilgenommen hatte – auf folgende Tour de force geeinigt:

Erstes Weltalter: Garten Eden mit Adam,
Eva und Schlange – und Marzipanpilzen
Gekochter Schweinskopf am Rost
Gesottene Kapaune, Hühner, Dörrfleisch

Zweites Weltalter: Arche Noah, mit Zuckeroblaten
Gedünstete Schollen, Weißkraut

Drittes Weltalter: Opferung Isaaks, mit Schokoladenturm
Durchsichtig hohe Fischsulz
Wildragout

Viertes Weltalter: David gegen Goliath –
mit süßen Krapfen
Eingemachtes Kaninchen; Gemüse elsässisch

Fünftes Weltalter: Turm von Babel –
auf kandierten Rübchen
Pastete mit Schnecken
Rehschlegel

Sechstes Weltalter: Das Jesulein in der Krippe –
mit hellem Mandelmus
Schnapsbirnen und -zwetschgen auf Eis

Siebentes Weltalter: Das Jüngste Gericht – mit Marzipan
Süß eingemachte Karpfen und Welse
Apfelschlupfkuchen, dem lebendige Vögel entfliegen;
Sahne

Sieben nummerierte Zettel in einem Topf: So kamen die sieben Weltalter unter den sieben Köchen zur Verlosung. Langustier stöhnte in der Folge unter der fürchterlichen Aufgabe, das Jüngste Gericht aus Marzipan nachzubilden. Die übrigen beiden Gliederungspunkte des ihm zugefallenen siebenten Weltalters waren dagegen ein reines Kinderspiel. Ein gedeckter Apfelkuchen von einem Meter Durchmesser, auf einer schwenkbaren Metallscheibe über einem zylindrischen Hohlraum von einem halben Meter Höhe, dessen Außenwand durch aufgestapelte und mit Sahne verstrichene Bisquitbausteine kaschiert war, sollte den extraordinären Käfig für allerlei gefiederte Freunde abgeben.

Die Anstrengung hatte zumindest ein Gutes: Langustiers Ärger über die noch immer nicht wiederaufgetauchten Papiere Falckenbergs wurde arg in seiner Entfaltung behindert. Die Nachfrage des belgischen Gehilfen bei Eller war ohne Erfolg geblieben, ebenso seine Bemühung, anhand von Langustiers verschwommenen Angaben den Kutscher ausfindig zu machen, der ihn in der fraglichen Nacht chauffiert hatte. Verflucht und zugenäht! Der dicke Koch stöhnte und seufzte, dass sich seine Gehilfen ernsthaft Sorgen machten über den Ausgang der Marzipanschlacht.

Neben dem Polentakochen für die Bauarbeiter kultivierte der Italiener in Langustiers Mannschaft seine schlummernden Talente als Vogelfänger. Eine einfache Korbfalle ließ ihn Dompfaffen, Buch-, Grün- und Bergfinken, Erlenzeisige, Haus- und Feldspatzen erbeuten. Sogar einen Kernbeißer hatte er schon erwischt. Langsam reichte es, aber der Südländer hatte Gefallen an dieser subtilen Jagd. In seiner Heimat fingen sie die Zugvögel schwärmeweise, von der Wachtel bis zum Storch, rösteten sie an langen Spießen und machten aus dem Metzeln und Verzehren ein tagelanges Fest.

In diese vor Geschäftigkeit dampfende Küchenregion platzte Jordan herein mit der Feststellung:

»Wir sind erlöst!«

Langustier fuhr auf das Heftigste zusammen und ließ vor Schreck die Marzipanfigur fallen, an der er mit höchster Anspannung aller formgebenden Kräfte seit einer halben Stunde gearbeitet hatte. Mit ehrlicher Entrüstung stieß er hervor:

»Monsieur Präfecteur! Ihr habt einen der apokalyptischen Reiter auf dem Gewissen!«

Der Hinzugetretene blickte auf das unförmige, käferartige Gebilde aus winzigen Marzipanwürsten, das auf dem Tische zwischen rohen Blöcken noch unverbauten Rohstoffes wie eine stumme Anklage lag.

»Ich bin untröstlich! Indes werdet Ihr mir gerne meinen Überschwang verzeihen, wenn Ihr erst die ausführliche Nachricht gehört habt.«

Er trat vorsichtig näher und deklarierte mit gedämpfter Stimme:

»Wir haben den Mörder Falckenbergs! Zumindest so gut wie. Es fügt sich alles schön zusammen. Das Duell mag nun eines gewesen sein oder nicht. Hierüber wird das Gericht ausführlichst debattieren. Wenn es denn doch eines war, woran zu zweifeln wir freilich allen Grund gefunden haben, ebenso der Professor, so mag der König seine schützende Hand über den Offizier halten, der nun als Täter apostrophiert wurde. Ehrenhändel sind ja ab einem gewissen Dienstgrad tabu.

War es hingegen keines, so hat derjenige, der es kunstlos arrangierte, einen respektablen, hinterlistig eingefädelten Mord auf dem Gewissen, und es ist nur der kleine Umstand zu entscheiden, ob er vor dem Rädern durch einen Gnadenstoß der ärgsten Pein verlustig gehen oder gar bei lebendigem Leibe gevierteilt werden soll.«

Langustier gab das Hantieren mit dem Marzipan auf, denn unter der Anspannung des Zuhörens entstanden bloß kleine, nutzlose Bällchen. Jordan zog ein Kuvert hervor, das mit einer zierlichen Schrift an das königliche Polizeipräsidium adressiert war. Er entnahm dem taubenblauen Umschlag einen Briefbogen in adäquatem Farbtone und reichte ihn mit weiteren erklärenden Worten seinem Kollegen.

»Zwar stammt das delikate Schreiben von anonymer Frauenhand, doch scheint mir der Inhalt eindeutig genug zu sein, um ein schnelles Ende der Nachforschungen zu prophezeihen. Sobald wir die fragliche Dame und ihren Ehegatten, den mutmaßlichen Attaquanten, vernommen haben, dürfte das Rätselraten vorüber sein. Die Staffete mit der Erfolgsmeldung an den König könnte wohl schon bald abgehen.«

Jordan rieb sich die Hände, mehr als beglückt über den freudigen Verlauf, den die Dinge nahmen. Das Mysterium entwickelte sich nun doch zu einer simplen Geschichte. Damit fiel eine drückende Last von seinen Schultern. Er würde wieder freier atmen können.

Der Inhalt des knappen, gekünstelten Schrcibens war jedoch keineswegs dazu geeignet, Langustier in gleicher Weise aufzuheitern. Falckenberg hatte eine Liebschaft gehabt? Mit der Frau eines Regimentskameraden? Dieses Faktum wurde ihnen zumindest als solches angezeigt, mit dem bedeutsamen Zusatz, »dass der Ehemann kaltblütig seinen Nebenbuhler aus dem Wege geräumt« habe. Langustier drehte die taubenfarbene Epistel und versah sie mit gutachterlichen Fettflecken.

Wohlgemerkt, der Brief stammte nicht von der Dame selbst, sondern von einer »wohlmeinenden, wahrheitsliebenden Freundin«, die es als ihre »Pflicht« empfunden hatte, dafür zu sorgen, »dass dem Toten im Angedenken Gerechtigkeit widerfahre«.

Duellanten aus Eifersucht? Das wäre eine reichlich läppische Mitteilung an Se. Königliche Majestät. Eine Nichtigkeit! Das akzepticrte er nicht! Langustiers Faust hatte den Arbeitstisch nur milde touchiert, doch wie auf ein geheimes Kommando stürzte nun das gesamte Marzipangebirge in sich zusammen. Die kleinen Reiter krümmten sich zerschlagen vor ihrem Schöpfer auf dem Arbeitsbrett. Langustier erblasste:

»O! Grand malheur!«

Es schien, als wollte sich der liebe Gott keineswegs länger durch diesen Wust aus Marzipan verhöhnen lassen, ob nun die Arbeit eines halben Vormittags darin steckte oder nicht. Ein wahrer Hass gegen die Schreiberin dieses törichten Briefes mischte sich in Langustiers Zorn, mochte sie nun die Wahrheit geschrieben haben oder nicht.

»›M‹ – das Initial auf der Waffe, es ist genau der richtige

Buchstabe!«, triumphierte Jordan, als hinge daran nun noch irgendetwas. Doch Langustier wollte ihm diese einfache Lösung des Rätsels durchaus nicht gönnen.

»Auch ›Marzipan‹ beginnt mit ›M‹, Monsieur Jordan. Ein Monsieur de Marcipan könnte somit genauso gut der Besitzer der Waffen sein.«

Jordan war eingeschnappt.

»Aber gesetzt den Fall, Sie haben Recht, und das ›M‹ auf der Pistole bedeutet…«,

er klaubte mit marzipanverkrusteten Fingern wieder den Brief mühsam von der Tischplatte,

»…bedeutet tatsächlich ›Marquard‹, oder sagen wir besser, soll ›Marquard‹ bedeuten: Was wird dadurch ausgesagt? Dass die Waffe Marquard gehörte? Mitnichten. Nur dass wir glauben sollen, sie gehörte diesem Marquard. Ich nenne Ihnen einen Grund…«

Langustier stockte, denn seine sämtlichen Köche und Küchenhilfen standen mit unverhohlenem Interesse um Jordan und ihn herum. Empört über so viel Hang zur Indiskretion scheuchte er sie fort:

»Zurück an Ihre Töpfe, Messieurs!«

Er ging mit Jordan auf den inneren Schlossvorplatz und erklärte:

»Die Duelltheorie können wir doch längst abhaken. Denken Sie an die festgestellte Todesursache. Im Übrigen: Warum sollte ein vernünftiger Mensch eine Waffe mit dem eigenen Monogramm am Ort eines Duells zurücklassen? Und was ist mit der zweiten Pistole? ›Omelette soufflée!‹, wie Sie hierzulande sagen. Oder glauben Sie, die beiden wären mit einer Waffe ausgekommen, beziehungsweise mit Knüppel und Pistole?«

Jordan seufzte. Er sah aber seine nahe Lösung keineswegs in ernster Gefahr.

»Morgen Abend bei dem Fest ergibt sich die unauffällige Gelegenheit, sowohl Madame als auch Monsieur de Marquard zu dem ›Corpus Delicti‹ zu befragen, soll heißen, zum Sachverhalt des Marquardschen Verbrechens. Einen schönen Vormittag, Monsieur le cuisinier!«

Jordan verschwand würdevoll in Richtung Haupteingang, während Langustier wütend dem Küchenflügel entgegenstrebte. Das ruinierte Marzipangebilde fiel ihm wieder ein, und er stürmte mit einem Aufschrei der Verzweiflung in die Confiturierie. Warum zum Teufel war ihm als Aufgabe nicht das »Jesulein in der Krippe, mit hellem Mandelmus« zugefallen?

Jeder, der es von der anderen Spreeseite aus hinter seinem üppig sprießenden Garten liegen sah, musste zugeben: Schloss Monbijou war in der Tat ein kleines »Juwel«. Seit dreißig Jahren gehörte es Sophie Dorothea – erst als Kronprinzessin, dann als Königin, und nun als der dreiundfünfzigjährigen Mutter des Königs. Nie war sie müde geworden, Gebäude und Garten zu erweitern und zu verschönern. Noch den verheerenden Besuch Peters des Großen anno 1717, nach dessen Abgang die Innenräume in völliger zaristischer Verwüstung zurückgeblieben waren, hatte sie erfreut zum Anlass genommen, alles wieder neu und vieles besser einzurichten.

Letzte Vorbereitungen für das Fest waren in hektischem Gange. Zofen schoben Pflanzenkübel mit Oleander, harkten Beete und Kieswege, während ein vom König aus Potsdam gesandter Feuerwerker mit einer kleinen Schar erleuchteter Gehilfen die funkensprühende Krönung des Festes vorbereitete.

Auf einem Plane war die Choreographie dieses farbenfrohen Ereignisses dargestellt und die Eleven bemühten sich, alle Feinheiten ihrer zündenden Einsätze an den Startrampen von Schwärmern, Leuchtkugeln und Höhenraketen, an den meilerartig aufragenden Pulverreservoirs der Vulkane, den Wannen der schwimmenden Lichter, den gewaltigen

Rädern der Feuerkreisel, Windmühlen und Sonnen, den Auswurftrichtern der Fontänen und Springbrunnen sowie den Gerüsten der Katarakte oder Wasserfälle sorgfältigst zu memorieren.

In Charlotte von Marquards Gesicht wechselten Trauer, Wut, Verzweiflung und tiefe Ratlosigkeit. Die Enthüllungen und Geständnisse ihrer Freundin hatten sie vollends aus der Fassung gebracht. War das Geschehene noch nicht ausreichend? War es nötig, dass die Gefährtin das Unglück noch derart vermehrte?

Wilhelmine von Hammerstein schwieg betreten, als Fräulein von Stechow mit ihrer Mitteilung zum Ende gekommen war. Für so töricht hatte sie die Freundin nicht gehalten. Einen derartigen Brief an den Chef der Berliner Polizei zu schreiben – das war unverzeihlich! Schlagartig kam ihr zu Bewusstsein, welche Lawine mit dieser unvorhergesehenen Initiative losgetreten worden war.

Die Damen zerstreuten sich, so gut es ging und suchten Vergessen in den noch relativ menschenleeren Laubengängen.

IX

Tags darauf prangten die geometrisch geformten Linden- und Ahornbäume in lauterstem Golde – Pyramiden, Kegel, Kugeln und Würfel auf Stämmen –, wohingegen die Bosketts der mannshohen, geradlinig geschnittenen Buchenhecken ein rötliches Braun angenommen hatten, was ihnen den Anschein hoher Ziegelmauern auf Stelzen gab. An den Seiten standen Birn- und Apfelbäumchen Spalier. Symmetrisch verteilte Holzlauben mit Kuppeldächern trugen gepflegte Mäntel aus Weinreben. Nur einigen Eichbäumen und Kastanien an den Enden des Gartens, der Monbijous elegante eingeschossige Front aus einundfünfzig hohen Rundbogenfenstern zum Fluss hin verlängerte, blieb es vergönnt, ihre Rot- und Gelbtöne ganz arbiträr, in angeborener Verwilderung, vor dem blauen Himmel zur Schau zu stellen. Kübel mit Rosenlorbeer, dank des trickreichen Hofgärtners in schönster Blüte stehend, säumten die frisch geharkten Hauptwege, während die majestätisch aufschießende Wassersäule des zentralen Springbrunnens im weiten Rund von Kaskaden aus blauem Delphinium umgeben war.

Mit sinkender Sonne wurde diese botanische und gärtnerische Pracht in eindrucksvolle Schauspiele mit künstlichem Licht einbezogen. Hunderte von Pylonen mit dunkelblau verglasten Öllampen säumten in breiter Zweierreihe die Hauptachse zwischen Schloss, Brunnen und Schiffsanlegestelle. Feuerschalen, in denen nun zu jeder vollen Nachtstunde bengalische Feuerpulver entzündet werden sollten, standen vor der Schlossfront, die Zahl der Kerzen, die in bunten Gläsern Grasflächen und Rabatte einrahmten, war Legion.

Baron von Beeren, der sich auf Festen und Bällen stets unsäglich langweilte und sein Vergnügen allerhöchstens einmal darin fand, besonders widerwärtige Exemplare der bei solchen Anlässen anzutreffenden spezifischen Menschengattung insgeheim zu bespotten und zu belächeln, hatte sich, nach genügsamer Betrachtung der durchaus reizvollen floralen Staffage und Illumination, damit abgefunden, dass dieses Fest nicht anders verlaufen würde als gewöhnlich – wie Feste überall in der Welt zu verlaufen pflegten: Wer sein Vergnügen mitbrachte, fand es; wer es dagegen suchte, würde sich vergeblich bemühen.

Bereits leicht ermüdet von den zahllosen kleinen Konversationsbrocken, die er auf seinem Weg zum Flussufer hatte von sich geben müssen, lehnte er an der Brüstung des kleinen Landungspunktes, welcher, etwas vorgelagert gegen die restliche Begrenzungsmauer, einen schönen Ausblick auf den im letzten Sonnenlicht glitzernden Fluss mit seinen zahlreich vorüberfahrenden Booten gewährte.

Die am Flusshorizont versinkende Sonne bescherte der Festlichkeit einen ersten unvorhergesehenen Höhepunkt in Gestalt einer Abendröte von selten gesehener Stärke. Und während die Augen aller am Flussufer stehenden Gäste noch den riesigen, roten Glutball bestaunten, näherten sich von Charlottenburg her – förmlich direkt aus der Sonne – einige schwer beladene Boote: die Köche der auswärtigen Schlossküche mit dem letzten Gang des Menüs. Unter lebhafter Anteilnahme des Publikums ging ihre Landung vonstatten. Schuld daran waren jedoch nicht nur die pompösen Gebirge aus Marzipan und Kuchen, die in einer nervenaufreibenden Prozedur über die breite, steile Treppe hinauf aufs sichere Land zu heben waren, bevor sie, angeführt von der spätbarocken Gestalt des zweiten königlichen Hofküchenmeisters, in gesetzter Prozession zu den aufgeschlagenen Zelten getragen werden konnten. Neben den Gebirgen aus Marzipan erregte freilich auch die bildhübsche Begleiterin des Patrons einiges Aufsehen, die wie eine Prinzessin an der Hand eines Brautführers einherschritt.

Marie Langustier war selig, ihren Vater begleiten zu dürfen. Für eine Zigarre von feinstem sächsischem Blatte hatte sich der Haushofmeister der Königinmutter zu einer kleinen Ergänzung der Gästeliste bewegen lassen. Da diese ohnehin weit über 300 Einträge aufwies und die Namen der wenigen per Schiff anlangenden Gäste weder registriert noch verlesen wurden, hätte es dieses Umstandes eigentlich gar nicht bedurft. Von der Witwe Stolzenhagen, mit der sich Marie seit ihrem Alleingang ausgezeichnet verstand, hatte sie silberne Schuhe und ein kräftig gelbes Kleid geliehen bekommen, dazu trug sie ein grünes Samtjäckchen und ein weißes Halsband, dem herrschenden Zeitgeschmack entsprechend, der zu kräftigen Farben und harten Kontrasten tendierte.

Die fein herausgeputzten höfischen Gäste, der zauberhafte Garten, die prächtigen Dekorationen und Beleuchtungseffekte – all das machte auf das Mädchen einen überwältigenden Eindruck, so dass sie sich aufs Äußerste konzentrieren musste, um mit den ungewohnten Schuhen und dem Segel des Fischbeinrockes auf leicht welligem Kies keine Havarie zu erleiden. Das Schnürmieder presste ihr wie ein Schraubstock die Brust zusammen und sämtliche Bewegungen konnten ohnehin nicht anders als schneckenartig vonstatten gehen. Vor allen diesen Menschen mochte Marie keine Ohnmacht aus Luftmangel riskieren.

Unter den vielen auf sie gerichteten Blicken war einer ganz besonders hartnäckig. Baron Adrian von Beeren, der die Ankunft der Charlottenburger in ihrer blauen Gondelflotte aus nächster Nähe hatte verfolgen können, schien wie verzaubert. Durch Maries Anblick war er so nachhaltig aus seinem Ennui gerissen, dass der Park und die Menschen erst jetzt Farbe und Kontur für ihn bekamen. Obschon er im Begleiter des Mädchens den dicken, betrunkenen Freimaurereleven wiedererkannte, an den er gar nicht gern erinnert wurde, befahl ihm dennoch eine geheime, unwiderstehliche Kraft, dem Tross aus königlichen Speisenträgern zu folgen, um nur die holde weibliche Erscheinung auch weiterhin im Auge behalten zu können.

Erst als das Jüngste Marzipan-Gericht und der Burgturm aus Apfelkuchen, hinter dessen durchlöcherter Wand die Vögel vernehmlich piepten und scharrten, ihre Bestimmungsorte auf der Festtafel im Zentrum der halbkreisförmig aufgebauten Zelträume erreicht hatten, legte sich Langustiers Anspannung etwas. Bis in die Nacht hatte er an den Figuren gearbeitet, und sie waren, besonders wenn man sie aus einiger Entfernung und mit zusammengekniffenen Augen betrachtete, täuschend lebendig geraten. Die Königinmutter, die es sich nicht nehmen ließ, alle Speisengänge ausgiebigst zu observieren, war des aufrichtigsten Lobes voll über den französischen Beitrag. Elisabeth-Christine, die auf Schloss Schönhausen residierende Gemahlin des Königs, sparte nicht mit Komplimenten für den königlichen Konditor.

»Wir werden ihn uns einmal ausleihen.«

Langustier neigte sich tief und ehrerbietig vor der zarten, anämisch wirkenden Dame, die es nur schwer verwand, dass ihr Gatte, kaum dass er zur Macht gekommen war, sich rein gar nicht mehr für sie interessierte.

Als Jordan endlich Gelegenheit fand, von der Tafel aufzustehen, um in Begleitung Langustiers das beabsichtigte Gespräch mit der mutmaßlichen Geliebten Falckenbergs zu führen, hatten auch die Vögel längst ihren verwirrten, allseits bejubelten Flug aus dem hohlen Apfelkuchen hinaus, durch den höllischen, flammendurchzuckten Innenraum der Zelte in die unnatürlich wirkenden Parkbäume getan.

Charlotte von Marquard, Gesellschafterin Sophie Dorotheas, ahnte etwas von der bevorstehenden Befragung. Jordan hatte sie erstmals am Vormittag dieses Festsonntages auf der traurigen kleinen Beerdigungszeremonie für den »tragisch verunglückten« Flügeladjutanten zu Gesicht bekommen. Freilich war ihm ihre dortige Anwesenheit sofort als entscheidendes Indiz für die Stichhaltigkeit der im Raume stehenden Beschuldigungen gegen ihren Mann erschienen.

Am Rande des Herbstfestes, dem sie sich aus Gründen der höfischen Etikette schwerlich hatte entziehen können, nach ihrer eventuellen Bekanntschaft mit dem verunglückten Falckenberg befragt, gestand sie unter Tränen ihre lange währende innige Beziehung zu demselben. Zugleich jedoch, noch ehe Jordan die Rede darauf bringen konnte, bestritt sie jegliches mögliche Wissen ihres Ehegatten von diesem Verhältnis und nahm ihn derart beredt vor allen naheliegenden Mutmaßungen in Schutz, dass weder Jordan noch Langustier die Unglückliche weiter vernehmen wollten. Er lebe in einer kleinen Wohnung in der Brüderstraße, aber sie sei nie dort gewesen, wie sie denn generell mit ihm wenig Umgang mehr pflege.

Alexander von Marquard, Oberst im Regiment Prinz Heinrich, war ein unbeschriebenes Blatt für den Polizeipräfekten. Vor der Aufnahme in die Loge »Aux trois globes« hatte er ihn – von öffentlichen Paraden und rein dienstlichen Begegnungen abgesehen – nie persönlich gesprochen. Doch so sehr sich die ungleichen Kommissare bemühten, den Obersten von Marquard mit Hilfe seiner Gattin im Halbdunkel der Lauben oder dem Zeltgedränge ausfindig zu machen, es war vergebens, er schien das Fest bereits verlassen zu haben. Jordan und Langustier kamen überein, das ausstehende Verhör am folgenden Tage nachzuholen.

Langustier blickte, um seine Schutzbefohlenen, die Küchenjungen und Lakaien, die aus Charlottenburg mitgekommen waren, nicht gänzlich unbeaufsichtigt zu lassen, kurz in den lauschigen Laubengang, in dem für die »Livree«, die Musiker, Komödianten, Lakaien und das Küchenpersonal gedeckt war. Windlichter flackerten, vertrauliche Pagen schenkten einen billigen, jungen Wein ein, der ins Blut ging. Der »Chef« wurde fröhlich begrüßt und ließ sich gerne für einen Moment nieder, reichlich mitgenommen aber durchaus zufrieden mit dem Verlauf des Abends.

Heinrich Steffen hatte den Obersten von Marquard schon seit einer Stunde nicht mehr aus den Augen gelassen. Als dieser noch weit vor Beginn des mit Spannung erwarteten Schlussfeuerwerks den Garten von Monbijou verließ und eilig in Richtung Schloss marschierte, war ihm Steffen unschlüssig gefolgt, denn die Umstände gestalteten sich für seine Zwecke immer ungünstiger.

Der volle Mond ersetzte in dieser Nacht die schüttere Berliner Straßenbeleuchtung mehr als nötig gewesen wäre. Auf der menschenleeren Straße hatte Steffen es schwer, dem eiligen Marquard unbemerkt zu folgen. Stets war mit patrouillierenden Nachtwächtern zu rechnen.

Ihn hier anzugreifen, kam gar nicht in Betracht, da der Oberst nicht unbewaffnet war. Auch wurden hin und wieder Fenster geöffnet, weil die Bewohner das zu erwartende Feuerwerk mitansehen wollten.

Schon waren die beiden Gestalten in weitem Abstand durch den Lustgarten in die Schlossfreiheit hinübergewechselt, wo sich der Verfolger immer enger an die krummen Häuser drücken musste, denn der Oberst verlangsamte sein Tempo merklich. Bereits mehrere Male war er stehengeblieben und hatte vorsichtig um sich geblickt, als vermute er einen Anschlag. Das Schlossportal linkerhand war verschlossen und augenscheinlich unbewacht. Steffen nutzte die breite Vertiefung als willkommene Deckung, während Marquard, am Ende der Gasse die Flucht zum Schlossplatz hin ausgiebig musternd, zu den Arkaden der Stechbahn hinüberschlenderte.

Wollte er zu mitternächtlicher Stunde, im fahlen Mondlicht, die Auslagen der Krämer in den Fenstern bewundern? Um zu sehen, was Marquard unternahm, überquerte Steffen nun ebenfalls die Straße und tauchte in die Dunkelheit der Arkaden ein.

Dieser Ort freilich war überaus günstig, seinen Auftrag zu erfüllen. Er lugte um die Ecke des äußersten Bogens in den finsteren Wandelgang hinein. Vom Mondlicht seitlich bestrahlt, waren die Öffnungen als helle Striche an der Ladenfront zu erkennen. Die Gestalt des Obersts wurde schon bald im zweiten Drittel des Ganges kurzzeitig in einem der Lichtstreifen sichtbar, um sogleich wieder im Dunkel zu verschwinden. Steffen begann, an der Außenfront der Arkaden entlangzulaufen. Vielleicht gelänge es ihm noch, Marquard zu überholen und ihn beim Heraustreten aus dem letzten Bogen zu überwältigen. Den am Boden Liegenden würde er sofort in den Schutz der Höhlung ziehen, wo er sein Handwerk unbehelligt und endgültig ausführen zu können hoffte.

Sein Lauf endete schon nach wenigen Metern jählings. Ein Schlag vor die Brust nahm ihm Atem und Gleichgewicht. Zwei starke Arme zogen ihn in den Schutz des nächsten Steinbogens, während ihm ein Knebel den Mund verschloss. Ein Tuch wurde um seinen Kopf geschlungen, Arme und Beine zusammengebunden. Aus dem Verfolger war ein kleines Paket geworden, noch ehe der Oberst, von den halblauten Geräuschen alarmiert, sich auf der Innenseite des Ganges näherte.

»Mach ihn hinne!«

Auf diesen Befehl hin zückte eine riesige Gestalt in treuer Pflichterfüllung einen langen, gebogenen Dolch und stach dem überraschten Oberst, als er aus der Schwärze des Bogens kam, dermaßen zielgenau ins Herz, dass Marquard im Niedersinken nichts außer einem letzten, gleichsam beifällig erleichterten Seufzer von sich gab, der zu schwach war, um von Steffen vernommen werden zu können. Dieser hörte nur die lauteren Geräusche, die wenig später vom Ende des Ganges her tönten: Stimmengewirr, Schreie und Schläge, Laufschritte, schließlich sich entfernendes Hufgetrappel.

Steffen wurde ohnmächtig und erwachte erst wieder, als Kanonenschläge, Schwärmergekreisch und erhabenes Knallen von hoch auffliegenden Raketen den Beginn des Feuerwerkes anzeigten. Sein Atem ging stoßweise und aufgeregt durch die Nase. Zwar gelang es ihm, die Augenbinde an der Mauer abzustreifen, doch der Knebel drohte ihn noch immer zu ersticken. In die Ecke, wo er lag, drang nur ein schwacher Widerschein des grünen, gelben, roten Feuerregens, der in einiger Distanz über den Häusern der Schlossfreiheit sichtbar aufstieg, von lautem Jubel vereinzelter Zuschauer an entfernten offenen Fenstern begleitet. Aus der Richtung, in der seine Peiniger verschwunden waren, kam ein leises Wimmern, das lauter und lauter wurde. Eine bislang reglos daliegende Person erhob sich schwankend, tat einige unsichere Schritte, fiel noch einmal zu Boden. Schließlich gelang es ihr, in Richtung Schloss davonzulaufen.

Steffen beruhigte sich bei dem Gedanken, dass nun bald Hilfe käme, ihn aus seiner qualvollen Lage zu befreien. Mühsam wälzte er sich herum, bis seine Bewegung von einem anderen Körper gehemmt wurde. Er wendete den Kopf und blickte dem toten Marquard ins bleiche Antlitz. Steffen bäumte sich auf und wollte einen Schrei ausstoßen, doch wegen des Knebels brachte er trotz geblähter Backen nur einen unbedeutenden Zischlaut hervor. Sein Kopf wollte ihm darob schier platzen. Drei laute Böllerschüsse markierten das Ende des Feuerwerks.

Adrian von Beeren war, seit er Marie gesehen hatte, wie ausgetauscht. Er brachte es sogar übers Herz, einige freundliche Worte mit Honoré Langustier zu wechseln, ohne dass dieser seinen Mitbruder aus dem »Cöllnischen Römer« erkannt hätte. Mit Geschick und etwas Glück war es dem Baron gelungen, Marie nach dem Essen aus den Fängen eines langweiligen Offiziers loszueisen und durch kleinere Aufmerksamkeiten und Komplimente ihr Zutrauen zu gewinnen. Wein und Speisen hatten ihre Zungen naturgemäß etwas gelockert und schon bald ergingen sie sich in gemeinsamen Scherzen über die sichtbaren Eigenheiten der Anwesenden, die sich, vom festlichen Rahmen angestachelt, verstärkt hervortraten. Mit der perfekten Nachahmung des steifen Offiziers brachte von Beeren sie zum Lachen. Schöne Augen hatte er, fand sie.

Die Zeit bis zum Feuerwerk wurde ihnen nicht lang. Sie schauten den Lakaien beim Anzünden der bengalischen Wannen zu, umrundeten den Park mehrmals, von allem Möglichen schwatzend. Zuletzt hatte sie sich leicht bei ihm eingehakt, was ihn ganz aus der Fassung brachte. Am Spreeufer, unweit der Stelle, da er sie zuerst gesehen hatte, wagte er es, sie zu küssen. Sie war zu überrascht und zu neugierig, um wegzulaufen. Ihr Atem ging schnell, die Brust hob und senkte sich.

»Nur keine Ohnmacht!«, dachte sie einmal mehr. Doch in diesem Moment begann das Feuerwerk und lenkte beider Aufmerksamkeit auf den feuergezeichneten Himmel. Von Beeren legte ihr, die sichtlich zitterte, seine Jacke um, und sie senkte ihren Kopf gegen seine Schulter. Sanft zog er sie an sich, und sie ließ es sich gefallen. Trotz des höllischen Geschwärms, das jetzt anhob, kam eine tiefe Ruhe über sie. Sein Herz dagegen schlug aufgeregt. Sie spürte es, denn ihr Ohr lag an seiner Brust. So standen sie reglos eine viel zu kurze Weile, bis ein Feuerwerkskörper hinter ihnen gewaltig zu speien begann und sie eine geschütztere Stelle aufsuchten.

Das Feuerwerk war gerade zu Ende gegangen, als sie, jetzt vornehm auf Distanz bedacht, aus den Laubengängen zu den Zelten zurückkehrten, wo Langustier mit seinen Helfern gerade die Überreste des festlichen Gelages beseitigte. Die Königinmutter hatte sich bereits ins Schloss begeben, da ihr die Kühle trotz etlicher aufgestellter Kohlewannen nicht länger erträglich war. Die Gäste jedoch wurden ausdrücklich noch zum Verweilen angehalten. Da nach wie vor Getränke reichlich ausgeschenkt wurden und an der Beleuchtung ebenfalls kein Mangel herrschte, blieb der Park gefüllt wie zuvor.

Marie und von Beeren gesellten sich zu einigen Hofdamen, die angeregt den Worten des Marquis von Germain lauschten. Der adrette Greis hatte eine längere Vorlesung über sein Lieblingsthema, die Untiefen der menschlichen Seele begonnen.

»Aber nichts ist trüglicher als solche Gemeinplätze bei der Beurteilung menschlicher Handlungen. Nichts irriger, meine Damen, als die Meinung, nur ein Bösewicht sei eines großen Verbrechens fähig, nur in einem schändlichen Gemüte könne eine Schandtat keimen, nur durch den Weg des Lasters gehe der Weg zu solchen Verbrechen. Niemand wird freilich ein anderer als er war. Aber wie vieles ist er, was er nicht scheint, wie vieles scheint er, was er nicht ist; wie vieles liegt in ihm verschlossen, verborgen vor ihm selbst, was sich erst bei Zeit und Gelegenheit in Kraft und Taten äußerlich offenbart.«

Das Fräulein von Hammerstein nickte hierzu mehrfach deutlich mit dem Kopf. Fräulein von Stechow mochte das Geäußerte auf eine andere Art auslegen, während Charlotte von Marquard rundheraus gewillt war, die These des Marquis anzufechten.

Ein plötzlicher Aufruhr unterbrach ihren Gedankenaustausch. Zwei Mann der Schlosswache stürmten in den Park auf der Suche nach Jordan. Sichtlich angeschlagen, nachdem ihm Meldung erstattet worden war, ging der Polizeichef zu Langustier und zog ihn von den Aufräumungsarbeiten fort. Jordans Stimme zitterte:

»Ein Raubmord, wie es scheint; und ein Überfall auf den Lotterieeinnehmer an der Stechbahn. Ich bitte Sie, mitzukommen und sich den Tatort anzusehen. Ich möchte nicht, dass wieder Spuren und Beweisstücke übersehen werden.«

Langustier wies die Wachsoldaten an, ausreichend Fackeln bereitzuhalten und nichts am Orte des Geschehens anzurühren. Dann suchte er mit den Augen seine Tochter, die offensichtlich noch mit diesem Jüngling von einem Baron herumschwärmte, der sie bereits beim Bootsausstieg mit seinem Blicke fast aufgespießt hätte.

Bei dem Wort »Raubmord« hatten sich die Augen der Umstehenden auf den Polizeipräfekten gerichtet. Fräulein von Hammerstein legte die Hände vors Gesicht und entschwand langsam in den dunklen Heckengängen wie in einer rettenden Melancholie. Von Beeren entbot sich gegenüber Langustier, Marie sicher nach Hause zu begleiten, was dieser nicht eben dankbar oder erfreut zur Kenntnis nahm. Da der Weg zur neuen Adresse in der Roßstraße ohnehin über den Schlossplatz führte, ordnete er an, dass man bis dahin gemeinsam in Jordans Kutsche fahre.

Der Marquis von Germain war entzückt über diesen plötzlichen Einbruch der Lebenswirklichkeit in die Sicherheit und Geborgenheit des Festes. Nach dem Feuerwerk wirkte die menschliche Untat wie der eigentliche Höhepunkt des Abends. Er konnte sich kaum darüber beruhigen. Genau dieser Grundkonflikt war es, der seinen jugendlichen Freund Rousseau, aus dem mit Sicherheit einmal ein großer Denker würde, ein Revolutionär, unablässig beschäftigte. Er würde ihm bei nächster Gelegenheit von diesem Abend als einer höchst realen Komödie berichten. Das Aufeinanderprallen von höfischem Zeremoniell und brachialer Naturgewalt – welch ein Thema für einen unruhigen Geist.

»Eine menschliche Pointe, die das raue Leben schrieb.«

Als Langustier und Jordan Anstalten machten, den Park zu verlassen, wurden sie von lauten Rufen zurückgehalten. Schreckensbleich lief ihnen ein Lakai entgegen, der kurz zuvor noch damit beschäftigt war, die letzten flackernden Kerzen in den Laubengängen und Tempeln zu löschen, um einem Brand vorzubeugen. Er zog beide mit sich zu einer der weinlaubumkränzten Hütten und leuchtete mit seiner Lampe hinein. Was sie sahen, ließ ihnen das Blut in den Adern gefrieren: An einem der Dachbalken hing, von einem seidenen Halstuch stranguliert, eine der Hofdamen. Eine sorglos hier lehnende Leiter, für die Unglückliche bei ihrer schrecklichen Handlung sehr nützlich, lag flach am Boden. Die mit einem Aufschrei hereinstürzende Frau von Marquard erkannte die Tote trotz des überaus verzerrten Gesichtes sogleich als ihre Freundin Wilhelmine von Hammerstein.

»So sehen Sie, meine Damen«, sagte der Marquis von Germain, gänzlich berauscht von den immer schöneren Schrecknissen dieser Nacht, »durch diese Selbsttötung meine Theorie auf höchst unvorhergesehene Weise bestätigt. Wer hätte solche Krisis bei jenem taubenblauen Fräulein erwartet? Als ich vorhin beiläufig mit ihr sprach und sie meinem Vortrage zuhörte, schien ihr Gemüt wohltemperiert, ihr Geist von strenger Schönheit, durch nichts zu erschüttern. Meine Augen erbauten sich an ihrer Jugend, der vornehmen Blässe ihrer Erscheinung. Mag sein, dass ein unbedachtsam gesprochenes Wort, eine stilistische Entgleisung, die sie sich nicht verzieh, sie außer sich setzte – wie den weltberühmten Flötisten Traversini ein falscher Ton, als er vor dem König von Frankreich spielte. Er schied daraufhin gleichfalls aus diesem elenden Erdendasein. Ach!...«

Er leerte seine Champagnerflöte.

»Blickten wir zufällig in eine beliebige Seele hinein, Mesdames – es täten sich Abgründe auf. Garstige Höllenschlünde!«

X

Die »Stechbahn« war nach einem Turnierplatz aus der Zeit des Kurfürsten Joachims II. benannt. Wegen des guten Besuchs der Ringelstechen, bei denen stets fremde Edelleute zugegen gewesen waren, um sich an den Schaukämpfen zu ergötzen, hatten dort schon seit alters her zahlreiche Krämer in kleinen hölzernen Buden ihre Waren feilgeboten. Auf Befehl Friedrichs I. war an dieser Stelle ein langgestrecktes, dreigeschossiges, mit ionischen Wandpfeilern verziertes Haus erbaut worden, dessen Parterre hinter einer offenen Bogenlaube mehrere Lebensmittelgeschäfte, zwei Cafés sowie seit neuestem das königliche »Lotterie-Comptoir« beherbergte. Vor den Arkaden zog sich eine Reihe kleiner hölzerner Pfosten über das Straßenpflaster des Schlossplatzes zur alten Domkirche hin und markierte das Ende der Kellerräume, damit die Mietkutscher, die hier tagsüber nach Fahrgästen ausspähten, mit ihren schweren Karossen nicht einbrachen.

Alexander Frommery durfte sich rühmen, die erste und bis dato einzige staatlich geduldete und geschützte Lotterie Berlins zu betreiben, daher überschwänglich »Die Große Berlinische Lotterie« genannt, was ihm einen ungeheuren Zulauf seitens der spielfreudigen Bevölkerung und horrende Bareinnahmen bescherte. 20 000 Lose versprachen dem notorisch in Geldnöten befindlichen König reichen Gewinn – wiewohl er kein unbeträchtliches Risiko einging, da er für den Fall hoher Gewinnauszahlungen mit seiner eigenen Einlage von 100 000 Talern geradestand. Die Möglichkeit hoher Gewinne war Voraussetzung für die Attraktivität des Spiels. Das bei der ersten Ziehung ausgespielte Haus des Husarenleutnants von Gröben in der Leipziger Straße war nur ein zusätzliches Sahnehäubchen auf der Gewinnsumme gewesen, denn Häuser waren auf dem Markt rein gar nichts wert.

Als die beiden königlichen Kommissare unter der Stechbahn ankamen – trotz der Kühle erhitzt vom Fest und der Eile ihres Aufbruchs –, trafen sie auf eine beachtliche Menschenmenge, die fast wie eine zweite Festversammlung wirkte. Allerdings war hier ein Schlachtfest sehr eigener Art vorangegangen, das mit Erntedank rein gar nichts zu schaffen hatte.

Im hinteren Teil des Ganges standen mehrere Polizeioffiziere und Nachtwächter um Frommery versammelt, einen untersetzten, fast zwergenhaften Mann, der sich bemühte, möglichst schauderhaft zu schildern, wie zwei Dutzend räuberische Riesen ihn und seine beiden Gehilfen überwältigt hätten. Lauthals beklagte er zwischendrin den Verlust der Taler und schien sich damit abfinden zu wollen, sie nie mehr wiederzusehen, was nicht gerade von großem Vertrauen in die Arbeit der königlichen Polizei zeugte, wie Honoré Langustier bei sich dachte.

Hatte das Geld den kleinen Herrn blind gegen die Menschlichkeit gemacht? Sah er nicht den im eigenen Blute liegenden Leichnam wenige Meter weiter, den eine Gruppe Schaulustiger am Beginn der Arkaden umringte? Die so wortreich beklagten Münzen durften immerhin als dessen mittelbare Todesursache gelten. Beim Versuch, die Räuber an ihrem Tun zu hindern, hatte der Niedergestreckte, wie es aussah, sein Leben gelassen. Sein Hofdegen hing ihm noch an der Seite – der einzige Gegenstand im Übrigen, den er neben einem Wohnungsschlüssel und seiner kompletten

Barschaft bei sich trug. Jordans Mitarbeiter hatten dies schon festgestellt. Langustier besah sich den Ort des Geschehens einmal genauer. Im Vorbeigehen nahm er einen Fetzen blauen Tuchs von einem Nagel an der Wand und reichte ihn nach kurzer Prüfung an Jordan weiter.

Frommerys Laden lag auf der zur Brüderstraße hingehenden Seite des Bogenganges, was für etwaige Räuber ein sehr günstiger Umstand zu nennen war, weil vom bewachten Schlossportale aus kein direkter Blick herüberfallen konnte. Die alte Domkirche stand mitten dazwischen und bot überdies Schutz und Deckung für alle räuberischen Eventualitäten und Vorbereitungen.

Der Zweite Hofküchenmeister, dem ästhetische Aspekte noch in Zusammenhängen wichtig waren, die einen Menschen anderen Naturells vielleicht deprimierten, konnte nicht umhin, den Räubern sein höchstes Lob zu zollen. Der Ort war gut gewählt. Die steinernen Gewölbe vor den Geschäften lieferten das schönste Terrain für einen nächtlichen Überfall. Und dieser war, danach sah es aus, generalstabsmäßig geplant worden. Wer immer die Täter waren, sie hatten von dem seltsamen Geldtransport in dieser Nacht Wind bekommen. Die besten Pläne, überlegte Langustier, besitzen genauso ihre Schwachstellen wie die schlechtesten. Und hier schienen entschieden zu viele Köche im Brei gerührt zu haben.

Der Lotterieeinnehmer hatte auf eine teure Eskorte verzichten und den ablenkenden Schutz des Feuerwerks ausnutzen wollen, um die Sache kurz und schmerzlos über die dunkle Bühne zu bringen. Schließlich waren es nur wenige hundert Meter, die seine beiden Träger mit ihrer goldenen Last von der Stechbahn aus um das Schloss hätten herumlaufen müssen. Durch den Lustgarten-Eingang wären sie ins Schloss gelangt und hätten dann seelenruhig in die Schatzkammer direkt unter dem Schlafzimmer des früheren Königs hinabsteigen können.

Beim Nähertreten bemerkte Langustier trotz der schummerigen Beleuchtung die Blutlache, die sich um den Liegenden ausgebreitet hatte. Die Wachsoldaten bemühten sich vernehmlich, Mutmaßungen über das Geschehene anzustellen. Nur eine einzelne Figur kauerte abseits davon auf einer kleinen Steinstufe zum Schlossplatz hin.

Jordan ließ das Gesicht des Toten beleuchten und vertiefte sich für einen langen Moment in die seltsam verzerrten Züge. Die Gesichtsmuskeln des Polizeichefs zuckten daraufhin ebenfalls, als wüssten sie nicht, zu welcher Miene auf der breiten Palette des Erstaunens sie sich formieren sollten.

Man habe hier, teilte er Langustier mit, den gerade eben noch Verdächtigten von Marquard, den Gatten der befragten Charlotte von Marquard, vor sich. Eilig und entschlossen zog er seinen Kollegen zur Seite ins Dunkel und gab ihm flüsternd weiteren Einblick in seine leider noch immer wenig entwickelten Gedanken:

»Monsieur! Wir sind nun in der glücklichen Lage, den Mörder Falckenbergs anhand der gefundenen Pistole und des Briefes für überführt zu erklären. Kann es etwas Schöneres geben, als dass man alles auf einmal serviert bekommt? Ich werde Sr. Königlichen Majestät Eure gebührenden Verdienste um die Sache in den leuchtendsten Farben ausmalen.«

Er streckte dem Begleiter, um ihn nun endlich förmlich von diesen Mordgeschichten zu verabschieden, die rechte Hand entgegen, doch Langustier blickte in Richtung des Mannes, der etwas abseits unter einem der Bögen auf der Steinstufe zum Vorplatz hin saß und sich die wund gescheuerten Handgelenke rieb. Ein Polizeioffizier hatte eine Öllaterne an einen der hier zahlreich im Mauerwerk steckenden Nägel gehängt, dem Zitternden eine wärmende Decke umgelegt und eine Schnapsflasche gereicht.

»Pardon, Monsieur. Ich bin etwas abgelenkt, weil ich glaube, dass wir uns einmal anhören sollten, was der Herr dort zu sagen hat«, rechtfertigte sich Langustier und konnte nicht umhin, die Sachlage aus seiner Sicht noch einmal anders zu beleuchten.

»Marquard war ganz gewiss nicht der Mörder Falckenbergs, auch wenn man uns dies glauben machen möchte. Wie wir gesehen haben, ging es bei diesem Duell nicht mit rechten Dingen zu. Ellers Erkenntnisse haben gezeigt, dass es ein Mord war, der als Duell getarnt wurde. Warum sollte nun gerade Marquard, um diesen Umstand noch einmal zu erwähnen, eine Waffe am Tatort zurücklassen, die ihn doch notwendigerweise überführte? Der Brief der Unbekannten, den Sie erhielten, ist – verzeihen Sie – derart töricht, dass wir ihn übergehen können. Die Dame, die sich erhängte, könnte ihn geschrieben haben. Aber mir scheint dies nicht von Belang. Allerdings verdient einer näheren Betrachtung, warum dieser Herr hier – der keineswegs gefährlich wirkt – gebunden neben einer Leiche anzutreffen war.«

Der Polizeipräfekt folgte ihm widerwillig. Was hatte sich dieser Koch so unnachgiebig zu zeigen? Warum wollte er sich unbedingt beim König mit seiner Finesse einschmeicheln? Genügte ihm das Kochen nicht? Der Fall könnte längst gänzlich begraben und er wieder bei den geliebten Büchern sein.

Jordans ungewollt grimmiger Blick traf den verängstigt sitzenden Steffen und ließ ihn zusammenzucken. Um seine Verlegenheit zu bemänteln, rieb er sich heftiger die in der Tat schmerzenden Gelenke. Durch das Verbinden der Augen hatte sich seine gepuderte Perücke gelöst und lag jetzt wie ein schmutziger Lappen neben ihm auf der Stufe am Boden. Überhaupt war von seiner vornehmen Attitüde wenig geblieben, die Kleidung mit Straßenkot bedeckt, der ehemals weiße, nunmehr grauschwarz gefleckte Mantel gar an einer Stelle mit Marquardschem Blute befleckt.

»Was taten Sie hier um diese Zeit, mein Herr?«, wurde Steffen von dem bereits bei ihm stehenden Polizisten gefragt. Die Stimme, mit der er antwortete, war keineswegs gefestigt und sein Blick irrlichterte zwischen den Gesichtern der neu hinzugetretenen Kommissare hin und her.

»Ich wollte zum Fluss, um mir das Feuerwerk anzusehen. Es war schon fast zu spät, fürchtete ich und achtete kaum auf meine Schritte. Gerade als ich hier an den Arkaden vorbeilief, traf mich ein Schlag auf den Hinterkopf.«

Er rieb sich die schmerzende Stelle, von der ausgehend es in seinem Schädel zog, klopfte und brummte. Er brauchte nicht zu lügen, sondern konnte einfach die Wahrheit sagen, soweit wie möglich. Er fuhr fort:

»Es muss ein ziemlich heftiger oder gut gezielter Schlag gewesen sein, denn mir schwanden die Sinne. Als ich zu mir kam, lag ich gekrümmt seitlich am Boden, konnte nichts sehen, mich nicht bewegen, hatte diesen widerlichen Stoffballen im Mund, diese Binde vor den Augen und hörte, dass das Feuerwerk bereits im Gange war. Ich bin, trotz meiner Schmerzen, der unangenehmen Kälte und der gekrümmten, unbequemen Lage darüber etwas verärgert gewesen.«

Er lachte unbeholfen und tat einen kräftigen Schluck aus der dargereichten Flasche.

»Warum trugen Sie kein Licht bei sich?«, wollte der Polizeiaufseher von ihm wissen.

»Ich wusste nicht, dass es hierzulande Vorschrift ist, leuchtend zu lustwandeln.«

Er hatte sich wieder gefangen. Wenn das alles war, was die Herren interessierte… Nach dem Orte seines Herkommens und den Gründen seines Hierseins befragt, gab er bereitwillig zur Auskunft, dass er aus Hamburg komme und wegen einer Familienangelegenheit hier verweile. Gebeten, sich auszuweisen, zog er seinen in Magdeburg ausgestellten Reisepass hervor und nahm die Miene des edelmütigen »Barons von Steden« an. Als sein Logis machte er die »Neue Welt« namhaft, was anhand der Meldelisten leicht nachzuprüfen und zu bestätigen war.

Da es somit keinen Grund mehr gab, das unschuldige, unbeteiligte Opfer weiter aufzuhalten, wo es doch vom Tathergang offenbar nichts weiter mitbekommen hatte, wollte der Polizeibeamte den vorgeblichen Grafen anstandslos des Wegcs gehen lassen. Er hatte ihm bereits sein Mitgefühl für die erlittene Unbill ausgesprochen und ihn für die leider notwendige Befragung um Verzeihung gebeten, als Langustier das Wort ergriff und es an Steffen richtete. Jordan, der einen zaghaften Versuch unternommen hatte, ihn davon abzuhalten, schickte sich resignierend drein.

»Verzeihen Sie, werter Herr, wenn ich Sie noch einen Moment zu bleiben bitte. Aber es wäre mir sehr daran gelegen zu erfahren, ob die Ohnmacht – von der Sie angaben, dass sie erst nach einigen Augenblicken vollständig eingetreten war – im Herannahen sozusagen, noch ein paar Wahrnehmungen zuließ? Hörten Sie nach dem Schlag nicht noch eine Kleinigkeit, die uns vielleicht helfen könnte? Sahen Sie, bevor Ihnen die Binde umgelegt wurde, nicht noch einen Schemen, einen Schuh, irgendetwas?«

Steffen, wiewohl er sich nicht recht klar war, wer ihn da befragte, sah sich wieder an den Moment des Schlages erinnert. Er war an der Straßenfront der Arkaden entlanggelaufen, aus tunlichst zu verschweigenden Gründen, als es passiert war. Ein Detail indes konnte er doch vorbringen, das vielleicht genügen mochte, das Interesse der Ermittler von sich abzulenken.

»Es müssen zwei Personen gewesen sein, die sich an mir zu schaffen machten; die eine schlug, fesselte und knebelte mich, die andere verband mir das Gesicht. Ich glaube, nein ich weiß, dass mir die Augenbinde von einer Frau angelegt wurde.«

»Was gibt Ihnen diese Sicherheit, Monsieur? Sie sahen nichts, Sie hörten nichts.«

»Aber ich spürte es trotzdem; die Hände waren sanft, sie schnürte mir nicht die Augen entzwei, achtete gar darauf, dass die Perücke sitzen blieb, weshalb ich beides später leicht abstreifen konnte. Auch roch ich einen Hauch von Parfüm, so seltsam es klingen mag, sich an etwas Derartiges zu erinnern, aber es war doch so. Und für einen kurzen Augenblick, als sie mir die Binde anlegte, glaubte ich ihr Haar auf der Wange gespürt zu haben.

Darüber hinaus hörte ich nur näherkommende Schritte, als wollte mir jemand zu Hilfe eilen. Ich nehme an, es waren die Schritte dieses Herrn dort, aber ich kann es nur vermuten, da ich ihn nicht sah und sein Gang sich nun nicht mehr zum Leben erwecken lässt, auf dass ich meine Erinnerung auffrische. Später, nachdem ich wohl einige Minuten ohne Sinne dalag, hörte ich Wimmern und Stöhnen, und als ich meine Binde abgestreift, konnte ich eine kleine Figur – den Lotterieeinnehmer, wie ich glaube – in Richtung Schloss laufen sehen. Das ist alles, woran ich mich erinnere.«

Steffen fand, dass diese Antwort, die übrigens in allen Punkten vollkommen ehrlich war, rundweg genügen müsste, die Augen der Polizei von sich abzuwenden. Doch Langustier, durchaus nicht unzufrieden mit diesem Bericht, ließ noch nicht locker. So wünschte er von diesem dahergelaufenen Grafen vorrangig noch zu wissen, warum er denn das Fest verlassen habe? Er sei ihm dort selbstredend am Abend wiederholt aufgefallen.

»Sie halfen ja sehr kräftig, das ›Jüngste Gericht‹ aus der Welt zu schaffen, wie ich nicht ohne Genugtuung bemerken durfte.«

Steffen lächelte trotz der Bedrängnis, in die er durch die unvermutete Beobachtung dieses seltsamen Menschen geriet.

»Darf ich Sie bitten, Monsieur, mir zu erläutern, wie Sie Ihr Interesse an meinem Lebenswandel begründen wollen?«

Langustier verspürte hier einmal mehr die Notwendigkeit, sich nicht auf die Gegenwart Jordans zu verlassen, sondern die königliche Permission aus der Tasche zu ziehen und an die Stelle einer weitschweifigen Erklärung zu setzen. Steffen verfärbte sich, als er die Unterschrift des Königs sah. In seinem Kopf arbeitete es fieberhaft.

Er war zwar auf vergleichsweise billige Weise um eine blutige Arbeit herumgekommen und konnte darüber keineswegs unglücklich sein, doch er befand sich in einer höchst misslichen Lage. Wohlweislich hatte er sich auf dem Wasserwege zum festlichen Park bringen lassen, da sein Name auf keiner Seite der Gästeliste aufgeführt war. Die Beobachtung des beleibten Sonderkommissärs könnte ihm, wenn es ihm nicht gelänge, ihr durch eine beiläufige Erklärung die Spitze zu nehmen, einigen Verdruss bereiten. Er ermannte sich daher und sprach leichthin:

»Sie müssen wissen, dass mir das köstliche, indes viel zu reichlich genossene Marzipan, noch dazu nach all den anderen lukullischen Glanzlichtern, eine ziemliche Magenverstimmung eingetragen hat, und ich mich daher ohne besonderes Ziel auf einen kleinen Spaziergang begeben habe, der mich ebenso zufällig wie absichtslos hier vorüberführte. Ich hatte meinen Weg ums Schloss genommen und wollte, als sich die leiblichen Beschwernisse beim Gehen wieder hinlänglich verflüchtigt hatten, eilig den Weg zum Lustgarten nehmen, um mir von dort das Feuerwerk anzusehen. Anschließend gedachte ich mich aber umgehend zur Nachtruhe zu begeben.«

Langustier gab sich vorderhand mit dieser Auskunft zufrieden und verabschiedete den Grafen höflich, der sich sogleich empfahl, zu seiner Sicherheit vom Polizeioffizier mit der Laterne eskortiert. Er möge sich, fand es Jordan noch wichtig zu bemerken, für unter Umständen nötig werdende weitere Fragen, in den kommenden Tagen zu ihrer Verfügung halten – ein Ansinnen, das Steffen mit einer huldvollen Geste beantwortete.

Als er gegangen war, sagte Langustier zu Jordan:

»Erscheint es Ihnen nicht ebenfalls verwunderlich, dass

der eine gefesselt wird, der zweite gemordet? Wo bleibt da die Rationalität? Es ist viel komplizierter und zeitraubender, einen gesunden Mann zu fesseln und zu knebeln, als ihn zu erdolchen.«

Indessen, überlegte Langustier, konnten während dieses verschlungenen räuberischen Unternehmens, bei dem sicher mindestens zwei, aller Wahrscheinlichkeit nach aber drei oder noch mehr Personen zusammengespielt hatten, allerlei unvorhergesehene Fälle eingetreten sein. Die vermeintlichen Raubmörder mochten auf diese Ereignisse zu aufeinander folgenden Zeitpunkten verschiedene Antworten gegeben haben. Der unfreiwillige Zeuge oder mögliche Beobachter von Steden wurde kaltgestellt, wozu es nicht viel bedurfte, der aufgeschreckte, ihm zu Hilfe eilende von Marquard dagegen im entbrannten Kampf in der blanken Bedrängnis von einem der Ganoven ums Leben gebracht. In der Dunkelheit könnte der Eindruck entstanden sein, er hätte seinen Offiziersdegen gezückt, was aber sichtlich nicht der Fall gewesen war.

Die wirren Reden der Gruppe um Frommery hielten Jordan und Langustier weitaus länger auf. Der geschädigte Lotterieeinnehmer wusste neben seinem Gejammer kaum einen geraden Satz herauszubringen. Es gelang den Fragern nur mit Mühe, den Hergang des Raubüberfalles grob zu rekonstruieren. Mehrere Personen, seien es nun fünfzehn oder zwanzig gewesen, hätten ihn und seine beiden Gehilfen, die Träger der Geldkiste, sogleich beim Öffnen der Ladentür überwältigt, gerade als sie den Oberst Marquard erwarteten, der ihrem kleinen ›Transport‹ Geleitschutz hätte geben wollen.

Auf die Frage, warum der Oberst sich zu diesem ungewöhnlichen Dienst bequemt habe, deutete Frommery nur an, dass er von Marquard schon verschiedentlich für seine eigentümlichen Spekulationen mit seltenen Gewächsen finanzielle Sicherheiten gewährt hatte und seine Begleitung somit als eine Art von symbolischer Geste zu betrachten gewesen sei. Mit einer wirklichen Gefahr hätten weder er noch der Oberst im Entferntesten gerechnet.

Völlig überrascht seien sie gewesen und nicht in der Lage, auch nur einen der Räuber klar ins Auge zu fassen; schon hätten sie, mit betäubenden Schlägen zu Boden getrieben und sogleich an den Händen gebunden, dagelegen. Nach dem Baron von Steden gefragt, den man neben dem Ermordeten betäubt aufgelesen habe, konnte Frommery keine Auskunft geben. Er kannte ihn nicht, hatte ihn nie gesehen. Es handele sich wohl, mutmaßte der Lotterieeinnehmer, um einen durchreisenden Fremden, der zufällig in diese Mordaffäre hineingeraten sei.

Über der aufgebrochenen Geldkiste fiel Frommery wieder ins Stammeln, Schluchzen und Schwanken, so dass ihn die Gehilfen stützen mussten und die Kommissare ihre Anhörung und die Besichtigung des Tatorts schon beenden wollten. Jordan und Langustier bestiegen ihre Kutsche, die inzwischen mühsam beladen worden war, und schickten sich gerade an loszufahren, als ihnen durch einen der Polizisten ein letzter Halt nahegelegt wurde.

So hatte sich also doch noch ein Zeuge gefunden. Ein Bewohner des Hauses, der zum Zeitpunkt des Verbrechens in Erwartung des Feuerwerks einen kleinen Balkon in der Mitte der Front betreten hatte, schien eine sachdienliche Beobachtung gemacht zu haben, die des Verweilens wert war. Vom Tathergang konnte er leider fast nichts berichten, da sich so gut wie alles, wie er angab, im Schutze der Bogenlaube abgespielt habe und nur schwache Geräusche, halblaute Kommandos und unterdrückte Schreie zu hören gewesen seien.

Es waren dem Manne jedoch, vor den für ihn nicht sichtbaren Geschehnissen unter den Arkaden, zwei Personen aufgefallen, im trüben Licht der Laternen aus der Schlossfreiheit herankommend, die sich an der Hausecke getrennt hätten. Der Mann bezeichnete den Toten als die eine der beiden Personen, den zuvor verabschiedeten Grafen als die andere. Insbesondere über das merkwürdige Versteckspiel dieses zweiten nächtlichen Spaziergängers habe er sich sehr verwundern müssen, da er ganz offenbar seinem Vorgänger gefolgt sei, in der Absicht, von diesem nicht bemerkt zu werden. Er sei, sichtlich mit Überlegung, außen an den Bögen entlanggeeilt, um den innen Gehenden zu überholen. Plötzlich jedoch, wusste der Beobachter noch zu berichten, sei er wie vom Erdboden verschluckt gewesen und wahrscheinlich unter die Arkaden gezogen worden.

Nach dem seinen Blicken verborgenen eigentlichen Überfall, hatte der Zeuge schließlich nicht mehr als vier Personen die Gänge verlassen und auf zwei neben der Kirche angebundenen Pferden durch die Brüderstraße davonreiten sehen, was alle Aussagen des Lotterieeinnehmers zu grenzenloser Wichtigtuerei degradierte.

»Sollte ein Mörder so dreist sein können, sich nach der Tat gefesselt neben seinem Opfer finden zu lassen, um allen Verdacht von sich abzulenken?«, fragte Langustier mehr sich selbst als Jordan. »Oder sollten die Räuber den eigentlichen Mörder, unseren Grafen, um ihn der Gerechtigkeit zu übergeben, als Schnürpaket zurückgelassen haben? Dies ist kaum anzunehmen, denn dann hätten sie ihm das Tatwerkzeug nicht fortgenommen, sondern in die Hand gesteckt oder doch wenigstens im Opfer stecken lassen.«

Jordan wusste hierauf keine Antwort. Dieser Einwand war in der Tat so entwaffnend, wie die vorangegangene Überlegung absurd erschien. Er wies einen seiner Männer an, den gerade verabschiedeten »Grafen« umgehend in der »Neuen Welt« aufzusuchen und zwecks nochmaligem Verhör im Marstall zu arretieren.

Langustier versuchte indes, die Angaben des Zeugen mit denen des Grafen übereinzubringen, konnte sich aber auf diese Verfolgungsgeschichte absolut keinen Reim machen.

Sollte es dem Grafen an Bargeld gemangelt haben und es seine Absicht gewesen sein, den Obersten von Marquard um das seine zu erleichtern, so war diese Absicht vereitelt worden. Eine andere Variante fiel ihm beim besten Willen nicht mehr ein.

Stumpfsinnig brütend fuhren sie zur Charité. Im Gepäckkasten der Kutsche stand, notdürfig verschnürt wie ein langes, schmales Paket, die Leiche des Obersten von Marquard und bewegte sich im Gerüttel und Geschüttel des Gefährtes ungelenk hin und her. Jordan hatte den Leichnam nicht neben sich sitzen lassen wollen.

Als sie in den dunklen Innenhof einfuhren, schien es, als hätten sie in dieser Nacht kein Glück. Ellers Studierstube war unbeleuchtet. Doch ein Krankenwärter, der in ihrem Transport erst einen eintreffenden Notfall vermutete, ging sogleich auf die Suche und konnte den Leiter des segensreichen Instituts nach kurzer Suche in einem der Säle aufspüren.

Ellers Erstaunen über den angelieferten Toten hielt sich in Grenzen. Das Präsent, das sie dem Doktor mitgebracht hatten, war freilich kaum geeignet, dem Fachmanne etwas aufregend Neues zu bieten. Schon nach kurzer Besichtigung der Leiche konnte er einen ins Herz geführten Stich als die tödliche Verletzung angeben. Allenfalls erstaunte ihn, dass diese beiden seltsamen Kommissare schon wieder mit einem mutwillig Verabschiedeten bei ihm auftauchten. Sie zogen das Verbrechen ja förmlich magisch an.

»Das sieht mir nach militärisch geübtem Handwerk aus.«

Warum Eller jetzt das Marquardsche Herz herausnahm, war Langustier nicht recht ersichtlich. Es geschah natürlich aus nahe liegendem medizinischem Interesse des Doktors, der auch weit nach Mitternacht Energie und Umsicht für die Vorbereitung aufwendiger Präparationen erübrigen konnte und sie mit bewundernswürdiger Gewandtheit ins Werk zu setzen verstand.

Jordan hatte sich schon bei den ersten tieferen Schnitten empfohlen und schritt in einem der schlecht beleuchteten unterirdischen Gänge wartend auf und ab. Langustier dagegen trat aus anatomischem Interesse näher hinzu. Das Filettieren von Herz und Lunge war ihm eine tägliche Arbeit, weshalb er dem Umstand, es hier mit dem wichtigsten Teil eines Menschen zu tun zu haben, nur marginale Bedeutung beimaß.

Eller hob das Herz behutsam aus seiner Umgebung und setzte es in eine bereitstehende Schüssel. Er wischte sich die blutigen Spuren der feuchten Extraktion an der blauen Schürze ab, was dieser dunkelbraune, fast schwarze Striemen verlieh. Einige zielsichere Schnitte zerteilten das unförmige Organ. Eller kam schnell zu seinem Schluss, demzufolge doch eine Besonderheit vorlag, die ihm die Leiche schmackhaft machen konnte:

»Interessanterweise erlitt das bedauernswerte Opfer im Moment des Todesstichs eine ischämische Nekrose. Aufgrund der plötzlichen Aufregung starb ihm der Herzmuskel noch vor dem eigentlichen Eintritt des Todes ab.«

Er zeigte auf einige verhärtete, wie ausgetrocknet wirkende Partien des zusammengefallenen Fleischbrockens, die Langustier, wie er bei sich überlegte, bei einem Kalbsherzen vor der Zubereitung wohl herausschneiden würde.

»Unmöglich aber, dass er überhaupt eine Chance gehabt hätte, den Angriff zu überleben. Die Blutung wäre nicht zu stillen gewesen. Er muss gesprudelt haben wie ein Springbrunnen. Mag aber sein, dass der Täter ihn allein durch sein riesenhaftes Äußeres zu Tode geängstigt hat, denn nur ein sehr großer Mann kann einen Stich dieser Art in dieser Höhe beherzt genug anbringen.«

Langustier zeigte Eller zum Abschluss den Fetzen blauen Tuchs, den er gefunden und von Jordan zurückerhalten hatte. Offenbar stammte er von der Kleidung eines Mannes, der die Mauer an dieser Stelle des Arkadenganges ziemlich hart gestreift oder sich an sie hingepresst hatte.

»Königsblau«, beschied ihn Eller.

Er drehte den Fetzen gegen das Licht einer Ölfunzel.

»Diesbach, ein Kollege meines Vaters, hat dieses künstliche Blau erfunden. Es ist der erste synthetische Farbstoff – Eisenchlorid vermischt mit gelbem Blutlaugensalz und in Wasser gelöst. Wenn das von unserem Herzstecher stammt, dann trägt er eine –«

(er besah den Fetzen nochmals eingehend, bevor er ihn Langustier zurückgab)

»– jetzt reichlich ramponierte Uniformjacke. Ihr solltet bei allen Armeeschneidern nach einem langen Kerl Ausschau halten, der sich eine neue Jacke anmessen lässt.«

Eller spülte das Herz für die spätere Präparation in einem Eimer mit kaltem Wasser aus, das sich sofort blutrot färbte. Der Anblick des entherzten Leichnams in der unterirdischen Totenkammer stand zu seiner aufgeräumten Laune in einem eklatanten Kontrast. Der Mediziner führte Langustier in seine Studierkammer, nicht ohne auf dem Weg dorthin den sich in Seitengängen herumdrückenden Jordan aufzulesen.

»Übrigens ist der entsprungene Andersohn im Tiergarten gesehen worden. Ein Jäger störte ihn bei einem kuriosen Veitstanz, konnte ihn aber nicht stellen und festhalten. Eine vorbeifahrende Dame wurde beim Anblick des Flüchtenden halb ohnmächtig.«

Wenn Jordan über eines Gewissheit zu besitzen glaubte, dann darüber, dass ihn in der nächsten Zeit keine zehn Pferde wieder in diese düsteren Mauern bringen würden. Er beruhigte sich mit dem Gedanken an stille, hohe Bibliotheksregale, lederne Buchrücken, an Gold- und Silberschnitte, an das Knistern von bedrucktem Papier und an das sanfte Gleiten des zuvor in ein Glas mit Tinte eingetauchten Gänsekieles.

Viel lieber wäre der Zweite Hofküchenmeister zu seiner Tochter Marie in die neue Berliner Stadtwohnung gefahren, aber seine Dienstpflichten ließen es nicht zu. Er hatte in wenigen Stunden bereits wieder taufrisch zu sein, so schwer es auch fiel. Die auf dem Wasserwege von Monbijou nach Charlottenburg zurückgebrachten Gerätschaften waren zu inspizieren, die dortigen Bauleute zu bekochen und überdies mit dem Hofgärtner Krause in einer kulinarischen Haupt- und Staatsangelegenheit zu verhandeln, die keinen weiteren Aufschub duldete. Der Mann hatte sich ihm schon seit Tagen vergeblich zu nähern versucht und sollte endlich seinen Willen bekommen.

In dem einsam gelegenen Haus vor dem Frankfurter Tor wollte in der ersten Montagsstunde keine Ruhe einkehren. Die Übernachtungsgäste im »Schlösschen«, drei Kutscher und ein Marktreisender, zitterten in ihren Betten. Über ihnen, irgendwo im verzweigten Gestühl des ausladenden Daches, war in dieser mondhellen Nacht der Teufel los. Es schepperte, wieherte, stampfte, knallte, rasselte, dass man das kalte Grausen bekommen konnte. Ganze Horden von Klopfgeistern tobten droben im Gebälk, wo doch nur Staub und Spinnenweben zu sein hatten. Oder war es gar Wotans »Wilde Jagd«, die auf dem Weg nach Norden hier ein entfesseltes Herbstgelage zelebrierte? Die Abergläubischen schauderten bei dieser nahe liegenden Vorstellung und zogen sich bange die Laken übers Gesicht.

Manchmal ließen sich Lachen und Gröhlen vernehmen, dann war es, als würden ganze Batterien von Flaschen und Gläsern auf dem Dachfirst zerschmettert. Nach kurzer Stille hob das Geschwärme nur desto lauter wieder an, bis sich endlich einer der geplagten Gäste ein Herz fasste, aufstand und zum Wirt hinunterstieg. Flehentlichst bat er diesen, einen Priester oder Beschwörer zu holen, um das Haus von der Teufelspest loszusprechen und geweihtes Wasser in alle Ecken zu versprühen, damit die Ungetüme daran gehindert würden, auch noch die Dachschindeln abzuräumen.

Der Wirt, Eusebius Hamman, stellte sich, als ob er von alledem nichts bemerkt hätte. Erst als das Gepolter nun unüberhörbar wieder einsetzte, erklärte er es für die Wirkung von eingeschlichenen Tieren – ja es seien wohl Marder, die auf dem Dachboden des Öfteren ihre nächlichen Jagden veranstalteten, das sei schon vielen Gästen bedrohlich erschienen, aber man brauche sich keine Gedanken darüber zu machen; es berge keine Gefahr in sich. Und so abergläubisch, an Geister oder gar Teufelsbrut zu denken, werde doch keiner der Herren sein?

Damit sich jedoch ihr Argwohn, in einem verhexten Hause zu nächtigen, gänzlich zerstreuen möge, stieg er sogleich in höchst eigener Person, nur mit einem einfachen Stock bewehrt, hinauf, um dem vorlauten Gezücht das Rumoren auszutreiben. Ungläubig zog sich der Gast wieder in seine Kemenate zurück, den Mut des Wirts bewundernd, der Anstalten machte, über enge Stiegen und Leitern in die oberen Dachgefilde hinaufzuklettern. Als die merkwürdigen Laute nach einer Weile tatsächlich verschwanden, glaubten die Gäste das Märchen vom lärmenden Getier und fielen erschöpft in den verdienten Schlaf.

Die Bande des »Marders«: der »Grenadier«, die »Turinerin« und der »Einäugige«, war außer Rand und Band. Als Hamann die Bodenluke zu ihrem Versteck unterm Dach aufstieß, hatten sie sich bei den Händen gepackt und umtanzten nach Kosakenmanier die Goldmünzen auf einem Tuch in der Mitte des Bodenraumes. Auf einem groben Holztisch türmten sich die Reste einer Hühnerfamilie, Flaschen gähnten geleert zwischen den Gerippen. Von etlichen anderen, in die Winkel des saalartigen Raumes geschleuderten Glasbehältnissen waren nur noch Scherben übrig.

Vater Hamann beschwor den Marder, sofort für Ruhe zu sorgen, damit ihr Schlupfwinkel nicht entdeckt würde. Er habe seinen Gästen erklären müssen, dass sich wohl ein Marder auf dem Boden herumtreibe. Die Turinerin lachte hellauf, während der Marder sofort Stille gebot. Eilig band er das Tuch mit dem Gold zusammen, nicht ohne dem Wirt zwei blanke Dukaten in die Taschen zu schieben.

Der Grenadier schlug aus irrer, besoffener Wut mit der Faust auf die Tischplatte, stampfte urgewaltig mit dem rechten Fuß auf, dass der Knochenberg schepperte, die leeren Flaschen durcheinanderpurzelten und der gesamte Dachstock wie von einem mittleren Erdbeben erzitterte. Dafür bekam er vom Einäugigen einen herben erzieherischen Schlag in die Rippen. Doch statt sich zu wehren, kippte er einfach um. Zwar landete er unsanft auf dem Rücken, dass der Kopf wie ein Holzscheit auf den Boden knallte, doch sein Hirnkasten hielt eine Menge aus. Einmal liegend verfiel er sofort in den traumlos-mechanischen Schlaf des Rohen, Ungehobelten, Ungerechten.

Der Mond lugte durch die Ritzen zwischen den Dachziegeln. Es zog kalt herein. Der Marder, die Turinerin und der Einäugige taumelten auf ihr kärgliches Strohlager. Der Wein und die geraubten Münzen, die ihr rauhes Gemüt erwärmten, genügten ihnen vollauf zum Schutz vor der Kälte. Der Grenadier lag mit nichts als der dünnen Decke seiner eingerissenen Uniformjacke auf den nackten Holzplanken.

Der Wirt stieg wieder nach unten. Der Gedanke an die Dukaten, von denen ihm freigebig mitgeteilt würde, solange er den Marder und seine Bande beherbergte, beschwichtigte seinen Groll.

Um sicherzugehen, dass die Unholde wirklich Frieden gäben, horchte er noch einen Moment an der spaltbreit geöffneten Luke. Und was er hörte, beruhigte ihn ungemein.

XI

In Haudes Kontor herrschte an diesem Morgen besondere Anspannung, wie immer, wenn die »Berlinischen Nachrichten« in Druck gingen. Noch vielerlei Kleinigkeiten und letzte Änderungen mussten zum Redaktionsschluss hin berücksichtigt werden, was höchste Konzentration erforderte.

Gerade zu dieser Unzeit erschien der Magister Adler, um das Getriebe durch seine reine Anwesenheit empfindlich zu stören. Mit kaum verhüllter Wut riss der Redakteur die Fenster auf, obwohl die Temperaturen das keineswegs ratsam erscheinen ließen und der Verleger bereits mit einem kleinen Schnupfen zu kämpfen hatte. Adler war aber tunlichst um gut Wetter bemüht. Ohne die üblichen zeitraubenden Reden anzustimmen, wünschte er diesmal nur etwaige Neuigkeiten zu erfahren, die voraussichtliche Rückkunft des Königs und das Schicksal des Hohenfließischen Fürsten betreffend. Interessiert nahm er von Überfall, Mord und Selbstmord Notiz, verschwand jedoch schon nach unverhältnismäßig kurzer Zeit wieder. Mit dieser leisetreterischen Stippvisite, die so gar nicht seinem angestammten Naturell entsprach, erregte er Aufsehen, was nicht in seiner Absicht gelegen hatte.

Seine neue Aufgabe veränderte ihn durchaus zu seinem Vorteil. Seit er für den Grafen von Waldegg arbeitete, achtete er nicht nur mehr auf sein Äußeres, sondern war auch bemüht, die eigene Unbeherrschtheit hintanzuhalten. Indem er weniger trank, glückte ihm dies recht gut.

Nach langen fühllosen Jahren voller Branntwein und Tabak dachte er plötzlich wieder mit Wehmut an seine Heimat, die kleine Landgrafschaft Hohenfließ, zu deren Wohlergehen sein Tun künftig beitragen sollte. Zum Greifen nahe standen ihm die Höhenzüge der Fechter Mark vor dem inneren Auge: Altekönig, Goldgrube und Herzberg, die wie drei Zacken einer Riesenkrone über den sanft gewellten umliegenden Waldbergen aufragten. Vor ihnen lag als zusammengerollte Katze in einem endlosen Stoppelfeld das Residenzstädtchen Hohenfließ. Das landgräfliche Schloss war ihr Kopf, die unzähligen kleinen Häuschen mit ihren braunroten und schiefergrauen Dächern bildeten das Gewölbe von Bauch und Rücken, Scheunen und kleinere Höfe lagen wie Schweif und Pfoten außerhalb der Stadtmauer, an deren einer Seite der Fluss entlangrauschte. Auf einer Hochebene unterhalb des Altekönigs prangte im Hintergrund, auf halber Bergeshöhe, die fürstliche Domäne des Seydellschen Hofgutes mit der Farbenfabrik.

Im Wolffschen Kaffeehaus unter der Stechbahn lauschte Adler bei einer Tasse türkischem Mokka den Gesprächen an den Nebentischen. Sein Interesse an den Geschehnissen der letzten Nacht, die hier das Gespräch bestimmten, hielt sich in Grenzen. Nur kurz, als Andersohns Name im Raum stand, wurde er hellhörig. Durch den Tiergarten sei der Irre getanzt, erzählte man sich. Leider konnte ihm Kaffeehausklatsch dieser Art nicht im Geringsten bei seiner vordringlichsten Aufgabe helfen, den Entsprungenen zu finden. Andersohn blieb verschollen.

Die dunklen Seiten des Festes waren an Marie spurlos vorübergegangen. Von Beerens Gestalt hatte schützend vor ihr gestanden und sie die Schrecknisse des Abends nur wie durch einen Schleier miterleben lassen, kaum dass ihr die seltsame Verbindung zwischen ihrem Vater und dem Polizeipräfekten Jordan aufgefallen war. Dass der Polizeichef von Berlin einen Hofküchenmeister Sr. Königlichen Majestät in einer Tötungsgeschichte zu Rate zog, hatte wohl etwas reichlich Kurioses, doch sie war stolz auf ihren Vater, da er es in kürzester Zeit wirklich zu einer einflussreichen Rolle gebracht zu haben schien.

Von Beeren war das letzte Wegstück allein mit ihr in die Roßstraße gefahren und hatte sie vor dem Haus der Witwe Stolzenhagen nur höchst widerstrebend gehen lassen. Verwirrt, aber glücklich war sie ihm schließlich entkommen und – ein baldiges Wiedersehen in Aussicht stellend – in die weite, frisch getünchte Wohnung hinaufgeflohen, wo sie mit ihrer Seligkeit ganz allein hatte sein können. Nur langsam war sie wieder ruhiger geworden und erst kurz vor Tagesanbruch in einen tiefen, wenig erholsamen Schlaf gefallen.

Tüchtig hatte sie in den vergangenen Tagen geschuftet, um dem Vater ein hübsches Willkommen zu bereiten, wenn er denn endlich einmal Gelegenheit fände, sich in seine eigene Wohnung zu bequemen. Dass er zu viel zu tun hatte, wusste sie durchaus. Aber sie war doch ein wenig unglücklich deswegen. Er hatte die Kammer im »Blauen Bären« längst verlassen und war in ein kaum geräumigeres, dafür reinlicheres Gelass im Kavalierstrakt des Charlottenburger Schlosses übergesiedelt, aber in den eigenen vier Wänden wäre die Erholung doch eine ganz andere.

Am Morgen gab Marie der Zimmerwirtin das geliehene Kleid und die Schuhe zurück und erzählte ihr aufgeregt, was sich auf dem Fest begeben hatte. Die Witwe Stolzenhagen konnte es gar nicht ausführlich genug geschildert bekommen und freute sich aufrichtig mit ihrer jungen Freundin über das schöne Abenteuer, aus dem, wer konnte es voraussehen, ja vielleicht noch mehr erwuchs?

Bei Kaffee, Apfelkuchen und Schokolade besprachen sie darauf Maries nächste Zukunft, und als diese ihrer Sorge über die hohen Ausgaben ihres Vaters beredten Ausdruck verlieh, machte ihr die Wirtin das verlockende Angebot, im

Delikatess-Kontor zu arbeiten und die Grundlagen der Handlung zu erlernen. So könnte sie ihren Teil zu den erheblichen Kosten beitragen, die in Berlin aufzubringen wären, und hätte noch Geld genug, sich für ihren Kavalier schön zu machen.

Marie stimmte freudigst zu, denn das väterliche Gehalt war, brachte man nur die gestiegenen Bedürfnisse und Repräsentationskosten in Anschlag, längst nicht mehr so königlich, wie es zunächst den Anschein gehabt hatte. Für den gehörigen Putz, der den jungen Berlinerinnen tausendmal wichtiger war als alles andere, die Liebhaber fast eingeschlossen, blieb da kaum ein Taler übrig.

Aus einer Truhe hatte die Grossistin ein paar Kleider genommen, die sie nicht mehr tragen mochte, damit Marie sie anprobierte. Es war, als würde sie, noch immer ganz Dame von Welt, mit Maries Hilfe wieder vollends aufblühen.

Soeben hatte Langustiers Tochter ein höchst reizvolles Stück angelegt und mit Freuden hörte sie die entzückten Ausrufe der Leihgeberin.

»Ihr Urteil beschämt mich.«

»Ich lasse Ihrem Anzuge nur Gerechtigkeit wiederfahren; ich habe noch nichts Reizenderes gesehen.«

»Ihr fühlendes Herz weiß meinen Verdruss über die traurigen Seiten des gestrigen Abends vollends zu mindern.«

»Ach, was hat ein junges Fräulein wie Sie auf traurige Seiten zu schauen? Sehen Sie in die Augen ihres Liebsten! Und jetzt hören Sie die schönste Neuigkeit: Des Königs Majestät sind allergnädigst gesinnt, in der Residenz eine neue Fabrique von Drap d'or und andern reichen Stoffen etablieren zu lassen, wo Gros de Tours, Damast, Taft und allerhand andere seidene Zeuge gewebt werden sollen. Wäre das nicht ein artiges Geschenk für uns? Seidene Stoffe sind der Damen größte Notwendigkeit.«

Sie lachten.

»Bald wird es die herrlichsten Stoffe in Berlin geben, und

zwar um billigsten Preis! Der Entrepreneur wird vom Könige dazu aufgemuntert und allen Schutz und alle Assistenz zu gewärtigen haben, des Weiteren Freiheit von Transportkosten. Hellgrüner Damast und pfirsichblütenfarbener Taft – welche Auswahl an Stoffen werden wir in kurzem haben?!«

Sie ergingen sich noch in allerhand schönen Träumen von vornehmer Kleidung, bis die Witwe sie wieder alleine ließ, um sich um ihre Handlung zu kümmern.

Bevor sie ging, verfiel sie jedoch noch in eine schwermütig anmutende Reflexion über die wahre, bedingungslose Hingabe an einen Geliebten, was für Marie in seltsamem Kontrast zu den gerade geendeten, leichtsinnigen Reden stand. Sie bestärkte die junge Freundin darin, ihren Baron ernsthaft zu prüfen, ihm jedoch dann – wenn sie seiner Liebe sicher sei – unbedingte Treue und Gefolgschaft zu schwören. In ihrem eigenen Leben habe sie es nicht anders gehalten und ihrem Geliebten stets aufs Neue ihre Ergebenheit bewiesen.

»Was immer er von dir verlangt – tu es um der Liebe willen, die allein heilig ist auf der Welt!«

Marie war indes zu aufgewühlt, um den Lebensweisheiten der mütterlichen Freundin konzentriert zu lauschen. Sie hatte sich noch einige von Handlungspflichten befreite Tage ausbedungen, um die väterliche Behausung gänzlich herzurichten und eine geschickte Hausgehilfin anzuwerben. Sie tanzte durch die Enfilade der mit Falckenbergs nachgelassenen Möbeln nur äußerst spärlich bestückten Räumlichkeiten, angetan mit einem der neuen Kleider, und betrat strahlend den Balkon. Das geschäftige Treiben tief unten auf der Straße hatte längst seinen ersten Höhepunkt erreicht. Die Glocken schlugen von allen Seiten her zehn; es war herbstlich frisch, doch noch nicht kalt. Frühnebel wallten im Hintergrund bei den Mühlen am Fluss. Die Sonne am Himmel würde sie bald ebenfalls verzehrt und ganz Berlin verzaubert haben.

Ihren Vater, der im Charlottenburger Schloss werkelte, hatte Marie für den Moment gänzlich vergessen.

Honoré Langustier fühlte sich derweil, als dürfe er einen zweiten Garten von Versailles entwerfen. Seite an Seite mit dem Hofgärtner Christian Ludwig Krause war er nach arbeitsreichem, aber fröhlich-nachfestlichem Vormittag in die Pläne zum neuen Charlottenburger Hofküchenkräutergarten vertieft. Ökonomisch, doch zugleich gefällig hatten die Pflanzungen zu sein, ganz wie es seinem Geschmack in Bezug auf die Dinge des täglichen Lebens entsprach: Im angenehmen Gewande hatte das Nützliche zu erscheinen.

Eine Hauptabteilung sollte die gängigsten und am meisten benötigten Pflänzlein wie Anis, Basilienkraut, Beifuß, Benedictenwurzel, Borage, Centauer, Dost, Dragun, Eisenkraut, Engelwurz, Galgant, Gichtkraut, Ingber, Labkraut, Lavendel, Lungenkraut (oder Hirschzungen), Majoran, Mannstreu, Ochsenrute, Petroselinum, Portulack, Quendel, Rosmarin, Salbei, Sassafras, Steinsame, Wegwarte und Ysop enthalten. Auf Krauses Liste lasen sich die Bezeichnungen indessen etwas fachmännischer, etwa: Flor. Salviae, Fol. Auri, Bacc. Laur., Cariophill. Gutt., Rad. Acor. Aquat.... etc. pp.

Weitere Rabatte hatten die wichtigsten Gemüsepflanzen wie Lacktucken, Porree, Möhren, Sellerie, Brennesseln, Rauke, Kalmus zu versammeln – in größeren Quanten versteht sich – , dito diverse Cartuffel-, Tartuffel- und Pommes de terre- sowie Kohlvariationen: vier bis fünf verschiedene Arten von Blumenkohl, Braunschweigischen weißen Cappus, Ulmer, Straßburger, frühen und späten Wirsing, zwei Sorten Savoyer Kohl. Niedrige Hecken aus Eiben würden die Sektionen säuberlich umreißen, respektive Passepartouts aus Walderdbeeren und Schafgarbe, Spanischer Haberwurz und Scharbock zu einem verschwenderischen Rahmen aus Nelken, Schwertlilien, Frauenschuhen, Rosen, Brom-, Johannis- und Stickelbeeren überleiten.

Auf diese äußere Einfassung kämen zur höheren Umfriedung noch weißer Flieder, Zwerg- und Baumholunder. Eine hohe Mauer schlösse den gepflanzten Hort letztlich gegen die zudringliche Bevölkerung ab, denn das Kräuterarrondissement musste aus eminentem Platzmangel außerhalb des Schlossgartens entstehen. Die Bauleute würden die Mauer bald hochziehen, die Setzlinge und Sämereien wären zum Frühjahr hin besorgt, einige winterharte Gehölze kämen bereits in den nächsten Wochen zur Pflanzung. 500 Fuhren Pferde- und Kuhmist würden für die Zubereitung der Pflanzerde herbeigeschafft, ebenso Mistbeetfenster für die kalten frühen Monate.

Zwei Stunden nach Mittag waren die beiden Exploratoren mit ihrem Lokaltermin am Ende. Langustier begleitete Krause in die Orangerie, wo sich ein noch grandioseres Großprojekt des kommenden Gartenjahres abzeichnete. In den engen, mit Kübelpflanzen ohnehin bereits vollgepackten Räumen drängten sich weiße Maulbeerbäume, soweit das Auge und der Platz reichten. 120 000 Stück waren es, die von Frachtschiffen aus der Spree an Land gehieft und in den gärtnerischen Tresor verfrachtet wurden. Zum Glück waren es nur sehr kleine Exemplare, sonst hätte man das ganze Schloss mit der grünen Fracht in Beschlag legen müssen. Langustier staunte:

»Wollen Se. Königliche Majestät uns alle zu Seidenpflückern machen?«

Krause lachte. Auf königlichen Befehl sollte er im Frühjahr die Alleen »in Ordnung bringen« und war mit der heutigen Lieferung für diese Aufgabe völlig eingedeckt.

»Warum nicht? Das wäre doch eine schöne Beschäftigung. Indes zieht man die Raupen nicht auf den Bäumen, sondern füttert sie nur mit dem Laub. Se. Königliche Majestät können auch mal verschwenderisch sein und die Futterpflanzen in Form von gefälligen Alleen anbauen. Es sollen gar künftighin Prämien für Dorfpfarrer ausgesetzt werden, die am meisten Seide gewinnen, und überhaupt sollen alle, die Maulbeerbäume pflanzen, Vergünstigungen genießen.«

Der Zweite Hofküchenmeister war erstaunt, dass die empfindlichen Bäumchen mit dem nordischen Klima zurande kommen sollten, wo sie doch weit wärmere Länder gewöhnt waren. Dieser König hatte schon stilvolle Ideen: Alleen aus weißer Maulbeere. Das Gefällige mit dem Dienlichen hier wieder – Langustier bemerkte mit Stolz und Genugtuung erneut diesen Gleichklang zwischen seiner Lebensphilosophie und der des Königs.

Im Geiste entwarf er bereits Gerichte für ein Maulbeerbaumfest oder eine Allee-Einweihung: Gemüsesuppe mit feinen Streifen von Maulbeerbaumblättern, gedünstete weiße Maulbeeren mit Pommes de terre, rotes Maulbeermus mit Maronen und Bandnudeln, Torte aus schwarzen Maulbeeren, roter Maulbeerkonfitüre und süßer Sahne oder Maulbeerenscherbett zum Abschluss.

Der Hofgärtner hatte inzwischen noch angemerkt:

»Der Seidenbau steckt ja erst in den Anfängen. In sechs Jahren, wenn die Bäume stark genug sein werden, dass man ihre Blätter einsammeln kann, gilt es, genügend Seidenraupeneier zu beschaffen, um reichlich davon an die Leute ausliefern zu können. Schließlich wird es dann nötig sein, das Verfahren bei der Aufzucht der Würmer und die Herstellungsweise von Seide, Organsin, Tramseide, Florettseide und so weiter gedruckt herauszugeben, und es wird Realschulen geben müssen, in denen Mägde und Bauern lernen können, wie und wann die Würmer schlüpfen, wie man sie füttern muss und wie man die Kokons abhaspelt. In unserem kalten Klima besteht die Kunst darin, die Raupen nicht zu früh und nicht alle auf einmal schlüpfen zu lassen und auf keinen Fall mit Tau bedeckte Blätter an die Würmer zu verfüttern, denn davon werden sie alsbald wassersüchtig.«

Langustier versuchte sich einen wassersüchtigen Wurm

vorzustellen, doch es gelang ihm nicht. Er verabschiedete sich herzlich von Krause und nutzte das Stichwort »Wasser«, indem er sich zu einer schöpferischen Pause an den See in die Sonne setzte. Mit geschlossenen Augen genoss er wenigstens für einen Moment die Ruhe des herrlichen Parks, die nur vom Geräusch der Rechen und Besen beeinträchtigt wurde, mit denen die Gärtnergehilfen die Spuren ihrer Baumtransporte über Kies und Rasen beseitigten. Die baumbringende Flotte hatte bereits wieder abgelegt.

Er dachte über die weiteren Schritte der Ermittlung nach. Jordan, gewillt, die Hypothese von der geheimen Verbindung zwischen den beiden Morden bis zum Erweis des Gegenteils zu akzeptieren, würde sich heute noch einmal mit der Witwe von Marquard befassen und das Marquardsche Logis genauestens untersuchen lassen. Er mochte nun wohl eingesehen haben, dass die Sache komplizierter war, als er dachte.

Erregtes Rufen schreckte ihn auf.

»Monsieur Langustier! Monsieur Langustier!«

Er drehte sich auf der Bank um und sah den kleinen Belgier, seinen Küchenjungen, der eilig die über Gartentreppe des Schlosses auf den Kiesweg hinabsprang. Morgens hatte er ihn vermisst und sich über seine Saumseligkeit gewundert. Nun erklärte sich das Fehlen auf nachgerade wunderbare Weise:

»Monsieur, Ihr ratet nicht, was ich hier habe!«

Er schwenkte ein kleines Päckchen in der Hand, das Langustier äußerst rätselhaft erschien. Doch im nächsten Moment hellte sich seine Miene auf. Sollte es denn möglich sein – …? Langustier erhob sich in erstaunlicher Schnelle. Es war möglich! Der Gehilfe konnte seinem Meister mit stolzgeschwellter Brust die längst endgültig verloren geglaubte Mappe mit den Falckenbergschen Papieren übergeben. Seine auf eigene Faust weiter betriebenen Nachforschungen waren letztlich doch noch von Erfolg gekrönt worden. Auf das Stichwort »Kugeln« war einem der Droschkenfahrer der angeheiterte, verwirrte Freimaurer eingefallen, den er kutschiert hatte und der ihm nebst einer kleinen Börse mit überreichlichem Lohn auch noch eine Ledermappe mit seltsamen Dokumenten in Verwahrung gegeben hatte. »Hebt sie gut für mich auf!«, habe er gesagt.

Langustier wickelte den ihm überreichten, sorgfältig gefalteten Makulaturbogen auseinander und überhäufte den Gehilfen mit Dankesbeteuerungen. Zwei blanke Dukaten drückte er ihm in die Hand. Einer davon war für die treue Seele von Kutscher bestimmt. Der Junge schwebte förmlich über den Kies davon angesichts seines nunmehrigen Reichtums, während Langustier mit einem ungeheuren Gefühl der Erleichterung wieder auf die Bank sackte.

Äußerst gespannt löste er die blauseidene Schlaufe, die das weinrote Ledermäppchen nach wie vor säuberlich zusammenhielt, nahm den kleinen Packen von Blättern auf den Schoß, auf dessen Deckblatt nichts weiter stand als »Königsblau«, und blätterte hastig die Papiere durch.

Langustier zwang sich zur Konzentration und blickte auf die feinen Linien der Schrift. Es waren die Züge verschiedener Hände. Neben einfachen, weißen Bögen mit kräftigen, kurzen und prägnanten Schriftzügen, die sicher von Falckenberg stammten – wie ein Vergleich mit dem obersten Blatt unschwer zeigte –, fanden sich Blätter in zartem Chamois mit einer kleinen, feinen und leicht verspielten Schrift, mehrere aktenmäßige Manuskripte, Listen sowie zwei aus einem Buch herausgetrennte Seiten, die einen geografischen und einen naturwissenschaftlichen Artikel enthielten.

Ein kunstvoll verschnörkeltes »FR« löste bei Langustier einen angenehmen Schrecken aus. Unvermutet hielt er eines der ihm bereits wohl vertrauten kleinen Billete in der Hand, das Se. Königliche Majestät an den Flügeladjutanten Falckenberg gerichtet hatten:

FR
Mon très cher Albert,
das attachirte curieuse Fragment ist alles, was sich mir von dem erhalten hat, das er damals in seinem jungen gelassenen und geruhsamen Leben in Remusberg aufschrieb! Möge ihm der Aufenthalt bei Ihnen zu einiger Erholung gereichen, das würde mich beruhigen. Sagen Sie, was er braucht, Sie sollen es erhalten.
Frédéric.

Langustier wendete sich dem Blatte zu, auf das dieses Kärtchen Bezug nahm. Es war aus einem größeren Manuskript herausgerissen, wie die Paginierung vermuten ließ. Dem fragmentarischen Charakter entsprechend setzte der Text recht unvermittelt ein. Da er mit der deutschen Sprache keine großen Probleme hatte, konnte er den Inhalt der Handschrift mühelos auffassen. Genüsslich sog er die würzige Herbstluft ein und begann zu lesen:

***

***

»…sich nicht an den anderen, schreienden und durcheinanderlaufenden Kindern störend, kam der dicke, stumpige Mann auf mich zu, machte eine angedeutete höfische Verbeugung, wie sie nur Hoheiten gegeneinander tun, hob mich mit seinen kräftigen Pranken vom Boden auf seinen Arm und frug mich nach meinem Namen.
»Ich bin der Ludewig Andersohn«, sagte ich und sah in das rote, leicht pockennarbige Antlitz des blauen Herrn halber unter mir. Er roch nach Schweiß und Puder, und seinem Munde entströmte ein schrecklicher Schwall von Branntwein- und Tabak-Dunst.
»Und wer bist du?«, frug ich.

»Ich bin der König.«
Er sagte dies mit solchem Ernst, dass ich es sofort zu glauben gewillt war. In seinen wässrigen Augen funkelte es einen Moment lang bitterböse. Ich bekam es da droben tüchtig mit der Angst zu tun und fing heftig an zu strampeln.
Der König, so hatte mir mein Vater erzählt, war nämlich ein fürchterlicher Mann, der die Leute in Potsdam, wenn sie ihm auf der Straße begegneten, mit seinem Knotenstock verprügelte, um ihnen Liebe und Gehorsam einzubläuen. Und dieser Mann hier trug einen wirklich derben, abgewetzten und mit einer Metallspitze versehenen Knotenstock bei sich, den er, um mich aufzugreifen, erst neben sich in den dreckigen, ungepflasterten Boden des Hofes hatte rammen müssen.
Die Umstehenden, einige Begleiter des blauen Mannes, mein Vater und der Herr von Schlütern mit seiner hölzernen Hand, amüsierten sich göttlich über dies mein Sträuben und Gezappel, was mich sehr verwunderte: Schließlich hatte ich dem Dicken schon etliche unsanfte Tritte in seinen speckigen Wanst beigebracht. Aber das erboste meinen Träger anscheinend kaum. Im Gegenteil, er freute sich sogar noch an meiner lebhaften Gegenwehr, lachte und packte mich fester, dass ich nicht von seinem starken Arm herunterfiel, mochte ich nun auch mit den Fäustchen gegen seinen blauen, abgewetzten Rock trommeln und vor dem Pesthauche seines gelbzahnigen Mundes verzweifelt zu fliehen suchen.
»Das ist ein aufgeweckter Bursche, den müsst ihr mir gut im Zaum halten und ordentlich zähmen, damit er uns später nicht durchgeht. Er scheint willens, den König um den Genuss der Herrlichkeiten dieser gesegneten Auen zu bringen.«
Gerade hatte ich ihn in meiner Not nämlich wieder tüchtig in seine Wampe getreten, wo ein halber Gänsebraten und ein Dutzend Kartäuserklöße umeinanderschwappten, die er sich bei meiner Mutter einverleibt, während wir Kinder uns an den Fensterscheiben die Nasen hatten hungrig plattdrücken müssen.

Mein Vater, damals noch Verwalter des von Schlüternschen Guts in Neuruppin, der sich mehr um seine Tulpen kümmerte als um seine Kinder, machte eine etwas säuerliche Miene zu diesem Spiel, und ich begriff keineswegs, warum er mir in meiner Not nicht beistand. Doch endlich schien der Dicke genug von meinem Tractamente zu haben und entließ mich wieder.
Ich entsprang sogleich wie ein waidwundes Reh und schlug mich zur Gruppe meiner lärmenden Gefährten, die unterdessen…

***

***

Langustier schnaufte und streckte sich auf seinem unverhältnismäßig kleinen Stuhl. Ein kurioses Fragment, fürwahr, doch er konnte sich keinen Reim darauf machen. Wer konnte das geschrieben haben und was mochte es darstellen? Bezog sich das königliche Billet auf den bei Falckenberg in Pflege gegebenen Andersohn? War nun dies ein Fragment seiner Lebensgeschichte? Wenn man diesen Splitter einer »Erinnerung« ernst nahm, hätte man auf die Idee kommen können, der vorgebliche »König« dieser Fabel sei der jüngst verschiedene Grobian… Aber es musste wohl erfunden sein, wie es scheinbar in der Natur dieses verqueren Menschen lag. Gewiss eine Fantasie. Nicht ohne Esprit, aber erfunden. Langustier legte das Blatt kopfschüttelnd zur Seite und besah sich den Rest.

Da gab es mehrere Drucksachen: eine Karte der »Gräfflich Hohenfließischen Lande«, bunt, mit vielerlei handschriftlichen Einträgen. Soweit Langustier die mikroskopischen Buchstabenfolgen, die stellenweise von Wassertropfen bis zur Unkenntlichkeit aufgelöst und verwischt worden waren, zu entziffern vermochte, bezogen sich diese Notizen auf montanistische und chemische Werkstätten, Eisen- und

Buntmetallerzgruben in den Bergen, Hüttenwerke, Farbenfabriken und Gärtnereien rund um ein kleines Städtchen namens »Hohenfließ«.

Der Schreiber war zweifelsohne vor Ort gewesen und hatte die kleine Karte, in vier Quarrées zerteilt und auf ein festes graues Wachstuch aufgezogen, zu sachdienlichen Einträgen genutzt. Einmal hatte er wohl gar versucht, in einer Kutsche zu schreiben, denn der Seismograph der Schrift war schlechterdings nicht zu entziffern.

Von der gleichen Hand, indes nicht in der Eile und unter Raumnot, sondern an einem ruhigen Orte verfasst, schienen drei weitere eng beschriebene Seiten zu stammen, die eine Art abschließendes Dossier zu dieser »Befahrung der Gräfflich Hohenfließischen Lande« darstellten.

Zu jedem Punkt auf der Karte gab es darin knappe Erläuterungen, außerdem Kurzbeschreibungen verschiedener Bergbau- und Fabrikationsverfahren, etwa der Azuritverarbeitung und des Kobaltglasschmelzens mit tabellarisch aufgelisteten Ertragszahlen. Die Namen der Steiger und Hüttendirektoren, der Fabrikanten und Glasbläser fehlten nicht, ein Verweis auf die wichtigsten Gasthöfe des Städtchens war ebenso beigegeben wie eine allgemeinere, atmosphärische Charakteristik von Land und Leuten. Sogar die Melodie des Volksliedes »Er lebt, er lebt, ist herrlich erwacht!« aus der Feder eines Cantors aus Detmold, das sich auf einen der glorreichen Vertreter des Geschlechtes der souveränen Landgrafen von Hohenfließ, Fürsten von Edenkoben, Katzenellenbogen, Bebra, Naumhain, Sintermühlen etc. etc. pp. bezog, war nicht ausgespart.

Langustier musste diesem Memorandum als einem Musterbeispiel an Fleiß, Accuratesse, Umsicht und Weltläufigkeit sein vollstes Lob zollen, obgleich er weder begriff, wozu es gut sein sollte, noch die geringste Ahnung von den Materien hatte, um die sich sein technisch wirtschaftlicher Teil drehte. So hätte ihn wohl der Name des Verfassers gleichfalls herzlich kalt gelassen, wäre dies nicht der Oberst von Marquard gewesen! Er zwang sich, etwas anderes in der kunstvoll verschlungenen Signatur zu lesen, doch es gelang nicht: »Alexander Borromäus von Marquard.« Der Aufstrich des M war nach unten verlängert und lief in ein kunstvolles Gewebe aus, das den ganzen Namenszug umfloss und in die Nüchternheit des vorangegangenen Berichts nur doppelt hervorhob.

Marquard als Spion des Königs, als Spion Falckenbergs – in des Königs Auftrag? Das machte eine Verbindung der beiden Morde mehr als wahrscheinlich. Langustier war gespannt auf Jordans Gesicht, wenn er ihm davon berichten würde. Doch die Rolle des entsprungenen Dieners Andersohn blieb ihm weiterhin völlig unklar. Das seltsame Fragment war nicht einzuordnen.

Indes drängte es ihn, mehr über diesen ominösen Ort herauszufinden, an dem – wie eine gedruckte Anzeige aus dem »Amts- und Intelligenz-Blatt« bekannt machte – sogar ein achtbarer Tulpenzuchtbetrieb ansässig war und eine nie gekannte, sehr kostbare »Tulipa aquamarina« für den vermögenden Sammler anbot: eine Hybrid-Sorte mit gezackten, tiefblauen Blütenblättern und goldgelbem Innenstern.

Die Landesbeschreibung konnte zumindest die gröbste Neugier befriedigen. Mitten zwischen den Grafschaften Mansfeld und Hohnstein gelegen, war der Zwergstaat, der aus wenig mehr als dem Städtchen und einigen Berg-, Wald- und Hüttenarbeitersiedlungen in seiner Umgebung bestand, eine winzige Lücke in der Kette preußischer Ländereien Richtung Südwesten. Die entscheidende Bedeutung des Territoriums war sein auffälliger Reichtum an Bodenschätzen und Fachleuten zu ihrer Verarbeitung. Die regierenden Landgrafen hatten es ausgezeichnet verstanden, kundige Berater und Spezialisten zu verpflichten und durch unüberbietbar günstige Konditionen im Land zu halten. So war aus dem vormals schmutzigen Landstädtchen eine Perle und aus dem kleinen Schlösschen ein Hort des Reichtums geworden, der seit einem halben Jahrhundert den Neid sämtlicher direkter Nachbarn, aber auch den des entfernteren Brandenburgs erregte.

Ein verschnörkelter Druck auf fast vollständig zerbröseltem Papier gab Einzelheiten eines Vertrages zwischen Brandenburg und Hohenfließ bekannt, doch Langustier konnte das Dokument nur überfliegen, da er Angst hatte, die seichte Brise, die vom See her wehte, würde es in sämtliche Fasern zerlegen. Was es beinhaltete, war eine komplizierte Regelung der Erbfolge »in allen Occasiones, die ein Absterben der Gräfflich Hochfließer Linea bedeuteten«, was Langustier im Detail keine sehr erbauliche Lektüre verhieß. Immerhin war es ihm eine Beruhigung zu lesen, dass die Markgrafen von Brandenburg nach dieser Übereinkunft ein Anrecht auf diese blühenden Ländereien hatten, wenn die Landgrafen dereinst nicht mehr wären.

Mit einem flüchtigen Blick auf den weit verzweigten, sich aber im obersten Ast immer mehr verjüngenden und schließlich im Namen des jetzigen Regenten zu einem ultimativen Finale auslaufenden Stammbaum derer zu Hohenfließ zog Langustier das letzte Schriftstück hervor.

Es enthielt Exzerpte aus den »Akta Syburgiana«, in denen die Karriere eines betrügerischen Wunderdoktors und Goldmachers regstenhaft resümiert war, der sich Baron von Syburg genannt und verschiedentlich seit Antritt des Soldatenkönigs, zuletzt jedoch 1728 in Berlin sein Unwesen getrieben hatte. Langustier überflog das Blatt und beschränkte sich darauf, zwei kurze Passagen ausführlicher zu lesen:

»Am 4. hujus hatte er die Gnade gehabt, Se. Königliche Majestät eine ziemliche Zeit alleine zu sprechen, und damals hatten Se. Königliche Majestät, des Cron-Printzens Hoheit, wie auch die Hertzoge von Bevern und Hollstein, dann Se. Excellenz, der Herr von Grumbkau und viele andere Generals-Personen in hoher Person zu Wusterhausen ihn in seinem Quartier besuchet, da er denn durch Ihro Königliche Majestät eigene hohe Hände (wobey der Holländische Gesandte gegenwärtig gewesen) zwey Loth Mercurii vivi in Gold verwandelt, so zwey Kurat besser als das Ungarische Gold auf der Probe befunden worden. Jedoch rühmete gemeldeter Baron sich nicht vor allem dieses Geheimniß zu wissen, sondern hielte seine vortreffliche Medicin für sein höchstes Secretum, worüber ihn denn Se. Königliche Majestät, des Cron-Printzens Hoheit, auf das Ausführlichste befraget und geflissentlichst mit großer Neubegierde examiniret.

Er ist in den Hospitälern Maison du Sainté und Lazareth herumgeführet worden, und wird man nun sehen, ob die Wunder-Curen erfolgen werden, so eigentlich sein Werck, nicht aber das Goldmachen seyn soll. Es hat derselbe stets zwey Officiers zur Gesellschaft, und ist mit Königlicher Equipage hin und wieder gefahren worden. Es ist sonst dieser von Syburg eine bekannte Person, da er wegen einer Liebes-Aventure als ein Student in Halle vor ungefähr 15 Jahren in einer Schlägerei die eine Hand verloren. Es wird die Zeit lehren, in was besondere Grace er sich insinuiren wird.«

Langustier war erschöpft von diesem schwer zu lesenden Kanzleideutsch. Er hatte bislang nicht das Gefühl, viel schlauer zu sein. Als er bereits gar nicht mehr damit rechnete, erschien Jordans spargelartige Gestalt zwischen den leer geräumten Blumenbeeten. Seine Rockschöße flatterten wie kleine Wimpel an einer Diplomatenkutsche.

Jordan konnte Langustier von zwei überraschenden Wendungen im Falle von Marquards berichten: Das Fräulein, das sich getötet hatte, war in einem Abschiedsbriefe geständig geworden und hatte bekannt, aus heimlicher, unsterblicher Liebe zu Falckenberg einen skrupellosen Menschen mit Geld gedrungen zu haben, Marquard, den sie für den Mörder Falckenbergs gehalten, ums Leben zu bringen.

Langustier brauchte einen Moment, diese Konstellation

bei sich zu verarbeiten, was er sich mit gegenläufig geführten Hand- und Zeigefingergesten zu erleichtern suchte. Der Mann, der die Verfolgung Marquards durch den ominösen Grafen beobachtet hatte, fiel ihm wieder ein. Gerade wollte er die Figur des geknebelten Grafen neben der Leiche als verhinderten Auftragsmörder bezeichnen:

»So ist denn der seltsame Geknebelte...«

»...nicht nur nicht der Mörder, sondern obendrein geflohen«, vervollständigte der Polizeichef.

»Was er gesehen hat, hat er uns ja schon gesagt – nämlich so gut wie nichts.«

Der Zweite Hofküchenmeister ließ die Hände wieder sinken. Immerhin hatte Jordan die Marquardsche Wohnung visitiert und eine Schatulle voller Zwiebeln mitgebracht.

»Das war das einzig Merkwürdige, was wir finden konnten. Ich dachte, es könnte eventuell noch für die Küche taugen.«

Langustier drehte eine der Knollen in der Hand, wiegte bedächtig den Kopf und blies den Atem vorsichtig durch den Mund aus. Der Hofgärtner Krause, der just vorbeiging, um die Aufräumungsarbeiten seiner Gehilfen zu kontrollieren, konnte nicht umhin, einen neugierigen Blick auf den Gegenstand des Langustierschen Interesses zu werfen. Dieser winkte ihn herbei und sprach die Zauberworte:

»Tulipa aquamarina!«

Krause stand das Herz still, und seine Augen wuchsen förmlich mit der Betrachtung der Zwiebeln. Langustier zeigte Jordan die Anzeige aus der Falckenbergschen Mappe.

»Was Sie gerade der königlichen Tafel verschrieben haben, hat einen Preis von etwa 100 Taler das Stück. Sr. Königlichen Majestät Ordre lautet indessen, dass pro Tag nicht mehr als 33 Taler für Lebensmittel ausgegeben werden. Ich fürchte, dass wir mit diesen Zwiebeln Schwierigkeiten bekommen...«

Jordan zählte fieberhaft nach, während die Schachtel in

seinen zitternden Händen vibrierte. Fast hätte er Tulpenzwiebeln für 1200 Taler zum Verzehr freigegeben! Erst hatte er sie einfach in den Vorratsbehälter werfen wollen. Doch wer konnte das ahnen – wer außer Langustier und dem Hofgärtner?

Jordan entschied, dass der Gärtner gegen eine Empfangsbescheinigung die korrekte Aufbewahrung dieser botanischen Wertsachen übernehmen sollte. Krause konnte es kaum fassen. Der König würde im Frühjahr Augen machen! Mit etwas Glück ließ sich der Schatz verdreifachen und bei einer solchen Sorte dürfte der Preis stabil bleiben.

Langustier sah einem herbstlich verfärbten Blatt zu, das träge von einer Kastanie herabsegelte. Er erzählte Jordan vom Inhalt der Falckenberg-Mappe, aber der Polizeichef wusste sich auf die Hohenfließische Mission des Oberst von Marquard genauso wenig einen Reim zu machen.

Langustier fühlte sich plötzlich sehr ermattet. Die letzten Tage hatten es in sich gehabt. Wahrlich, seinen Berliner Auftakt hatte er sich anders vorgestellt.

XII

Schloss Schönhausen inmitten hoher Bäume war am Morgen des folgenden Dienstags noch ganz von Nebeln umschleiert, als der Baron Friedrich von Schlütern mit seiner Kalesche anlangte.

Die Strecke von Berlin dort hinaus konnte man Kutschreisenden eigentlich kaum zumuten. Trotzdem vermehrte sich der Verkehr auf dem holperigen Agrarweg mitten durch Wiesen und Kornfelder beständig.

Seit die Königin Elisabeth-Christine, Tochter des Herzogs von Braunschweig, in diesem alten, heruntergekommenen Kasten von einem ehemaligen Schloss ihren dauerhaften Wohnsitz genommen hatte, gehörte es für alle auswärtigen Herrschaften und Gesandten zum guten Ton, ihr einen Höflichkeitsbesuch abzustatten.

Der König hatte seiner Frau dieses völlig verwahrloste Anwesen zwischen den Dörfchen Pankow und Schönhausen zum Geschenk gemacht, damit ihr wenigstens eine kleine Aufgabe gestellt wäre, wo sich ihre Rolle im neuen Staatswesen doch ansonsten auf die nominelle Existenz beschränkte. Zur Königin an der Seite ihres Ehegemahls sollte sie es nicht bringen.

Am 28. August war es zum letzten Mal geschehen, daß der König den beschwerlichen Weg auf sich genommen hatte, denn an diesem Tag hatte er die Residenz seiner Frau offiziell eingeweiht und sie dem Hofstaat pro forma als Königin präsentiert. Notdürftig waren Park und Schloss illuminiert und mit Statuetten verschönt worden. Beim Konzert im Großen Saal hatten Se. Königliche Majestät höchst eigenhändig die Flöte traktiert.

Elisabeth-Christine gefiel es immerhin nicht schlecht, von den Gästen ihres königlichen Gatten hofiert zu werden und die Honneurs machen zu dürfen. Es gab ihr das Gefühl, noch am Leben und als Königin geachtet zu sein. Sie schickte sich allmählich in ihr Landleben und begann, das ihr zugewiesene Exil so idyllisch wie möglich auszugestalten. Gerne legte sie einmal mit Hand an, etwa in der kleinen Meierei an der Panke, wo für den Bedarf ihres kleinen Hofstaates Gemüse, Obst, Milch, Käse und Brot produziert wurden.

Der angekommene von Schlütern gehörte nicht zu den Höflichkeitsbesuchern der Königin. Vom König war ihm die Aufgabe zugewiesen worden, die gröbsten baulichen Veränderungen in Park und Schloss zu überwachen, um den auswärtigen Gästen künftig das Bild des Elends zu ersparen, das man bisher dort vorgefunden hatte.

Se. Königliche Majestät wollten sich für die abgeschobene Gattin nicht schämen. Die schönsten der vorhandenen Kastanien, Akazien, Buchen und Linden wurden durch das Entfernen des sie erdrückenden restlichen Gehölzes gebührend zur Geltung gebracht. Außerdem sollte ein neues Geflecht von Wegen den kleinen Park mit dem umliegenden Wald verbinden und auf diese Weise bedeutend vergrößern. Dazu war zunächst die hohe Mauer, die das Schloss umgab durch niedrige Staketen zu ersetzen. Dito waren einige alte Gebäude, die in Schlossnähe allen Grund zu optischem Verdruss boten, schnellstens aus dem Wege zu räumen.

Von Schlütern galt aufgrund seiner raschen Karriere in Friedrichs Umkreis als ein geachteter und gefürchteter Mann. Ein untrüglicher Geschäftssinn, der ihn seine öffentlichen Ämter mit seinem Privatnutzen trefflich verbinden ließ, war allgemein bekannt. Doch der König übersah diese privaten Geschäfte mit einer schier unglaublichen Nonchalance, da ihm Gewinnstreben als ein Wert an sich galt. In den Augen der einfachen Bürger waren Schlüterns Privatunternehmungen zweifellos eher geeignet, dem Ansehen des Staates zu schaden als zu nützen. Vetternwirtschaft und Korruption haben, wenn sie so ungeschminkt sichtbar wurden, selten Anlass zu Vivat!-Rufen gegeben.

Die öffentlich ausgeschriebenen Holz- und Abbrucharbeiten am Schloss der Königin waren nur ein kleiner Farbtupfer auf der reichhaltigen Palette von Schlüterns Nebeneinkünften. Die Handwerker honorierten ihm die vergebenen Arbeiten nicht schlecht. Angesichts der allgemeinen Not blieb ihnen nichts anderes übrig. Sie konnten diese Aufträge nicht ablehnen. Arbeit war rar und die Tätigkeit für das Königshaus verschaffte ihnen immerhin ein gutes Renommé. Was galt ihnen somit der Viertteil, den sie an den Baron abführen? Sie grüßten den einflussreichen Mann mit Herzklopfen, indem sie kurz die Mütze lupften. Das edle Holz, das sie schlugen, brachte der Hausherrin eine ganze Menge Dukaten ein. Aber der Erlös, der damit auf den städtischen Holzmärkten erzielt wurde, minderte sich für die Königin beträchtlich durch den Abzug etlicher Steuern und Zölle, die auf den von Schlüternschen Auflistungen vermerkt waren, im Gegenzug für kleinere Aufmerksamkeiten jedoch von den betreffenden Beamten nicht eingetrieben wurden.

Von Schlüterns verzweigte Interessen machten es unabdingbar, dass er Augen und Ohren überall hatte. Die sonnengebräunten Männer, von ihren rasch wechselnden Arbeitsplätzen und Tätigkeiten weit herumgeführt, gaben ihm gerne Auskunft. Denn dies wiederum kostete sie einmal nichts, sondern wurde vom Baron im Gegenteil nicht schlecht vergolten. Er wusste, wo er zu fragen hatte, wenn er ein Geschäft witterte, das möglicherweise einträglich sein konnte. Nicht immer waren seine Informanten und Handlanger ehrbare Leute, aber konnte ihn das kümmern?

Die Dinge lagen in geschickten Händen, kamen zügig voran. Nicht diesen belanglosen Arbeiten, so laut und schmutzig sie sich auch ausnahmen, galt an diesem Oktobermorgen sein Augenmerk. Von Schlütern war vielmehr auf der Suche nach einem Hinweisgeber, einer Quelle, einem Mann namens Kallmorgen, der ihm schon so manche Dienste geleistet hatte. An einer hohen Eiche stand er und trieb seine Holzknechte an.

Von Schlütern trat in die kleine Hütte auf Rädern, die den Waldarbeitern bei Unwettern Unterschlupf bot, und wartete, bis der hagere, sehnige Mann ihm folgte. Er legte einen Beutel Dukaten in seine abgearbeiteten Hände und beobachtete das Auflodern in dem verkniffenen Gesicht.

»Hier habt Ihr eine Kleinigkeit. Was Ihr mir dafür leisten sollt, sind zunächst einige Spähdienste. Später müsst ihr wahrscheinlich noch einen Baum fällen – freilich einen jüngeren als den da draußen.«

Er dämpfte die Stimme, als hätten die Bretter des Karrenschuppens Ohren bekommen, und niemand konnte vernehmen, wonach ihn genau verlangte.

Für Kallmorgen indes, das spürten seine Arbeiter, als er ihnen kurz darauf mit Ungeduld wieder beisprang, um die letzten Zentimeter bis zur Kerbe zu bewältigen, hatten sich ungeahnte Perspektiven aufgetan. Dies wäre kein Auftrag wie die üblichen, bei dem nach ein, zwei Wochen Müßiggang das alte Elend wieder anklopfte. Dies wäre ein anhaltender Goldregen!

Kallmorgen und die Seinen hatten durch das plötzliche Ungestüm etwas zu tief gesägt, so dass der kritische Punkt bereits überschritten war. Kallmorgen brüllte in die Runde:

»Hooo! Obacht! Baum kommt!«

Die Keile lösten sich, und sie konnten das riesige Sägeblatt rasch zurückziehen. Das leise Knacken ging in ein singendes Gegurgel, in ein Rascheln und schließlich Rauschen über. Die herbstlich gelichtete Eichenkrone schleifte im Geäst der Nachbarbäume, als der Gigant zu fallen begann. In Windeseile lag er um, und der Boden vibrierte vom dumpfen Aufprall des ungeheuren Baumkörpers.

Für von Schlütern war der gefällte Baum wie ein Gleichnis. Bald wäre er am Ziel. Nicht mehr lange würde es dauern – nicht mehr lange, dann würden alle Widerstände fallen.

Das Haus an der Petrikirche gehörte dem ehemaligen königlichen Munitionsmeister Christian Casimir Creuz. Seit seiner vorzeitigen, unehrenhaften Entlassung aus der Armee galt er als bemitleidenswerter Sonderling. Wie eine verfluchte Last ruhte ein Unglück auf ihm, das sich vor zwanzig Jahren ereignet hatte.

Am 12. August 1720, etwa anderthalb Stunden vor Mittag, hatte Creuz bei einer Inspektion der Ausleerung des Pulverturms am Spandauer Tor Tabakgeruch bemerkt, was ihn vermuten ließ, dass ein Soldat seiner Wachmannschaft sträflich die Vorschriften missachtete. Als der Vorgesetzte nachsehen und den Sünder verwarnen wollte, schleuderte ihn eine Detonation von unglaublichem Ausmaß zu Boden. Ein Türbogen aus Sandstein kam glücklich über ihm zu liegen und verhinderte seinen Tod, wohingegen in der Umgebung Grauen und Verderbnis wüteten. Der Turm zersprang bei der Explosion in fünf Stücke, wovon die dicke gemauerte Spitze das Heilig-Geist-Spital in Grund und Boden schlug und abprallend in die Garnisonkirche ein klaffendes Loch bohrte. Ein zweiter fortfliegender Teil riss das Dach und eine Ecke des Glasenappschen Hauses weg, ein dritter zerschmetterte die halbe Garnisonsschule, der vierte zerstörte das Kühnsche Haus und die Ruppiner Herberge, der fünfte und letzte traf hinwiederum Lazareth und Heilig-Geist-Kirche. Zweiundsiebzig Menschen wurden durch Zerquetschen und Erschlagen von ihrem Dasein jämmerlich erlöst, darunter 12 Bombardiere im Turm und 36 Soldatenkinder in der Schule, 17 Personen in den übrigen Häusern und der Rest auf der Straße. Unglücklicherweise kam gerade im fatalen Momente des Ereignisses eine Fahrpost vorbei und wurde ebenfalls hart blessiert, wobei der Postillion knapp dem Tod entrann, vier der sechs Insassen jedoch ihr Leben ließen: Ein Maler, ein angehender Prediger, eine Mutter mit ihrem Neugeborenen auf dem Schoß.

Der bejammernswerte Creuz musste unter dem Druck dieser Explosion schier vergehen. Obwohl ihm niemand etwas nachweisen konnte, so war doch der Umstand, dass er wohl Tabak und Zündschwamm noch bei sich trug, seine Pfeife jedoch am Ort des Geschehens unauffindbar blieb, für viele seiner Beschuldiger Grund genug, ihm zeitlebens mit Misstrauen zu begegnen. Die Verantwortung für seine Soldaten nahm ihm niemand ab, wie sehr sie im Einzelnen durch eigene Fahrlässigkeit das Unglück verschuldet haben mochten.

Der Umstand, dass zehn Jahre später, an Pfingsten 1730, direkt gegenüber des Creuzschen Hauses die Petrikirche zusammenstürzte, war kaum geeignet, die Vorbehalte gegen ihn verschwinden zu machen. Wiewohl sich klar erweisen ließ, dass die Ursache für diesen Einsturz ein Blitzstrahl gewesen war, kreidete man hinter vorgehaltener Hand diese Katastrophe ebenfalls dem Creuz an. Hantierte er nicht noch immer mit Pulvern und explosiven Säuren?

Dass der Turm des Kirchenneubaues vier Jahre darauf erneut zusammenstürzte, überzeugte auch die letzten Zweifler von seiner schlechten Ausstrahlung. Was kümmerte es, dass man den schludrigen Architekten schlimmer baulicher Unterlassungen zieh? Creuz wurde allseits geächtet, zog sich ganz in sein Haus zurück und widmete sich nur verstärkter jener dunklen Beschäftigung, die sein Leben schon vorher bestimmt hatte – der Farbenchemie und der Alchemie.

Die Kosten für seine kärglichen Lebensbedürfnisse konnte er aus dem Erlös seiner kleinen Farbenproduktion leichtlich bestreiten. All sein übriges Einkommen floss jedoch in andere, längerfristige Proben, die er anstellte und die eher unter den Auspizien der »königlichen« oder »hermetischen« Kunst rangierten.

Die zwanzig Jahre seines selbstgewählten Exils inmitten der Stadt hatten ihn dem Ziel seiner Träume, dem Elixier des Lebens, dem Stein der Weisen, dem »Theriak« oder was immer für Namen dafür existierten, beträchtlich nahe gebracht, wie er zuinnerst bei sich spürte. Nur wenig Zeit noch, ein paar Tage und Stunden vielleicht, dann wäre er dem letzten großen Werk, dem »Experimentum Crucis«, gewachsen.

Beim Gedanken daran verklärte sich sein für gewöhnlich ausdrucksloses Antlitz, und die Welt nahm all die leuchtenden Farben an, die er sonst nur seinen Retorten entlocken konnte. Von ihm, Christian Casimir Creuz, erhielte die Menschheit schon bald ein Mittel, das mehr als geeignet wäre, die falsche Schuld vergessen zu machen, mit der man ihn belastete. Als Wohltäter würde man ihn feiern, als Lebensretter verehren und in die königliche Akademie aufnehmen. Er sah den eigenen Namen bereits in eine Linie mit Hermes Trismegistos, Archimedes, Paracelsus und Albertus Magnus gerückt. Die Welt wäre eine andere, eine bessere; Kriege würden sinnlos, Habsucht würde verpuffen, der Stachel Tod seine Bedeutung verlieren…

Ein lauter Knall unterbrach seine Fantasien: Aus Unkonzentriertheit hatte er einen Reagenzkolben zu lange erhitzt, aus dem schon längst alle Flüssigkeit entwichen war. Wie eine Seifenblase war das Glas zerplatzt. Der Gast, der ihm seit zwei Tagen beim Hantieren zusah, wich mit einem Aufschrei ins Nachbarzimmer zurück und konnte erst durch Lachen und gutes Zureden von der Harmlosigkeit des Geschehenen überzeugt werden.

Creuz blieb weiterhin unschlüssig, ob dieser Mann verrückt war oder nur unter dem Eindruck eines schweren Schmerzes stand, der ihn in kindlich anmutende Zustände zurückversetzte.

Nichtsdestotrotz schien er ihm wie vom Himmel geschickt. Hätte er sich ein geeigneteres Wesen wünschen können, um die Quintessenz all seiner Mühen auszuprobieren? Behutsam führte er ihn aus dem Labor und verschloss es hinter sich. In seiner Umnachtung könnte der Fremde leicht das Haus in Flammen setzen und die Früchte vieler aufopferungsvoller Jahre in Rauch aufgehen lassen.

In der Obhut seines Lehrlings ließ er ihn zurück und machte sich auf den Weg in den Kornschen Gasthof. Bei seinen jungen Freunden in der »Litterärischen Harmonie«, einem äußerst kuriosen Zusammentreffen ähnlich zurückgezogen lebender Gelehrten, würde er sich für einige Stunden lang schon heute in dem Gefühl sonnen können, ein geachteter, wichtiger Mann zu sein.

Der Donnerstagvormittag war eine einzige Strapaze gewesen. Das Mittagessen hatte ungewohnt üppig ausfallen müssen, da ein an Umfange und Wohlgerundetheit Honoré Langustier nicht viel nachstehender Herr, aus Rheinsberg kommend, in Charlottenburg Station gemacht hatte: Pierre Louis Moreau de Maupertuis, das künftige Oberhaupt der Akademie der Wissenschaften, erschien gewissermaßen als Vorbote Sr. Königlichen Majestät, die am Sonnabend in Charlottenburg einzutreffen geruhten.

Diese Neuigkeit war nur ein Grund mehr für den Zweiten Hofküchenmeister, ins Wanken zu geraten. Was um Himmels willen hatte er bislang geleistet? Wo waren seine vorzeigbaren Erfolge? In zwei Tagen würden Jordan und er vor den König treten. Wie aufgeputzte Trottel stünden sie da. Mit einem flehenden Blick zum Himmel verließ er den Küchenflügel und folgte Monsieur de Maupertuis zu einer auf dem Vorplatz wartenden Kutsche.

Der Gelehrte hatte es sich nicht nehmen lassen, seinen Landsmann in der Küche aufzusuchen und ihm persönlich für die erlauchten Genüsse zu danken, die ihm bereitet worden waren: getrüffelte Bandnudeln, Zwetschgen in Wachteln, Weinbergschnecken süßsauer und geschmorte Schirmpilze. Der aufgeschlossene, lustige Mann war mit dem Koch sogleich in anregende Gesprächsmaterien geraten, als er Langustiers Interesse an sämtlichen Naturerscheinungen und den Errungenschaften der Naturwissenschaften verspürt hatte. Herrlich konnten beide über alles und nichts parlieren. Ablenkung, fühlte Langustier, konnte ihm nichts schaden. Daher akzeptierte er liebend gerne de Maupertuis' Anerbieten, ihn kurz in sein Berliner Domizil zu begleiten, um einen Blick auf seine viel gerühmte Sammlung von Naturalien zu werfen. Bei dieser Gelegenheit hoffte Langustier auch, in der eigenen Stadtwohnung wieder einmal nach dem Rechten sehen zu können.

Auf der Fahrt ging ihr Geplauder recht munter fort. Sie sprachen über Katzen, den König, die Musik, die Frauen und dann wieder über Katzen, diesmal aber Raubkatzen. Über die Musik landeten sie erneut beim König, um mit einem angeregten Disput über die größten bislang gefundenen Fossilien ihre Fahrt zu beenden. Monsieur de Maupertuis, dem man zumindest beim Ein- und Ausstieg aus der Kutsche noch entfernt den Dragonerhauptmann anmerken konnte, allerdings nur, wenn man seine dicke Brille in Abrechnung brachte, wurde von seinen Hausdienern nach längerer Abwesenheit freudigst empfangen und bat Langustier auf einen Sprung in sein »Cabinet«. Hier nun bewahrheitete sich doch einiges, was man sich an Wunderlichkeiten über den verrückten Franzosen erzählte, der vor vier Jahren durch Gradmessung die Abplattung der Erde nachgewiesen hatte. Nicht weniger als drei Papageien, fünf Aras, sieben edle Perserkatzen, vier pekinesische Hunde und zwei Schimpansen beherbergte Maupertuis in den acht Zimmern. Umspielt von dieser wunderlichen Tiergesellschaft, die durcheinander keifte, maunzte, bellte und schrie, erläuterte er dem faszinierten Langustier sein gerade formuliertes »Prinzip der kleinsten Wirkung« zur Berechnung der Bewegung mechanischer Systeme als einen simplen Beweis für die Existenz Gottes:

»Nehmen Sie sich selbst als Beispiel – würden Sie zehn Treppen hinaufsteigen, wenn es mit einer sein Bewenden haben könnte?«

»O – höchst ungern.«

»Na sehen Sie! Genauso würde es auch Gott halten, den wir Franzosen eben doch am besten verstehen. Wir alle sind nur simple Maschinen und darauf bedacht, unsere bescheidenen Kräfte nicht zu verschleudern. Diese Ökonomie ist allgemein in der Natur und nur zu erklären, wenn wir einen alles regelnden und stets auf geringsten Aufwand achtenden Geist im Hintergrunde annehmen.«

Langustier konnte dieser auf den gesunden Menschenverstand gegründeten Argumentation spontan wenig philosophisch Ausformuliertes entgegenhalten. In Anbetracht der seltsamen Ereignisse der vergangenen Tage beschlichen ihn aber starke Zweifel an dieser Theorie der göttlichen Faulheit, die – wie er sich dunkel erinnerte – doch bereits Leibniz in Betrachtung der Lichtbrechung gefunden hatte. Seine Neubestimmung des Fermatschen Satzes vom ausgezeichneten Lichtweg, so erinnerte Langustier sich dunkel, besagte doch, dass die Lichtstrahlen im Falle der Reflexion stets den kürzesten, im Falle der Brechung den leichtesten Weg wählen. Da war es nur ein kleiner Schritt zum veröffentlichten »Prinzip der kleinsten Wirkung«, wonach »unter gewissen als möglich gedachten Vorgängen stets gerade derjenige in Wirklichkeit stattfindet, der mit dem Mindestaufwand von Aktion oder Wirkungsgröße verbunden ist«. Ob Marie seine Küchenbibliothek bereits ausgepackt und aufgestellt hatte?

Er wollte nicht unhöflich erscheinen und Maupertuis dieser Anlehnung zeihen, da solche Menschen sehr eigene Vorstellungen von Priorität, von Eigenem und Fremdem hegen. Geduldig und ohne Einspruch ließ er den Wissenschaftler seine Theorie der Heilung sämtlicher Gebrechen durch das Aufstreichen von heißem Pech auf die Körperoberfläche sowie seine Vorstellung vom organisch nachweisbaren Sitz der menschlichen Seele im Gehirn ausführlichst dartun. Die darauf folgende Schilderung eines einfachen Versuches, die Beschaffenheit der Erde im innersten Inneren zu ergründen – Maupertuis plädierte für einen Schacht, der bis zum Erdmittelpunkt abgeteuft werden sollte – erregte in Langustier doch sanfte Zweifel an der Seriosität seines Gegenübers. Wäre dieser Mann wirklich der Richtige, wenn es darum ginge, der königlichen Akademie der Wissenschaften ein neues Leitgestirn vorzusetzen?

Maupertuis konnte kaum ein Ende finden in seiner Ausmalung der zu bedenkenden Umstände bei diesem Unternehmen. Er schien offenbar von dem Gedanken besessen, selbigen Schacht in der Umgebung des königlichen Schlosses von Rheinsberg auszuführen und hatte bereits errechnet, dass der zu erwartende Aushub genügen würde, die brandenburgischen Grenzen mit einem mehr als fünfzehnhundert Fuß hohen und dreitausend Fuß breiten Wall aus Erd- und Gesteinsmassen zu umgeben, stellte man eine Mindestgrundfläche des großen Loches von etwa fünfhunderttausend Morgen in Rechnung – wenn seine Rechnungen denn stimmten.

Nach der Ausbreitung dieser Überlegungen, mit denen Maupertuis offenbar bereits dem König in den Ohren gelegen hatte, war Langustier für einen Moment sprachlos. Dann aber sah er das schelmische Grinsen auf dem Gesichte seines Gegenübers und erkannte zu seiner Beruhigung, einem kolossalen Scherze aufgesessen zu sein. Erleichtert besah er sich zum Abschluss die achtbaren Naturalien seines Gastgebers, unter denen besonders ein Ammonshorn von Wagenradformat und ein versteinerter Schwamm von der Größe eines Kleinkindes seine ausdrückliche Bewunderung fanden.

Unvermeidlich war unter dem Einfluss dieser versteinerten Schätze ein angeregter Disput über ihre Herkunft – namentlich über die Frage, ob man in diesen Figurensteinen die Ausprägungen einer allgemeinen formenden Naturkraft zu erkennen habe, der es gefalle, mitunter deutbare Formen auszustreuen, oder ob es sich bei ihnen in der Tat um erhärtete Opfer des menschlichen Sündenfalles, sprich: bei der Sintflut ertrunkene vormals lebende Wesen handele. Maupertuis neigte natürlich aufgrund seiner Theorie der göttlichen Faulheit der zweiten Ansicht zu, ohne aber den Sündenfall als solchen bei genauer Betrachtung für eine völlig unnötige Kraftvergeudung anzusehen, was seine Theoriegebäude ins Wanken gebracht hätte.

Nachdem man die Überlegungen Scheuchzers und Woodwards in Erwähnung gebracht hatte, die beide der Sintfluttheorie anhingen, kam man im Lobe auf den großen Dänen Steno überein, der schon ein Jahrhundert zuvor viel weiter als die eben Genannten gewesen und den neuesten Vorstellungen eines gewissen Linné nahegekommen war, der seine diesbezüglichen Gedanken demnächst – wie Maupertuis aus persönlicher Bekanntschaft hinzuzufügen vermochte – in einer umfassenden Schrift zu veröffentlichen gedenke, die alles Bisherige auf eine neue Grundlage und Klarheit der Meinung heben werde.

Über alledem war es schon unglaublich spät geworden, wie ein Blick auf die wertvolle Weltenuhr zeigte, die ein badischer Landpfarrer für Maupertuis gebaut hatte. Sogar der Lauf der Gestirne wurde von dem glänzenden Messingautomaten auf das Getreulichste wiedergegeben. An ein Vorbeischauen bei Marie war nicht mehr zu denken. Langustier zog es zurück nach Charlottenburg. In Erwartung des Landgrafen von Hessen nebst Gefolge, der morgen zu Sr. Königlichen Majestät nach Rheinsberg durchreiste, waren zwei Dutzend Fasane, die seit gestern abhingen, mit Speck zu umwickeln und zu spicken. Langustier schwankte noch zwischen gedünstetem Fenchel oder gekochten Feigen als Beilage, Bratäpfeln mit Zucker und Zimt oder Vanillepudding zum Dessert? Um vier Uhr morgens musste er beginnen, um das alles noch halbwegs zu schaffen. Sechzig Personen waren angekündigt und die 33-Taler-Grenze durch Eildepesche schon vorgestern aufgehoben worden.

Langustier und Maupertuis verabredeten sich zu einem Besuch der sehenswerten Spenerschen Sammlung von Mineralien und Fossilien im königlichen Schlosse, bevor sie im allerbesten Einvernehmen schieden.

XIII

Der Hohenfließische Gesandte von Waldegg wusste nicht recht, wie er sich den unverhofften Besuch des Zweiten Hofküchenmeisters Sr. Königlichen Majestät erklären sollte. Was hatte der Mann überhaupt und was an diesem Freitag bei ihm verloren, wo sich der König doch noch in Rheinsberg aufhielt und in Berlin erst am folgenden Tage erwartet wurde? Plante man ein Festmahl zum Empfang der auswärtigen Gesandten? Eine absurde Vorstellung. Aber an diesem Nachmittag, über den sich dunkle Neuigkeiten wie Leichentücher gebreitet hatten, konnte ihm nichts mehr fremd vorkommen. Die Dinge hatten eine unheimliche Zwangsläufigkeit angenommen. Auf einem kleinen Nussbaumtischchen stapelten sich die Depeschen.

Von Waldegg setzte sein undurchdringliches Diplomatengesicht auf und ließ den im Foyer der »Neuen Welt« wartenden Besucher durch einen Diener in seine Zimmer heraufführen.

Honoré Langustier hatte noch vor einer Stunde, nachdem die landgräflich-hessische Gesellschaft abgespeist und ihren Weg nach Norden genommen hatte, Jordans weitschweifigen Berichten über ausgedehnte Recherchen in diversen Spelunken gelauscht. Der gewaltige Aufwand war mit einer ersten kärglichen Spur in Sachen Überfall belohnt worden.

So schienen im »Schlösschen«, einer heruntergekommenen Wirtschaft vor dem Frankfurter Tor, in den vergangenen Nächten seltsame Umtriebe zu beobachten gewesen, die einen der dortigen Gäste dermaßen geängstigt hatten, dass er von Geistern und Gespenstern fabulierte und nicht wenig gefehlt hätte, dass auf sein Geheiß ein Teufelsaustreiber bemüht worden wäre. Zwar hatte man zunächst auf einem der zahlreichen Heuböden nur eine alte, schmuddelige und übel eingerissene Uniformjacke gefunden. Doch dieser abgetragene königsblaue Fetzen hatte immerhin ein fast quadratisches Loch, welches mit dem von Langustier am Tatort des Marquard-Mordes aufgelesenen Stofffetzen ziemlich exakt zu schließen war. Es lag daher nahe – und Langustier zögerte nicht, Jordan in diesem Punkte zuzustimmen –, dass die vermeintlichen Raubmörder im »Schlösschen« genächtigt hatten. Während der Wirt die rasche Durchsuchung des Dachstuhls, aus dem die verdächtigen Geräusche gekommen waren, mit Erfolg behindert hatte, indem er sich zunächst äußerst schwer tat, eine Leiter zu finden, mit der man hinaufgelangen konnte, waren die heimlichen Gäste aus den Oberstübchen des alten Gemäuers ausgeflogen. Zersprungene Gläser und Flaschen in Hülle und Fülle, Berge von Wachs, Hühnerknochen und Brandspuren wiesen eher auf ein Saufgelage als auf eine Teufelsmesse.

Jordan berichtete:

»Der Wirt, ein glatzköpfiger Schurke und Halsabschneider, der seinen Gästen nicht nur gepanschte Weine, sondern zuweilen Wurst aus Katzen- und Hundefleisch vorsetzte, bestritt vehement den Aufenthalt irgendwelcher unausgewiesener Gäste unter seinem Dach. Wenn solche in den oberen Kammern sich eingeschlichen hätten, so müsse dies vollkommen ohne sein Wissen und Gutheißen vonstatten gegangen sein, was er nicht nur nicht für möglich halte, sondern ganz und gar für ausgeschlossen ansehen möchte.

Allerdings fanden sich – hinwiederum zu seinem allerhöchsten Erstaunen – zwei Golddukaten einer seltenen Sorte bei ihm, die unzweifelhaft der gestohlenen Geldmasse entstammten, welches einer Liste der entwendeten ausländischen Währungen entnommen werden konnte, die der bestohlene Frommery noch in der Nacht der Tat vorgelegt hatte. Auf sein störrisches und völlig törichtes Ableugnen noch dieses unabweislichen Umstandes, der die persönliche Bekanntschaft des Wirts mit den ausgeflogenen mitternächtlichen Gästen praktisch sicher erwies, wurde er kurzerhand zum weiteren Verhör in die Hauptwache des Kürassierregiments Gens d'armes im Marstall verbracht, wo man noch zum gegenwärtigen Zeitpunkte bemüht ist, ihn wohl zu drangsalieren und zu einer wahrhaftigen Aussage zu bewegen.«

Langustier wollte weder mit derartigen Verhören noch mit üblen Vertretern seiner eigenen Zunft irgendetwas zu schaffen haben, weshalb er das Anerbieten Jordans, dem Rituale beizuwohnen, dankend zurückwies.

Um endlich seine Wissbegierde hinsichtlich der ominösen kleinen Grafschaft zu stillen, die ihm schon seit Tagen den Kopf mit ihrer abstrakten Existenz belastete, hatte er Jordan nach einer Person gefragt, die ihm über die Braunfeldisch-Hohenfließischen Verhältnisse Auskunft geben könnte, und war an den (laut Meldeliste) vorzeitig in Berlin abgestiegenen Botschafter besagten Zwergstaates verwiesen worden. Nach diesem Hinweis, der dem hilfsbereiten Jordan wie automatisch von den Lippen gesprungen war, mochten ihn jedoch Skrupel beschlichen haben, ob sein Freimut in dieser Frage nicht etwas unbedacht gewesen und ihm nicht noch einmal eine Rüge von allerhöchster Stelle eintragen könnte. Der sich bedankende Langustier wusste die Zeichen von Reue in Jordans Gesicht leicht zu deuten, zumal der Polizeipräfekt ganz und gar kein Talent besaß, jene steinerne Miene anzulegen, die den echten Diplomaten auszeichnete.

Graf Maximilian von Waldegg war mit dieser für seinen Berufsstand so notwendigen Gabe dagegen überreich ausgestattet. Indem er Langustier mit einer Mischung aus generöser Herablassung und äußerster Gleichgültigkeit gegenübertrat, schien es unmöglich, diesem Manne ein Sterbenswörtchen in irgendeiner noch so entfernt beiherspielenden Frage zu entlocken. Hätte man ihn nach der Wetterlage gefragt, er hätte es gewiss verstanden, mit Würde und Unverbindlichkeit auf Gottes unergründliche Ratschlüsse hinzuweisen, die ungünstigen Einflüsse der Alpen oder des Rheinstromes auf die kontinentalen Klimate in Anrechnung zu stellen ohne nur den Ansatz eines völlig belanglosen Hinweises in Bezug auf das Gefragte von sich zu geben. Langustier spürte diesen nicht gerade hilfreichen Umstand bereits bei den ersten Silben, die er zum Zwecke der Begrüßung mit dem eleganten Manne austauschte. Dennoch ließ er sich nicht beirren.

»Meine Verehrung, Monsieur. Ich komme in einer Angelegenheit, die Ihnen wahrscheinlich höchst kryptisch vorkommen wird, die aber für einen Freund, der seit Monaten krank darniederliegt und sich in arger Geldnot befindet, von höchster Wichtigkeit ist. Obwohl ich ihm bereits mit meinen bescheidenen Mitteln aushalf, ist doch kein Ende seiner Bedrängnis abzusehen, weshalb er sich gezwungen sieht, einige seltene und teure Tulpenzwiebeln, die er unlängst eingehandelt und die, wie er sagte, aus Hohenfließer Züchtung stammen, schätzen und veräußern zu lassen. Es ist mir leider niemand aus dieser Gegend bekannt, der eine derartige Begutachtung vornehmen könnte, weshalb ich mir vor der Hand keinen anderen Rat weiß, Sie als den einzigen intimen Kenner Ihres Landes hier in Berlin nach der Adresse jener Gärtnerei zu fragen, die dergleichen in ihrem Angebot führt. Sollten Sie gar die Gelegenheit haben, das Dutzend kleine Zwiebeln mit einem Begleitschreiben bei Ihrer nächsten Fahrt nach Hohenfließ mitzunehmen, so wäre ich überglücklich; meine Stellung bei Sr. Königlichen Majestät lässt mir leider wenig Zeit und Gelegenheit zu eigenen Nachforschungen, und schon diese kurze Fahrt von Charlottenburg nach Berlin grenzt an das mir Mögliche.«

Es bedurfte keiner großen Schauspielkunst, um einen Ausdruck von nervöser Gehetztheit und Erschöpfung anzunehmen, denn kurzatmig war Langustier nach dem Treppensteigen tatsächlich. Die Zerstreutheit zu mimen, war einfach. Er brauchte nur verzweifelt nach dem Brief zu suchen, den der angebliche Freund vorbereitet hatte. Statt der Tulpenzwiebeln rappelten gewöhnliche Schalotten in der kleinen mitgebrachten Pappschachtel, die er seinem Gegenüber bereits in die Hand gedrückt hatte. An der vorgeblichen Tulpenspekulation sollte nun eigentlich kein Zweifel mehr bestehen. Wäre sein Gegenspieler erst einmal auf jenes völlig abseitige Feld gelenkt, könnte der Überraschungsangriff erfolgen. Dann würde sich rasch herausstellen, ob er mit seiner vagen Vermutung richtig lag.

Von Waldegg lächelte gequält. So etwas hatte er in der Tat noch nicht erlebt. Viele Stufen der Erniedrigung war er schon anstandslos hinabgestiegen, wenn es um eine bedeutende Sache ging. In einer kläglichen Privatangelegenheit, wenn sie auch Personen aus dem Umkreis des Königs in Preußen betraf, würde er sich dagegen nicht bemühen lassen! Der Hohenfließische Gesandte als Tulpenbote – das wäre zuviel! Entschlossen, die Sache brüsk von sich zu weisen, verhärtete er sich und wollte zu einer raschen Beendigung des unrühmlichen Auftritts schreiten.

Langustier tat weiterhin so, als suchte er nach dem Brief des ominösen Freundes und konnte bemerken, wie es in Waldegg zu kochen begann. Um den Mann nicht explodieren zu sehen, ohne zuvor den eigentlichen Zweck seiner Visite erreicht zu haben, durfte er keine Zeit mehr verlieren. Daher sagte er entschuldigend, das Auge fest auf die Zornesmiene seines Gegenübers gerichtet:

»Ich kann den Brief nicht finden, den mir Eckert gegeben hat. Es kann sein, dass ihn mir der verrückte Andersohn gestohlen hat, als ich aus dem Schloss kam und mit ihm zusammenstieß. Er treibt sich schon seit Tagen in Charlottenburg herum. Wird Zeit, dass wir ihn einfangen und in die Charité bringen. Sie haben doch sicher von diesem bedauernswerten Menschen gehört?«

Das Gesicht von Waldeggs wurde weiß. Der Vulkan wandelte sich zur Salzsäule. Wenn es einen Namen gab, der ihm im Augenblick die Fassung rauben konnte, so war es der des verrückten Dieners. Langustier hatte, in unklarer Ahnung, genau den Nagel auf den Kopf getroffen. Des Königs Billet in der Falckenbergschen Mappe konnte nur auf Andersohn Bezug nehmen, wenn man es genau besah und von Andersohns Unterbringung bei Falckenberg wusste. Die Marquardschen Erkundigungen über den Kleinstaat standen dagegen lose im Raum. Hier nun schien sich die Verknüpfung anzudeuten – im nach wie vor versteinerten Gesicht von Waldeggs. Dieser hatte sich eisern im Zaum und bemühte sich, seine Entgegnung so unbeschwert wie möglich klingen zu lassen.

»Mein Herr, Ihr werdet mir sicher nicht verargen, dass es nicht im Sinne meines Landesfürsten liegen kann, im Rahmen meines diplomatischen Dienstes private Anfragen zu bedienen, durch die einzelne Gewerbetreibende in möglicherweise verhängnisvolle, für sie und uns alle unangenehme, das Fürstentum und den Fürsten unter Umständen kompromitierende Situationen geraten könnten. Mit blauen Tulpen ist durchaus nicht zu spaßen.«

Langustier, obgleich er keineswegs erwartet hatte, bei diesem verschlossenen Geschäftsträger auf eine überbordende uneigennützige Mitteilsamkeit zu stoßen, kam ihm diese kaltblütige Entgegnung doch ziemlich bemerkenswert vor. Sollte er sich getäuscht und die vermeintliche Reaktion bei dem Namen »Andersohn« nur auf einer atmosphärischen Schwankung beruht haben? Doch er hatte ohne weitere rationale Begründung den Verdacht, irgendwer könnte zum Zeitpunkt dieses Gespräches bereits in akuter Gefahr schweben.

»Gefährdung liegt mir fern, im Gegenteil. Mein ganzes Interesse ist es viel eher, Fährnisse abzuwenden.«

Von Waldegg hörte dies schon nicht mehr. Langustier war verabschiedet. Ein Diener geleitete ihn hinaus.

Er war es nicht gewohnt, mit Gesandten zu verkehren. Hätte er es anders anfangen sollen, um mehr herauszubekommen? Die Vermutung hatte sich zwar bestätigt, doch über Einzelheiten verfügte er nach wie vor nicht. Vielleicht hätte er das Versteckspiel aufgeben und dem Herrn reinen Wein einschenken sollen?

Wenn er sich über seine bisherigen spärlichen Kenntnisse über Krankheit und Herkunft des armen Andersohn befragte, kam sehr wenig heraus. Er hatte mit dem Mord an seinem letzten Herrn vielleicht gar nichts zu schaffen? Dass Andersohn in Ansehung der Leiche Falckenbergs in einen gefährlichen neuerlichen Anfall geistiger Wirrnis geraten und darob entsprungen war, mochte nichts weiter als die Folge eines Schocks gewesen sein, wenn man daraus nicht ableiten wollte, dass Falckenbergs Ende zugleich das Ende begründeter Hoffnung des Verwirrten darstellte, jemals aus der Tiefe seiner Verdunklungen wieder empor ans Licht zu gelangen. Möglicherweise wäre das Ermorden Falckenbergs somit ein Mittel gewesen, Andersohn wieder in die Umnachtung zurückzutreiben, aus der er sich gerade glücklich zu lösen begonnen?

Aber das, fand Langustier, hieße wohl einem Subalternen, einer offenkundigen Randfigur, doch zuviel Ehre zollen. Soweit seine bescheidenen Kenntnisse über den unglücklichen ehemaligen Diener Sr. Königlichen Majestät reichten, hätte niemand nach den von Eller erwähnten Eskapaden am Hof die kleinste Veranlassung haben können, ihm zu nahe zu treten, weder verständig noch unverständig. Er war harmlos, wohl noch in seiner Raserei. Die Verärgerung über einzelne Anekdoten, zu denen er Anlass gegeben, könnte niemals eine Verstärkung seiner Wirrungen wünschenswert machen.

Im Gegenteil hätte jedermann an der Heilung und Befriedung seines Gemütes interessiert sein müssen, wie es die Menschlichkeit gebietet.

Am ehesten hätte noch der König Grund gehabt, seinen Groll deutlicher zu zeigen, wo Andersohn ihn mit seinen Aussprüchen doch mitunter unwissentlich bis aufs Blut gereizt hatte. Doch er beschied sich ebenfalls mit der traurigen Pflicht, ihn vom Dienste und jeglichem vertrauten Umgange mit seiner höchsten Person zu suspendieren. Er mochte erkannt haben, dass den Sprüchen des Dieners bei Licht besehen nichts weiter zugrunde lag als eine zum Äußersten Ungefüge entfesselte Phantasie.

Als Langustier die Suite des Gesandten verließ, kam ihm ein angespannt bis finster dreinblickender Herr entgegengestürzt und wäre um ein Haar mit ihm zusammengestoßen, hätte sich der Hofküchenmeister nicht im letzten Augenblick mit einem graziösen seitlichen Ausfallschritt in Sicherheit gebracht. Der Vorbeistürmende benötigte offensichtlich keine besondere Anmeldung, sondern verschwand nach einem kurzen, von innen vernehmlich beantworteten Klopfzeichen umstandslos in der Hohenfließischen Dependance in der »Neuen Welt«.

Ein bewegtes Leben hatte die Turinerin, die keineswegs aus Turin stammte, sondern ihren Spitznamen der Affäre mit einem Turiner Grafen verdankte – ihrem ehemaligen Braunschweiger Herrn – nach Berlin geführt. Damals in Braunschweig, als sie schwanger geworden war, hatte ihr feiner Patron sie mitleidlos an die Luft gesetzt und ihr brüsk den Entlassungsschein verweigert, ohne den sie keinerlei Aussicht hatte, jemals wieder eine Stellung zu finden. In ihrer Verzweiflung hatte sie dem Haus ihres vormaligen Geliebten noch einen letzten, heimlichen Besuch abgestattet und allerlei silbernes Tischgerät daraus entwendet. Rasch war das Silber in klingende Münze verwandelt und der Weg über

Magdeburg nach Berlin genommen. Mit gefälschtem Dienstzeugnis hatte sie in der Spreemetropole Einzug gehalten und zunächst bei der Samuelin in der Siebergasse gehaust, einer Gesindemaklerin, die nebenbei noch unerwünschte Kinder verschwinden ließ.

Bei verschiedenen Herren war die Turinerin anstellig gewesen, nie jedoch länger als ein, zwei Monate. Mehrfach hatte sie den Dienst gar nicht erst angetreten, sondern sich lieber mit dem kassierten Handgeld aus dem Staub gemacht, das je nach Stand der geprellten Herrschaft acht, zwölf oder sechzehn Groschen betragen konnte, wovon die Maklerin die Hälfte einstrich.

Aber kurz angestellt zu sein, konnte ebenso einträglich sein: Saß die Herrschaft bei Tisch, konnte die Gesindefrau den halben Braten aus dem Hause tragen und ganze Krüge mit Bier fortschleppen. Auch verachtete die Samuelin kein fremdes Hand- oder Tischtuch. Die Mägde hatten Spinde an ihren heimlichen Schlupfwinkeln in der Stadt, wo hinein sie fleißig sammelten, was immer in ihre langen Finger geriet.

Ihre Artgenossinnen bei der Samuelin waren wegen ihres losen Mundwerks, wegen Dieberei, Lügens und Betrügens, Tratschens, Klatschens, Naschens, Saufens, wegen heimlicher Buhlschaften oder längeren Fernbleibens vom Dienst schon so oft fortgejagt worden, dass man hätte glauben müssen, es werde nicht mehr weitergehen mit ihnen. Dennoch hatten sie, dank der geschickten Maklerin, immer wieder ein neues Auskommen gefunden. Und ging einmal gar nichts mehr, dann zog die Alte mit ihnen auf den Dörfern herum und verkuppelte sie an Burschen und Soldaten, was ihr denn ein ziemliches Geld eintrug. Bekam eine Magd davon ein Kind und ließ sich's nicht mehr verbergen, so wurde sie als Amme untergebracht und hatte die schönste Zeit und das beste Essen und Trinken.

Schließlich war es der Turinerin gelungen, sich ohne Dienstschein einstellen zu lassen und ihre unvorsichtige

Herrschaft darob beim Unterfiskal anzuzeigen. Für diese Dreistigkeit hatte sie 20 Dukaten, das war der fünfte Teil der Strafe, bei der Behörde abholen dürfen. Nicht mehr willens, mit der Gesindehökerin zu teilen, war sie mit ihrem Reichtum in eine kleine eigene Stube gezogen und hatte sich seitdem an der Langen Brücke verdingt, wo das älteste Gewerbe einen jedermann bekannten Stand unterhielt.

Da sie ausnehmend schön war, was ihr bereits der treulose Graf auf schmähliche Weise attestiert hatte, war sie unter dem Großen Kurfürsten nie lange um Bekanntschaften verlegen gewesen, die für einen halben Taler ihr Amüsemang hatten finden wollen. Manchmal waren noch andere Aufträge dabei abgesprungen, nicht immer gefahrlose, aber nur selten schlecht entlohnte.

Auf diesem Wege hatte sie den Marder kennen gelernt und sich mit ihm zusammengetan, denn das luftige Gaunerleben, das er mit seinen Spießgesellen in den Randbezirken Berlins, Cöllns oder in den dichten Wäldern des Umlandes führte, war ganz nach ihrem Geschmack.

Der Marder kannte die Nöte und Gewinn bringenden Talente des Berliner Gesindes sehr genau und verstand beides mit meisterlichem Geschick zu nutzen. Etliche Mägde und Lakeien dienten ihm als Kundschafter oder »Anzeigenverkäufer« für Einbrüche und Diebstähle – gegen Beteiligung an der späteren Beute, versteht sich. Um die Abwesenheiten ihrer Brotherren wissend, um Nachschlüssel und Grundrisse nicht verlegen sowie mit der Kenntnis der geheimen Verstecke der Kleinodien, Pretiosen und des baren Geldes bestens ausgestattet, verrieten sie günstige Gelegenheiten zur Erleichterung ihrer Herrschaften und sperrten den Dieben auch schon mal eigenhändig die Tore auf. Kaum je fiel einmal ein dringender Verdacht auf sie, wenn sie sich in ihrem Dienste ansonsten nur unauffällig betrugen.

Der Einäugige, der seine Augenklappe mal links, mal rechts trug, war des Marders treuester Gefolgsmann. Er vereinigte Gerissenheit mit Wagemut und konnte mit seinen dreißig Jahren auf eine leuchtende Karriere im dunklen Gewerbe zurückblicken. Die sieben Weltmeere hatte er befahren, kannte folglich das Gaunerwesen vieler Herren Länder und ließ sich von nichts und niemandem mehr beeindrucken. Da er die Haken bei jedem neuen Vorhaben treffsicher wie kein Zweiter vorherzusagen wusste, konnte ihn keiner dem Marder ersetzen. Er dämpfte dessen oft blindes Ungestüm und stand doch, war nur einmal ein Plan beschlossene Sache, wie ein Fels in der Brandung. Für den Marder und seine Kumpane wäre er durchs Feuer gegangen.

Äußerlich ein wandelnder Eichbaum, schien dagegen bei aufmerksamer Betrachtung der Grenadier der verwundbarste und weichste unter den vieren zu sein. Der Sohn eines Caputher Bauern, eine lange Runkelrübe, war als einer der ersten »Langen Kerls« den Werbern des Soldatenkönigs ins Netz gegangen. Er hatte sich jedoch mit seinem Schicksal angefreundet und relativ schöne, ruhige Jahre unter seinesgleichen verlebt. Was hatte er schon groß tun müssen, um verpflegt zu werden und seinem König gefällig zu sein? Einen langen Lulatsch in Uniform vorstellen, ein bisschen paradieren, das Gewehr präsentieren und sich hin und wieder einmal mit dem Knüppel traktieren lassen, ohne zu maulen. Manchem seiner Kumpane war dieses Dasein saurer angekommen. Viele hatten den Wall vergeblich zu überwinden gesucht und waren für diese gescheiterten Fluchtversuche schrecklich bestraft worden. Zahllose Runden durch die Gassen der spießrutenbewehrten Kameraden wurden sie geprügelt, bis ihr Rücken am Ende wie Frikassée aussah. Unabhängig davon, ob sie vorher gute Bekannte von ihm gewesen waren, hatte ihre Bestrafung dem Grenadier als eine heilige Pflicht gegolten, die sein König von ihm verlangte. Es war ihm eine tiefe Befriedigung gewesen, die Abtrünnigen mit unmenschlichen Rutenstreichen zu quälen. Einige hatte er nach diesen Bestrafungen nicht mehr wiedergesehen, andere erst nach etlichen Wochen, kleinlaut trotz ihrer Größe, leise wimmernd vor Schmerz, wenngleich wie er mit Riesenkräften begabt.

Doch dann war der dicke Wilhelm plötzlich mausetot gewesen und als der junge König Friedrich daraufhin die »Langen Kerls« in alle Winde zerstreut hatte – die Jüngsten und Wendigsten waren auf die anderen Regimenter verteilt worden, die Älteren gänzlich verabschiedet –, hatte der Grenadier aufgrund seines Alters und seiner natürlichen Dumpfheit den Kürzeren gezogen. Seine Uniformjacke war ihm als einziges Erinnerungsstück geblieben, bis er sie nun hatte flüchtend zurücklassen müssen. Der Marder ersetzte ihm die Armee, die Kommandos. Er brauchte die Anleitung eines anderen, um seine noch immer vorhandenen Bärenkräfte sinnvoll und ohne Furcht einsetzen zu können. Dem Marder diente er daher so treu wie er zuvor nur seinem König gedient hatte.

Willenlos, wie ein Zugstier, stapfte der Grenadier mit seiner Last voran. Ein grauer Berliner, eine Reisetasche, enthielt jenen Teil des ergaunerten Goldschatzes, den der Marder verstecken wollte, bis Gras über die Sache gewachsen war. Seit anderthalb Tagen hatten sie sich auf unwegsamsten Pfaden in östlicher Richtung aus der Hauptstadt davongestohlen.

Innerlich ließen sie die Stationen ihrer Flucht Revue passieren: Wie sie mit den Pferden zu dem Durchschlupf in der Mauer gelangt waren, die an dieser Stelle hinter der Stralauer Vorstadt nur eine kümmerlich hölzerne Palisade war. Über die Stoppelfelder und gemähten Wiesen hatten sie unbeobachtet das »Schlösschen« erreicht und von der Rückseite her betreten. Auf den obersten Oberboden waren sie hinaufgekrochen, wo ihnen der geldgierige Wirt ein notdürftiges Quartier hergerichtet hatte. Ein wenig zu ausgelassen waren sie da in ihrem Siegestaumel wohl gewesen, denn der Hausherr hatte ihnen vor lauter Muffensausen

Stille geboten. Am Morgen darauf waren sie haarscharf der Festnahme entgangen.

Fast ununterbrochen waren sie seitdem auf den Beinen gewesen, hatten in einem gestohlenen Ruderboot Kurs auf Cöpenick genommen, wo sie schließlich anlandeten und in den dunklen Wäldern verschwanden. Sie schlichen über die weichen, mit Eichen, Fichten und mannshohem Farnkraut bestandenen Kuppen der Müggelberge und nächtigten in einer fast ganz im Waldsand verborgenen Hütte. Zinken, die Zeichen der Fahrenden an den Bäumen, verrieten ihnen mehrfach, wo mit Polizisten oder sonstigen Unbilden zu rechnen oder wo freier Durchmarsch war. Das eigentliche Ziel ihres Weges lag jedoch nahe der kleinen Ortschaft Rüdersdorf, dem Geburtsort des Marders. Zwischen dem so genannten Kalksee und der Chaussee nach Münchberg stieg die Landschaft zu einer kleinen Hochfläche mit einzelnen Hügeln und steilen Flanken an. Sie waren dem Dorf unmittelbar nahe gekommen und sondierten nun ebenso vorsichtig wie erschöpft die Lage.

Unmittelbar vor den Kalkbergen verlief ein angenehmes, grünes Tal, von einem kleinen Wasser durchflossen, an dem Eichen und Erlen standen. Eine lange Reihe Häuser zog sich am Fuß des Gebirges hin, in denen die Kalksteinbrecher und Kalkbrenner sowie die Fuhrleute und Schiffer wohnten, die den Kalk täglich nach Berlin transportierten. Ein von Kiefern und Birken flankierter, steiler Weg führte auf den Berg hinauf. Da es schon fast dämmerig war und keine Menschenseele sich blicken ließ, schlugen der Marder und seine Getreuen den Bergweg ein und blickten wenig später auf die andere Seite in ein zweites Tal hinab. Am Fuße der Bergflanke sahen sie etliche Haufen Kalksteine liegen und um dieselben herum viele klapprige Wagen stehen, die für den Transport der Steine zu den Brennöfen oder zum Kanal gebraucht wurden. Hinter diesen, vor der Waldkulisse gleichsam verschwindenden Zeugnissen menschlichen Treibens und Schaffens, erhob sich in wild zerklüfteter Staffelung eine kaum zu überblickende Masse von teils spitzeren, teils stumpferen Kalkbergen. Der Marder grinste unwillkürlich bei diesem imposanten und nicht nur ihm höchst angenehmen Anblick. Zwar war keiner dieser »Berge« sonderlich hoch, und man hätte sie von daher allenfalls Hügelkuppen nennen dürfen, doch waren sie so steil und mit felsen- und klippenartigen Rändern versehen, dass die Bezeichnung wohl ihre Berechtigung finden konnte.

Auf den unwegsamsten und entferntesten dieser Berghügel sollte es hinaufgehen, um die Beute daselbst zu vergraben und ein paar Tage lang entspannt Quartier zu machen. Diese nicht unbeträchtliche letzte Anstrengung musste der Marder seinen erschöpften Leuten noch zumuten. Hier kannte sich der Marder bestens aus, und hier allein fühlte er sich sicher.

In einer offen gelassenen Bauhütte fanden sie Zeltplanen und Decken sowie Schaufeln und Seile, die sie begierig an sich nahmen. Ein Hund schlug an, doch kein Aufseher rührte sich. Der saß wohlig beim Bierkrug, schimpfte auf die Füchse, die wieder in den Buden kramten, war aber zu faul, um aufzustehen und sie zu verjagen.

Kallmorgen hatte seine Fühler ausgestreckt. Von sämtlichen Baustellen in der Stadt waren die Nachrichten eingelaufen, doch fand sich bislang keine brauchbare darunter. Die viel beschworene geheime Zusammengehörigkeit der Bauleute schien ihn für diesmal nicht ans Ziel zu führen. Die Lohnbedienten, die er kannte und befragt hatte, konnten ihm nur wenig gute Neuigkeiten zutragen. Ein entsprungener Affe wäre leichter zu finden, dachte er, als dieser verrückte Diener.

Doch sobald er sich seine Zukunft ausmalte, die ihm von Schlütern leuchtend vor Augen gestellt hatte, kehrte sein Ehrgeiz wieder machtvoll zurück, und er rief einige seiner

Arbeiter zu sich, die er auf Spionagetour schicken wollte. Mit dem Versprechen reicher Belohnung brachte er ihnen das Ding bei und schärfte ihnen ein, wie geheim es sei und dass sie nur ihm und sonst niemandem erzählen durften, was sie in Erfahrung bringen würden. Sie sollten sich umhören und umschauen, und ihm alles mitteilen, was sie über den Gesuchten in Erfahrung bringen könnten.

Wenig später schon durchschlichen Kallmorgens Spitzel jeden Winkel der Stadt, durchkämmten die ausgedehnten Gemüsepflanzungen am Halleschen Tor, die Holzmärkte, lugten in die Hinterhöfe der Cöllnischen Vorstadt, suchten bei den Handwerkern der Friedrichstadt Auskunft zu erhalten, auf dem Fischmarkt sowie in jeder Krambude, wo Publikumsverkehr herrschte. Am Abend würden sie in den Spelunken die Runde machen.

Einer Kreuzspinne gleich hockte Kallmorgen in seinem Netz und wartete auf das Zucken eines gespannten Fadens. Doch nichts rührte sich. Das Glück, das kurz angeklopft hatte, schien ihn bereits wieder zu verlassen.

In einem Stübchen mit Fenstern, von denen man über die halbe Stadt schauen konnte, saß derweil Friedrich Ludwig Andersohn an einem kleinen Tisch mit einigen Blättern Papier vor sich. In einem Kruge neben ihm befand sich eine klare Flüssigkeit, von der er einen kleinen Schluck genommen, aber gleich wieder von sich gespuckt hatte, denn sie schmeckte bitter, und das mochte er nicht. In seinem Kopf sah es bei weitem nicht mehr so leer geräumt aus wie noch vor ein paar Tagen. Er nahm seine Umgebung durchaus wahr, den ruhigen und freundlichen Mann etwa, der ihn bei sich aufgenommen hatte, ihm gutes Essen gab, Papier und leuchtende Farben.

Was er eigentlich malte, war anfangs nicht direkt zu erkennen, es mochten Wiesen, Felder, Häuser und zuweilen Ornamente sein, doch er malte sie ja zunächst weniger auf dem Papier als vielmehr in seiner Vorstellung. Sahen die äußeren Bilder mitunter wie eine wilde Kleckserei aus, so regten die kräftigen Kontraste, die sich in ihnen ausdrückten, doch die Erinnerung des Malers an, und es mischten sich vermehrt einzelne kenntliche Motive unter die Chiffren seiner Einbildungskraft. Eine Art Wappen war auf diese Weise entstanden, das ihn der freundliche Mann gebeten hatte, noch einmal zu wiederholen. Andersohn saß, malte und sonnte sich. Der Herbst war schön. Er erinnerte sich an etwas lange Zurückliegendes. Es hatte mit dem Wappen zu tun. Er wollte die Augen zusammenkneifen und rennen, und er tat es – aber nur in Gedanken.

Christian Casimir Creuz wartete gespannt auf die Wirkung des bitteren Elixiers, das er seinem künstlerisch begabten Gast anstelle des Wassers servierte. Leider hatte ihn die unvermeidliche Bitternis des Stoffes bislang abgeschreckt. Nun hatte er einen Schluck getan und wieder ausgespuckt. Doch die kleinste Menge, die in seinem Mund blieb, sollte genügen. Da sich nichts tat, mochte es wohl allein an der Substanz liegen, die noch nicht im idealen Verhältnisse bereitet war.

Von unten drang Lachen und halblautes Sprechen. Als er hinunterstieg, konnte Creuz gerade noch sehen, wie sein Gehilfe einen Unbekannten aus dem Geschäft komplimentierte.

»Ob wir Mieter im Haus aufnehmen, wollte er wissen.«

Creuz erschrak, denn sein Gehilfe war nicht unbedingt der Schlagfertigste und konnte sich leicht verraten. Daher fragte er ihn bang:

»Und was hast du gesagt?«

»Was ich gesagt habe? Nein, habe ich gesagt. Unsere einzigen Schlafgäste sitzen droben im Taubenschlag und fressen uns aus der Hand.«

»Nicht übel. Das hast du gut gemacht. Erzähl nur ja keinem von unserem heimlichen Maler.«

Creuz drückte ihm einen blanken Friedrichstaler in die farbenverschmierte Hand, was den armen Jungen fast selbst irre gemacht hätte. Dann ging er mit Nachdruck an die Verbesserung seiner allheilenden Rezeptur, regelte das Feuer unter den Retorten, warf hier den weißen Kristall eines Salzes ein, tröpfelte dort eine stechend riechende Tinktur hinzu, rührte, siedete, kratzte aus, zerstieß ein Sublimat im Mörser, fächelte sich den Geruch aus einem Reagenzrohr in die Nase, zentrifugierte eine Emulsion, mischte ein Pulver.

XIV

Langustiers Wiedersehen mit dem Ersten Hofküchenmeister Eckert fiel sehr herzlich aus. Wie zwei alte Freunde begrüßten sie sich, wo sie doch vor nicht ganz zwei Wochen kaum einen Vormittag in Charlottenburg miteinander zugebracht hatten. Ohne lange Umschweife kam man aufs Wesentliche zu sprechen, nämlich auf das Mittagsmahl. Der König, so erklärte ihm Eckert, werde sicher bis Montag, dem Tag, an dem man seine Schwester Wilhelmine, die Markgräfin von Bayreuth, erwarte, in Berlin bleiben, um alsbald wieder nach Rheinsberg abzugehen.

Für diesem Samstag war der Speiseplan schon eingereicht: Seeteufel in Meerrettich, Bauernhahn auf gepfefferten Graupen mit sauren Gurken, Türkentauben in Senf mit gebratenen Tartuffeln.

Die nun wieder komplette Küchenmannschaft arbeitete munter ohne Probleme zusammen und Langustier, der erstmals die großzügigen Küchen des Stadtschlosses betrat, hatte keine Schwierigkeiten, sich in die dortigen Gegebenheiten hineinzufinden.

Das Berliner Getafel nahm sich wohl prächtiger, andererseits aber kälter und steifer aus. Die Räume gähnten in Leere und Hohlheit, die Tischgespräche verhallten wie Geflüster, es fehlte die entspannte, luftige Atmosphäre des lauschigen, waldumsäumten Charlottenburg.

Dem König missbehagte diese disparate hauptstädtische

Weitläufigkeit. Er blieb zurückhaltend und kühl, war kurz angebunden und uninspiriert. Selbst die Speisen schienen ihm hier weniger zu schmecken, wie scharf sie auch auf seinen Wunsch daherkamen. Er tat noch Senf, Salz und Pfeffer auf alles.

Langustier schauderte vor so viel demonstrativem Ungeschmack fast noch mehr als vor der bevorstehenden Audienz. Durch einen Kammerlakei war ihm nach Tisch bedeutet worden, dass ihn Se. Königliche Majestät umgehendst bei sich zu sehen wünschten. Der König empfing ihn in einem kleinen Schreibkabinett, das sie sich neben der spärlich bestückten Bibliothek des riesigen Gebäudes hatten einrichten lassen.

Ihre Unterredung fiel kurz aus. Der König spürte rasch, wie es um die Nachforschungen bestellt war. Jordan hatte ihm das Wesentliche, ebenso die erschreckende Tatsache des zweiten Verbrechens, bereits berichtet, und Se. Königliche Majestät begnügten sich daher, einige aufmunternde Worte zu sprechen, sogar ein besonderes Lob über den gerade genossenen Seeteufel hintanzufügen.

Vorsichtige Versuche Langustiers, die Rede auf den Diener Andersohn zu bringen, schlugen fehl, da der König den Namen offenbar absichtsvoll überhörte. Daher unterließ es der Ermittler ganz, das Thema Braunfeld-Hohenfließ zu erwähnen. Später ärgerte er sich über seine ängstliche Zurückhaltung.

Der König wirkte unwirsch. Er dachte über den Umschwung der öffentlichen Stimmung ihm gegenüber nach. Im Land herrschte allgemeine Unzufriedenheit. Anders als in Charlottenburg wurde in Berlin öffentlich in wenig gemessenen Ausdrücken über ihn gesprochen. Man munkelte allenthalben von bevorstehenden Militäroperationen im Ausland. Die für Montag anberaumte Parade vor dem Schloss war als gewaltige Demonstration der Stärke geplant. Den einfachen Mann auf der Straße musste das aufbringen, denn was diente ihm dieses militärische Brimborium? Es gab ganz andere Probleme. Die Versorgungslage blieb bescheiden bis katastrophal. Nicht jeder konnte in den Delikatessläden einkaufen, höfisch parlieren, Brot durch Kaviar ersetzen. Schlug der Sohn doch nach dem Vater aus? Paraden abhalten, während die Untertanen hungerten – war Friedrich der Jüngere vielleicht am Ende schlimmer als das alte Soldatenbiest?

Langustier stellte sich die kleine Gestalt angesichts ihrer Horden Waffen schleppender und turmartig behelmter Untertanen vor. War das nicht lachhaft für einen geistbeseelten Mann? Der Zweite Hofküchenmeister Sr. Majestät freute sich zwar, dass ihm wegen seines bisherigen Misserfolgs nicht weiter zugesetzt wurde, hätte sich aber doch in aller Unbescheidenheit zugleich etwas mehr Aufmerksamkeit und Zuneigung von allerhöchster Seite gewünscht. Diese wurde ihm nun zuteil, wenngleich auf eine Weise, die ihn in erneute, anderweitige Not stürzte.

»Ich hörte mit Freuden von unserem Bundesbruder Jordan, dass Ihr Euch nunmehr auch der Maurerzunft zugesellt und Schurz und Kelle angelegt habt, bevor wir Euch am Ende noch an die rebellische ›Societas Alethophilorum‹ verloren hätten.«

Der König hielt inne, und bemühte sich, richtigzustellen:

»Verzeiht, lieber Langustier, nicht dass ich Euch für prinzipiell anfällig hielte, auf dergleichen Abwege zu geraten, doch ist die Küche für mich nach wie vor ein Buch mit sieben Siegeln wie die Kabbala, und daher rührte nun meine Furcht, Ihr könntet außer an Nantua- und Cumberland-Saucen auch an falschen Gold- und Silberaufgüssen Gefallen finden. Mein Vater hatte ein unseliges Faible für derartige Absurditäten – weshalb er zuweilen den Doktor Eisenbart eher als einen gelehrten Chrirurgus bemühte –, doch ich möchte mir die Fataliäten ersparen, die er sich mit dem Baron von Syburg zugezogen. Ein Wunder, dass uns das

Schicksal damals nicht ganz aus der Bahn geworfen hat und in der Wusterhäuser Goldküche alle unsere Zukunft in Rauch aufgelöst wurde.«

Langustier lavierte etwas ahnungslos um den Gesprächsgegenstand herum, der sich ihm nicht deutlich zeigen wollte und fühlte einen unsicheren Moment lang das Schlossparkett wie Torfmoor unter sich wanken. Nun war zu dem merkwürdigen freimauernden Kugel-Club auch noch ein kurioser Rosenverein gekommen, über den er absolut nichts wusste. Was sollte das Gerede von Goldkocherei?

»Ich werde mich nunmehr auf drei Sektionen bemühen müssen, vor meinem Großmeister nicht zu straucheln; in der Küche, wo es mir am leichten gelingen mag, da ich dort die längste Übung besitze, habt Ihr mir für heute schon Eure Absolution erteilt. Als Lehrling in Maurer- und Polizeisachen werde ich, Sire, aber noch einige Lehrzeit brauchen.«

Er war froh, dass ihn der König nun gnädig entließ, und beugte sich in eine Tiefe hinab, die dem Hofe Karls des Großen eher entsprochen hätte. In diesem unbequemen Knick verharrte er so lange, bis er einen königlichen Stupser auf dem Rücken spürte, was ihm bedeuten sollte, sich wieder aufzurichten.

»Ihr sollt Euch nicht verbiegen, wie ich es täglich mehr tun muss. Ich wünsche Euch in Euren neuen Tätigkeiten Aufrichtigkeit und Geradlinigkeit – beim Mauern und beim Verfolgen. Bis Mittwoch wäre mir eine Nachricht in der Falckenberg-Sache noch hier zu erhalten überaus erwünscht.«

Langustier tappte wieder in die sichere Küchenregion hinunter und war für den Moment heilfroh. Worüber eigentlich? Was hatte er für einen Grund, froh zu sein? Was ihm blieb, war nur eine kurze Gnadenfrist.

Langustier wollte den Rest des Tages geruhsam in seiner Wohnung verbringen und sich einmal um gar nichts mehr kümmern. Vielleicht käme ihm ja unverhofft auf diese Art ein Lichtblick. Dass er nun endlich die Gelegenheit erhielt auszuprobieren, wie es wäre, im Stadtschloss Dienst zu tun und in der eigenen Wohnung zu nächtigen, kam ihm sehr zupass. Seine Charlottenburger Arbeit hatte ihm bisher nur Stippvisiten in diesem neuen Zuhause gestattet.

Marie allerdings geriet durch diese väterliche Heimsuchung in einige Verlegenheit. Jüngst an diesem Tage nämlich hatte sie – mit des Vaters sicherer Abwesenheit rechnend – Anstalten getroffen, dem Baron von Beeren in der frisch hergerichteten Wohnung zu empfangen.

Bevor sie sich gefasst hatte und eine harmlose Ausrede für ihr prunkvolles Kleid und die im Saalzimmer getroffenen Anstalten überlegen konnte, hatte Zornesröte Langustiers Gesicht entstellt. Aufwallend stellte er sie zur Rede, mit der Hellsichtigkeit eines Eifersüchtigen alles vage erratend und doch unstatthaft überzeichnend. Das arme Mädchen in ihrem nun so deplatziert wirkenden Kleide hörte Töne von ihrem Vater, die sie bislang nie vernommen, und konnte, nachdem sie einige bange Momente wie erstarrt gestanden hatte, nur in bitterliches Weinen ausbrechen. Diese Wendung ließ ihn plötzlich innehalten und den eigenen Worten nachlauschen. Erst das Echo brachte ihm den unhaltbaren Tenor seiner Rede zu Bewusstsein, und sein Furor erstarb zum Glück sogleich. Wortlos nahm er nun die Tochter in den Arm und tröstete sie, so gut es die Umstände erlaubten.

Sie offenbarte ihm, noch immer schluchzend, ihren Plan, beteuerte jedoch, wie durchaus unschuldig das Ganze sich ausnehmen sollte – dass ein drittes Gedeck für die Witwe Stolzenhagen mit aufliege, woran allein zu sehen, wie sehr sie darauf bedacht gewesen sei, den Gast nur auf die Probe zu stellen und sich keineswegs unterstanden habe, ihn allein zu empfangen etc. pp. – eine Litanei, die jedoch durch das hörbare Nahen der beiden erwarteten Gäste unterbrochen wurde. Noch bevor sich die Tür öffnen konnte, hatte Langustier Marie in ihre Zimmer abgeschoben und ward als überraschender Türöffner zum Schrecken der Ankömmlinge.

Von Beeren hätte am liebsten gleich wieder kehrtgemacht, und die Stolzenhagen wusste nicht, was für ein Gesicht sie aufsetzen sollte. Langustier, der bei sich beschlossen hatte, gute Miene zum bösen Spiel zu machen – eine Übung, die ihm in dieser Stadt öfters angebracht schien –, überschüttete die Verdutzen mit höfischen Komplimenten. Kunstgerecht entwand er dem Baron einen riesenhaften Strauß von kostbaren Strohblumen und wusste von Beeren gar so geschickt zu halten, dass Marie, mit aufgefrischtem Gesicht, im Saale unbemerkt ein zusätzliches Gedeck auflegen konnte.

Gerne hätte er am Festabend etwas mehr Distanz zwischen den beiden wahrgenommen. Langustier verfluchte seinen Einfall, die Falckenbergsche Stadtwohnung angemietet und die Tochter förmlich unbeschützt vor der Tür des Lasters ausgesetzt zu haben. Obgleich es ihm zunächst als eine Beruhigung erschienen war, dass Marie das Anerbieten der Witwe Stolzenhagen freudig angenommen hatte, in ihrer Delikatesswarenhandlung zu arbeiten, so ließ sich doch zwischen beiden eine wachsende Freundschaft bemerken, von der er noch nicht zu sagen wusste, ob sie zum Heil oder zum Unheil seiner Tochter ausschlagen würde. Das lebenslustige Naturell der schönen Witwe qualifizierte sie schwerlich zum leuchtenden Vorbild für ein unerfahrenes Mädchen vom Land, das sich plötzlich in die Großstadt versetzt sah.

Nach einer unter diesen Umständen zurückhaltenden Begrüßung kam das Gespräch nur schleppend in Fahrt. Man besah indes die von Marie eingerichteten Zimmer und erging sich in aufrichtigem Lob, was die Dekorateurin von Herzen freute.

Am Tische sitzend, sprach man anschließend umso beherzter dem Zitronenkuchen des Herrn Petit zu, den Marie besorgt hatte, wozu ein Gläschen weißer Champagner aus den wohl bestückten Kellergewölben des Stolzenhagenschen Hauses nicht übel harmonierte. Das Getränk half zudem, die Zungen zu lockern, wodurch es insbesondere dem Baron von Beeren nun gelang, Langustier ein etwas vorteilhafteres Bild von sich beizubringen. Die Verstocktheit der beiden männlichen Kontrahenten zu mildern, war indes das Verdienst der Witwe Stolzenhagen, die durch Komplimente nach der einen, Langustierschen, und unschwer zum Vorteile auszumünzende Hilfestellungen nach der anderen, von Beerenschen, Seite fortschreitende Entspannung hervorrief.

Vor allem dem Umstand, dass beide Tischgenossen neuerdings der städtischen Freimaurerloge angehörten, wusste sie eine starke versöhnende Kraft abzugewinnen. Langustier, dem die partielle Verfinsterung seines Geistes im Bezug auf seine Rolle bei dieser halb geheimen Gesellschaft höchst unangenehm war, konnte sich glücklich schätzen, durch den kenntnisreichen jungen Baron, den dieses edle Handwerk mehr als entflammt hatte, vorbehaltlos Rückendeckung zu erhalten.

Belebung kam in ihre Runde, als die Witwe Stolzenhagen die provokante Frage aufbrachte, warum man sich in diesem Zirkel der Aufnahme von Frauenzimmern so störrisch verweigere, deren Eignung, die hehren Maurer-Ideale ebenso ernsthaft zu verfolgen wie die Männer, doch nicht in Zweifel gezogen werden könne. Es war für den Baron von Beeren keine leichte Aufgabe, über diese heikle Materie belehrende Auskunft zu erteilen, ohne seine angebetete Marie durch ein unbedachtsames Wort zu verletzen. Eros, so sagte er, sei ein Meister der bewussten oder unterschwelligen Gedankenbeeinflussung, und in einem Tempel, in dem Besinnlichkeit herrschen soll, wäre Sinnlichkeit in jeder ihrer mannigfaltigen Erscheinungsformen unangebracht. Doch er könne sich durchaus vorstellen, dass es dereinst Logen gäbe, die ausschließlich von weiblichen Mitgliedern – Maurerinnen – gebildet würden.

Ob es wohl seinen Grund darin hätte, von derlei Anfechtungen des Eros befreit zu sein, dass sich der König in dieser reinen Männerwelt eingerichtet habe, fragte die Stolzenhagen weiter, und diesmal war es Langustier, der sich bemühte, das Gespräch wieder in unverfängliches Fahrwasser zu bringen.

Langustier und von Beeren, als Widersacher angetreten, gingen bald schon fast wie alte Bekannte miteinander um. Vor dem Abschied bedeutete von Beeren dem Hausherrn, dass er ihn gern noch kurz unter vier Augen gesprochen hätte. Langustier vernahm diesen Wunsch mit gemischten Gefühlen, denn er argwöhnte, es könnte sich hinter dieser Bitte nach Vertraulichkeit möglicherweise ein Antrag um die Hand der Tochter verbergen, und er war sich noch reichlich unschlüssig über die Haltung, die er in dieser Frage einnehmen sollte.

Doch seine Befürchtung erfüllte sich nicht. Von Beeren trat mit ihm auf den Balkon und eröffnete ihm, dass er am Vortag ungewollt Zeuge zweier Unterredungen geworden sei. Zunächst einmal, so müsse er ihm gestehen, habe er seine, Langustiers, fruchtlose Verhandlung mit dem Hohenfließischen Botschafter von Waldegg mit angehört. Ausführlich schilderte von Beeren die unangenehm dünnen Wände in seinem Gasthof, die es leider erlaubten, alles zu hören, was im Nachbarraum gesprochen werde. Er habe sich nun am gestrigen Vormittag nicht wohl befunden und daher keine Möglichkeit gesehen, das Haus zu verlassen, um den nachbarlichen Gesprächen aus dem Wege zu gehen. In sein Zimmer in der »Neuen Welt« gebannt, sei es ihm daher höchst sträflich vorgekommen, Langustiers erfolgloses Vorsprechen bei von Waldegg mitanhören zu müssen. Zwar habe er den eigentlichen Grund des Besuches nicht mitbekommen; trotzdem sei ihm der Nutzen desselben gering erschienen, was er nur aufrichtig bedauern könne.

Langustier dankte für diese Offenheit und wollte die

Sache damit für erledigt ansehen. Die Tulpengeschichte war ihm doppelt peinlich, da er kein Wort der Erläuterung darüber verlieren durfte. Er sehnte sich in die wärmeren Innenräume zurück, doch von Beeren gönnte ihm diese Erleichterung nicht, sondern bat ihn, noch zu warten.

»Die Geschichte hat eine kleine Continuatio. Direkt nach Eurem Abgange stellte sich ein weiterer Gast beim Gesandten ein. Ich möchte ihn eher einen Dauergast nennen, denn es verging in dieser Woche kein Tag, an dem er nicht wenigstens einmal sich blicken, pardon, hören ließ. Offenkundig bekleidet er das Amt eines Kundschafters, obwohl er in dieser Aufgabe bislang recht unglücklich geblieben ist, da sich seine Rapporte in Meldungen über fehlgeschlagene Versuche erschöpfen, auf die verwischte Spur eines Mannes zu kommen, der – wie ich glaube, aus Eurem Gespräch mit von Waldegg schließen zu dürfen – Eure Neugier geweckt hat.«

Langustier war hellhörig geworden. Er entsann sich recht genau der eiligen Gestalt und war in der Tat begierig zu erfahren, was der unverhoffte Ohrenzeuge ihm über dessen Mission berichten konnte.

»Sie sprachen von Andersohn?«

Von Beeren bejahte, und Langustier schien es an der Zeit, ihre geheime Bruderschaft zu befestigen:

»Ihr würdet mir in einer Sache, in der mich unser gemeinsamer Logengroßmeister und König beauftragt hat, sehr behilflich sein, indem Ihr mir Einzelheiten von dieser Unterredung berichtet.«

Als von Beeren das königliche Permiss mit dem kunstvoll geschwungenen »F« als Unterschrift erblickte, stand er nicht an wiederzugeben, was er gehört hatte. Da ihm sehr daran gelegen war, Maries Vater zu einer günstigeren Meinung von sich zu bewegen, kam ihm die unverhoffte Gelegenheit, ihm nützlich sein zu können, mehr als gelegen. Insgeheim beglückwünschte er sich zu seinem kühnen Einfall, die Rede auf Langustiers Erscheinen in der »Neuen Welt« gebracht zu haben. Er hatte keineswegs ahnen können, dass mehr dahinter steckte, als ein Schächtelchen mit Tulpenzwiebeln. Statt den Franzosen für verrückt zu halten, wie er es nach der Tulpengeschichte schon bei sich beschlossen hatte, machte sich von Beeren nun unversehens zu seinem Komplizen.

»Der stürmische Herr brachte eine neuerliche Depesche, die gerade im Hotel eingetroffen war und die eine für den Botschafter und seinen Gehilfen gleichermaßen niederschmetternde Neuigkeit enthielt. Es handelte sich nämlich um die Nachricht vom Tode des regierenden Landgrafen von Hohenfließ.«

Langustier überlegte angestrengt. Er vermochte sich die Details der Falckenbergschen Papiere nur schemenhaft in Erinnerung zu rufen Die Todesnachricht musste die untertänigsten Diener Sr. Landgräflichen Durchlaucht freilich in arge Betrübnis und Verwirrung stürzen – stünde doch nun die brandenburgische Übernahme ihrer Heimat unmittelbar bevor.

Langustier konnte nicht umhin, der äußeren Kälte und Gelassenheit des Gesandten Bewunderung zu zollen, den eine solche Veränderung der Verhältnisse doch schlicht seiner bisherigen Stellung entheben würde. Der Berg von Depeschen auf dem kleinen Tisch wird ihm während ihres kleinen, abseitigen Gesprächs bedrückend vor Augen gestanden haben. Da die Nachrichten stets mit mindestens eintägiger Verspätung ankamen, konnte er nie sicher wissen, ob er sich noch im Amt befand oder nurmehr der herrenlose Botschafter einer bereits ausgestorbenen Dynastie war. Von Beeren berichtete weiter:

»Der Späher wurde nun verzweifelt ersucht, seine Bemühungen zu vervielfachen und zu diesem Behufe sowohl mit der Aussicht auf eine reiche Belohnung als auch ein respektableres Amt geködert. Leider kamen die Stimmen dann zu gedämpft in meine Kammer, so dass ich sie zwar hören, doch nicht länger verstehen konnte, was sie sagten. Nur die seltsamen Worte ›Se. Königliche Majestät laufen in die Gefahr...‹ klangen vernehmlich aus dem Gemurmel heraus. Hoffentlich trügt mich mein Gefühl, aber ich befürchtete im Augenblick, als ich dies hörte, die beiden fremden Agenten dort im Nebenzimmer könnten in ihrer Verzweiflung über die unabwendbar bevorstehende Austilgung ihres Landes gar einen Attentatsplan gegen den König schmieden.

Andererseits erschien es mir nicht minder wahrscheinlich, dass der so nachdrücklich gesuchte Andersohn im Kerngehäuse seines angeschlagenen Kopfes noch etwas Nutzbringendes mit sich herumtrüge, was sich gegen jenen Niedergang ins Feld führen ließe, möglicherweise einige Pikanterien aus der Vergangenheit des Königs, über die schamvoll Mäntel des Schweigens oder gar Leichen gebreitet wurden?«

Langustier dachte nach. Dieser Kollege Freimaurer war nicht dumm. Angesichts der Kaltblütigkeit des Gesandten, die er aus eigener Anschauung kannte, war nichts auszuschließen. Daher versprach er: »Ich werde Jordan für die am Montag stattfindende Militärparade vor dem Schloss besondere Schutzmaßnahmen anraten. Ich hoffe aber sehr, dass wir uns täuschen.«

Während sie endlich wieder in die Zimmerflucht traten, wo Marie und die Witwe Stolzenhagen mit ziemlicher Beklemmung ausgeharrt hatten, da sie sich nicht recht vorstellen konnten, worüber die beiden Männer geredet hatten, gingen Langustier die Andersohnschen Zeilen durch den Kopf. Hatte der König seinem Flügeladjutanten Falckenberg wirklich »alles« mitgeteilt, was Andersohn in seiner Rheinsberger Zeit aufgeschrieben? Oder gab er ihm nur so viel zur Kenntnis wie ihm zur Wahrung des guten Anscheins dienlich schien? Warum war ihm am Morgen eine königliche Antwort versagt geblieben, als er von Andersohn sprechen wollte? Langustier bemühte sich jedoch, trotz dieser Bedenklichkeiten möglichst unbeschwert zu erscheinen, und sagte leichthin zu seinem jungen Gast:

»Hätten Sie nicht Interesse, mit Herrn Maupertuis und mir morgen Nachmittag die Spenersche Naturaliensammlung im Schloss anzusehen? Wir könnten uns dann noch zwanglos weiter über diese Affären austauschen.«

Nach von Beerens lebhafter Zustimmung geleitete die Witwe Stolzenhagen den Baron nach unten, während Marie ihrem Vater für die Großherzigkeit dankte, die er bewiesen hatte. Obgleich sie sich den Verlauf des Nachmittags ganz anders gedacht hatte, war sie dennoch glücklich über seinen Verlauf. Was er und von Beeren nur beredet hatten? Etwas Ernstes würde es schon gewesen sein, so lange waren sie draußen im Kühlen geblieben.

Langustier verschloss die Tür seiner Berliner Stadtwohnung zum ersten Male von innen und probierte seine hauptstädtische Bettstatt aus. Vor Erschöpfung fiel er so, wie er war, ohne Garderobe oder Kleiderspind zu bemühen auf die äußerst »kommode« Matratze des Himmelbettes mit Eisenfederung à la Duchesse und Gestell aus Nussbaum.

XV

»Glücklich die Schriftsteller, die, von einer reichen Phantasie beflügelt und durch Klugheit gelenkt, Werke hervorbringen können, die der Unsterblichkeit würdig sind. Doch höher noch ist die Kunst der Profiteurs, Grossisten und Makler zu veranschlagen. Sie machen ihrem Jahrhundert in gewisser Hinsicht mehr Ehre, als Künstler wie Phidias, Praxiteles und Zeuxis dem ihren gemacht haben.

Was der merkantile Geist heute an praktisch ausmünzbarem Gewinn hervorbringt, ist der mechanischen Tätigkeit der Künstler in hohem Maße vorzuziehen. Ein einziger Schlütern wird Brandenburg mehr Ehre machen als tausend Bildhauer, tausend Schulfüchse, tausend verfehlte Schöngeister und tausend bedeutende Gelehrte niederen Ranges.

Ja, ich sage Ihnen Wahrheiten, Monsieur de Schlütern, die Ihnen zu schreiben ich mich durchaus enthalten würde, denn es könnte das dienliche Renommee, in das man mich gestellt, sonst wohl Schaden nehmen, und es möge daher auch nicht commun werden.«

Der König pausierte, um dem Gelobten zu höflicher Verbeugung und Dankesbezeigung Zeit zu geben. Doch das Wort ergreifen ließ er ihn noch nicht. Um seine geringe Größe gegenüber dem Hünen von Schlütern nicht weiter merken zu lassen, hatte er ihm geboten sich hinzusetzen, während er in einiger Entfernung im Raume auf und ab ging.

»Seid unbesorgt, Monsieur, die Hohenfließische Sache

könnte nicht ganz in Eure Hände gelegt werden. Das Ländchen ist mir zu kostbar, als dass ich nicht die besten Kräfte dort wirksam wüsste.

Ihr sollt die volle Last tragen. Keine Angelegenheit des Handels und der Exploitation wird an Euch vorübergehen, alles und jedes Ausmünzbare Eurem Augenmerk unterliegen. Alle Holzhändler, alle Mineure, alle Bauern – sie werden ohne Euch nicht länger existieren und ihr Auskommen finden können.

Die Oberhoheit über die Fabrikation insonderheit des Bleu Royale zum Stoffefärben wird peu-à-peu Eure Haupt- und Staats-Domäne werden, sofern die Mineralia, welche sich aus den Kobalt- und Schwefelkiesen der Fechtaer Höhen gewinnen lassen, von ausreichender Menge und Qualität sein werden – wozu die Prospektionen alle Hoffnung geben. Ich werde Euch und Eure trefflichen Eskapaden hier arg vermissen.«

Der König tat einen theatralischen Schritt auf ein kleines Tischchen zu, auf dem eine überreich ziselierte Silberschatulle stand. Er öffnete sie weihevoll und langte ein strahlenförmig gezacktes Metallstück heraus.

Von Schlütern, angetan mit einer rot bestickten blauen Seidenweste, einem grünen Justaucorps über braunsamtenen Kniehosen und einem weißen Hemd, reckte dem Monarchen sitzend die breite Brust entgegen, die von einem orangenen Schärpenbande halb verdeckt war. Se. Königliche Majestät hefteten den glänzenden Schwarzen Adlerorden daran und sprachen:

»Ihr habt Euch um uns sehr verdient gemacht. Ich weiß das zu honorieren und werde es nicht vergessen.«

Schlütern, verneigte sich sitzend, das Kleinod des Ehrgeizes und Ruhmesstrebens auf der Brust. Die hellblonden Haare liefen in einige Rollen und Tollen aus, während ein zur Schleife geschlungenes gelbes Band am hinteren Kopfende einen kurzen Zopf zusammenhielt. Die Stirn war hoch und glatt; kein Sorgenfältchen zeigte sich. Das blaue Auge blickte unbefangen, fast keck, der Mund war in ein feines Lächeln gezogen, der kühne Nasenbogen wirkte wie der Bug eines königlichen Flaggschiffes. Der König bedeutete ihm, aufrecht zu sitzen.

»Très bien. Eine hübsche Zier. Mes compliments!«

Es beliebte dem König, nachdem diese leidige kleine Zeremonie, die aus gutem Grunde nicht öffentlich sein konnte, vorüber war, noch etwas Konversation zu machen.

»Kamt Ihr nicht gebürtlich aus Hessen-Homburg?«

»Zum Glück konnte ich es vemeiden, Sire. Mein Vater war zwar lange Glasmacher am dortigen Hof. Doch kurz bevor ich geboren wurde, ging der verrückte Landgraf an Goldmacherei und Bergbauversuchen bankrott und musste sein Ländchen mit allen Fabriken und Wäldern an zwei Frankfurter Kaufleute verpachten.«

Der König lachte. Die Verhältnisse in den hessischen Kleinstaaten hatten ihn schon immer belustigt.

»Das nenn ich Vabanquespielen. Mit Kind, Kegel und dem ganzen Land fallieren – es macht mir diese Linie freilich suspekt. Sie sind alle gespenstersüchtig und seelengestört. Geld hatten sie nie, waren stets am Knapsen. Selbst das silberne Bein des Helden von Fehrbellin bestand nur aus angemaltem Holz. Was tat Euer Vater daraufhin nochmal?«

Schlütern konnte es seinem Souverän schwerlich verübeln, nicht alle Details der Lebensläufe seiner Untergebenen zu kennen, obgleich er in der Regel erstaunlich gut über alles Bescheid wußte.

»Zum Glück hatte er einen Vetter in Neuruppin, der seine Frau und ihn aufnahm. Kurz nach der Ankunft meiner Eltern kam ich zur Welt. Mein Vater machte Versuche mit Blauglas für den Vater Eurer Majestät und erhielt bald darauf großzügige Unterstützung zu einem eigenen Hof und einer Glashütte.«

Der König war wieder orientiert.

»Verzeiht mir, jetzt erinnere ich mich – Ihr erzähltet bereits, wie ihr zu uns kamt. Aus der Öde ins Paradies. Le pauvre Andréfils hat mir, als er noch wohlversammelter war – damals in den Tagen von Rheinsberg – von Euren schönen Jugendzeiten auf Gut Schlütern referiert, nein, was sag ich: vorgemalt. Er schrieb gar niedliche Sächelchen auf. Leider kam er nicht sehr weit mit seinen Schilderungen. Wie war noch seine Stellung dort? Er war Euer Gespiele und Sohn des Verwalters?«

»Ganz recht, Sire. Der Verwalter Andersohn war auf allerhöchsten Befehl seiner damaligen Königlichen Majestät nach Neuruppin verschrieben worden, und der Sohn – sein heutiges Schicksal tut mir aufrichtig Leid – stand unter der besonderen Protektion Eures Vaters. Wenn ich etwas für ihn zu erreichen vermöchte, ich tät es mit Freuden, doch leider, fürcht ich, haben ihn die Lockungen der weiten Welt, die großen Namen, hohen Genüsse, die er bei Euch erleben durfte, um sein bisschen Verstand gebracht.«

»Er war très sensible. Aber auch sein Wissen um die Dinge war enorm. Er liebte die Natur. Es ist so traurig, dass seine Nerven ihn zum Fou generierten; er wurde mir dann leider arg verhasst, durch blödes, irres Gezeter und allerlei dümmliche Lamentiererei. Heute sehe ich wie Ihr, dass er nicht der Rechte war für diesen exponierten Posten. Diener sein zu müssen, ist oft härter als König. Gärtner hätte ihm besser angestanden. Mais oui – c'est tout passé.«

Der König machte eine Geste des Wegwischens, Verwerfens. Seine kurze Gestalt, die unter dem Sprechen fast ganz zusammengefallen war, straffte sich wieder:

»In punkto Hohenfließ erwarten wir stündlich eine ermunternde Nachricht. Am Montag wird Parade sein, dann gehen zwei Regimenter ab. Eine Meldung für die Gazetten liegt bereits parat. Die auf diplomatischem Wege von Hohenfließ angestrebte Liaison mit Braunfeld wurde bereits zurückgewiesen. Es wird keine pragmatische Sanktion zwischen diesen beiden Ländchen geben, die von Brandenburg toleriert würde.«

Schlütern überflog die ihm gereichte Abschrift:

»Damit die gewesene, vormals unrechtmäßig mit Braunfeld liierte Grafschaft Hohenfließ, auf die nach dem 1664 geschlossenen Vertrage von Hohnfels eine rechtmäßige Nachfolge seitens der Markgrafen von Brandenburg besteht, in geregelte Verhältnisse gelangen möge und Sicherheit und Ordnung nach dem Ableben Dero fürstlichen Durchlaucht des Herrn Landgrafen dorten besser zu gewährleisten seien, haben Se. Königliche Majestät einige waffentragende Völker ohnverzüglich nach dorthin abmarschieren lassen.«

»Trefflich formuliert«, bemerkte von Schlütern.

»Auf meine Kabinettssekretäre ist absoluter Verlass. Ich rate Euch dringend, ebenfalls einen guten Sekretarius anzustellen. Ihr werdet jede Menge Ordres und Entschließungen, Berichte und Protokolle zu erledigen haben.«

Der König wünschte diese Materien jetzt zu verlassen und gab dem Gespräch daher zum Schluss noch eine andere Wendung.

»Es wäre mir übrigens höchst lieb, wenn Ihr morgen in Schönhausen mit mir speistet, wo ich bei der Königin turnusgemäß vorstellig bin. Dann könnten wir gemeinsam besehen, was Eure Holzfäller im Park an der Panke angerichtet haben.«

Von Schlütern dankte und ward gütigst verabschiedet, während der König das lange entbehrte Flötenspiel zwischen Tür und Angel wiederzubeleben suchte. Es klang jedoch so schauerlich schrill in den hallenden Räumen, dass er es bald sein ließ und beschloss, erst in Rheinsberg darauf zurückzukommen. Dieses Berliner Stadtschloss war nicht nur häßlich und ungefüge; es klang zudem noch denkbar schlecht.

Da die Königlichen Majestäten in Schönhausen dinierten, war den in Berlin verbliebenen Leibköchen ein freier Tag zur Recreation gnädigst gewährt worden. Die Gehilfen nutzten diese Zeit, um die Küchen des Schlosses tüchtig zu schrubben, während Langustier zu von Beeren und Maupertuis schickte und sie einlud, die Naturalien anzusehen, die in mehreren oberen Zimmern des protzigen Palastes aufgebahrt lagerten. Wie ein König konnte man sich heute hier vorkommen, alles glänzte wohl aufgeräumt, wesenlos, die Lakaien schlichen wie Schnecken herum und gähnten unverhohlen.

Ein Gefühl der Leere beschlich Langustier, als er in den östlichen Innenhof trat, um nachzusehen, ob jemand seiner Einladung folgen wollte. Nichts regte sich hier; kein Laut aus der Stadt drang herein. Dieser Brocken aus gebranntem und verputztem Ton war schlimmer als eine Zwingburg. Mit Freuden hörte Langustier endlich die Stimmen von Beerens und Maupertuis'. Die Herren, die sich zum ersten Mal begegneten, hatten sich bereits in einen angeregten Disput über das scherzhaft-hypothetische Maupertuissche Großprojekt des Erdmittelpunktsschachtes vertieft. Man begrüßte einander herzlich und erklomm über endlose Treppenkaskaden die Museumsetage.

Mit einem zierlichen silbernen Schlüssel öffnete Langustier die in den Angeln quietschende Tür. Dem Ohrenscheine nach zu urteilen öffnete sie sich seltener als die Pforte eines osmanischen Serails. Ein wissenschaftlicher Paradiesgarten lag vor ihnen. Auf pyramidenförmig übereinander gestellten Tischen und unzähligen, direkt an die Wände genagelten Podesten lagerten Petrefakten und Mineralstufen, Kegel aus übereinander getürmten Gläsern mit in Spiritus eingelegten Spinnen und Insekten standen in den Ecken der Räume, während der obere Abschluss der Zimmer von einem umlaufenden Fries aus den Hüllen ehemaliger Lauftiere, Vögel, Fische und Lurche gebildet wurde, in die Holzspäne und

Wolle gestopft waren, um die Formen recht natürlich wirkend auszufüllen.

Der letzte König hatte diese Hinterlassenschaften eines früheren Professors am Theatrum anatomicum der königlichen Akademie der Wissenschaften geschenkt, doch diese war bislang in Verlegenheit wegen eines besseren Ortes, um sie aufzubewahren und ihren Mitgliedern zugänglich zu machen.

Ausgiebigst hatten die drei Herren der Betrachtung und Begutachtung dieser Schätze bereits gefrönt, als ihre Konzentration durch harte Schritte gestört wurde. Langustier erkannte diesen Gang sofort und konnte Jordan schon laut begrüßen, noch bevor er überhaupt in der Eingangstür des Kabinettes erschien. Es würde wohl doch ein kurzer freier Tag werden, befürchtete der Zweite Hofküchenmeister.

»Monsieur Langustier – …? Wir haben aus dem Hohlkopf von Wirt gestern Nacht endlich einen recht sicheren Hinweis auf die Richtung herausgepresst, in der die Bande entwischt sein könnte. Er hat seine heiklen Gäste belauscht, in der Hoffnung, an ihrem Gel[illegible]egen weiterhin teilhaben zu können. Es besteht berechtigter Grund zur Hoffnung, dass die elende Kreatur diesmal nicht darauf aus war, uns in die Irre zu führen. Drei berittene Polizisten sind bereits in der Nacht abgegangen, um die Spur zu verfolgen. Es scheint, als könnte ein kleinerer, vor Ort begangener Diebstahl vollends Aufklärung bringen.

Die bezeichnete Gegend ist weit außerhalb gelegen: Es sind die Rüdersdorfer Kalkberge, ein wildes Terrain mit Felsen, Schluchten und Steinbrüchen – mit einer Expresspost aber in drei bis vier Stunden leicht zu erreichen.«

Jordan näherte sich nun langsam dem entscheidenden Punkt.

»Da Ihr mir nun als ein überaus trefflicher, die rechten Fragen stellender Inquisitor bekannt seid, kam mir der Gedanke, Euch freundlichst zu bitten, der Ergreifung der Täter beizuwohnen, denn es ist immer gut, den Inquisiten keine lange Zeit zur ausflüchtenden Überlegung zu geben, sondern ihnen ihr Leugnen, Zugeben oder Widersprechen ohne Umschweife aus der Nase zu ziehen. Allerdings ...«, er zeigte auf den Inhalt der Naturalienkammern, »... für den Fall, dass Ihr Euren Tag ganz der Gelehrsamkeit zu widmen gedenkt, möchte ich Euch selbstredend nicht beschwerlich fallen.«

Er verneigte sich gegen von Beeren und Maupertuis, die nicht umhin konnten, der kleinen Rede zu lauschen. Noch bevor Langustier zu seiner wohl gesetzten abschlägigen Antwort anheben konnte, die er im Geiste schon formuliert hatte, ließ sich Maupertuis unvermutet vernehmen:

»Aber das eine schließt das andere nicht aus, meine Herren. Ich hörte Sie, bester Jordan, das Zauberwort Rüdersdorf aussprechen und bin wie elektrisiert. Eine fulminante Lokalität für die Erforschung der antediluvianischen Zeitläufte! Ihnen, mein verehrter Langustier, seien nur beiläufig jene fassgroßen Nautiliden und seltsamsten Zähne und Knochen aus den Tiefen der Sintflut-Meere in Erinnerung gebracht, die wir just bestaunten, und die uns gerade noch in höchstes Erstaunen versetzten. Dieses Rüdersdorf, wo sie ans Licht kamen, ist ein wahrer Garten Eden für den Jäger auf Formen und Naturspiele. Ich würde mich gerne einmal dort umtun und möchte uns nur freundlichst zur Nutzung dieser Gelegenheit aufrufen. Wann werden Sie, mein lieber Langustier in ihrem Küchentrott, wann werde ich angesichts der endlosen Reihe gelehrter Diners und Soupers einmal wieder Zeit genug für derartige natürliche Ausflüchte haben?«

Dies war für den Zweiten Hofküchenmeister ein schwer abzuweisendes Argument. Diese Nautiliden hatten tatsächlich etwas Unbezwingliches, Geheimnisvolles an sich. Sie ähnelten bis aufs Kleinste den Perlbooten, die eine der vielen Leibspeisen des Sonnenkönigs gewesen waren, wie er von seinem Vater wusste. Es handelte sich um die versteinerte Form eines Tieres, das nach wie vor in den Weltmeeren lebte.

Langustier suchte nach Gründen gegen den Ausflug, doch sie waren alle verpufft. Nach Wochen in der Großstadt sprach absolut nichts gegen eine Landpartie, schon gar nicht in dieser angenehmen Gesellschaft. Und so schickte er sich drein. Jordan, von Beeren und Maupertuis mussten allerdings noch einige gemessene Augenblicke im bereits vorgefahrenen Sechsspänner auf ihn warten, bis er mit zwei Leinensäcken erschien, die er im Fond der Kutsche verstaute, bevor man abfahren konnte.

Behände und ohne Rast ging es gen Osten. Die Polizeipferde dampften und die Passagiere hatten sich gehörig an den Sitzen festzuklammern. Den angeregten Gesprächen des naturforschenden Trios tat dies aber keinen Abbruch. Nur Jordan schwieg, denn er wusste zu Fossilien und Erdgeschichte rein gar nichts beizutragen. Ein langer Exkurs des gelehrten Maupertuis über das Kleinerwerden der Welt durch die Entdeckung der letzten Kontinente und die nachmals beginnende Durchdringung aller Wissensgebiete der Natur wirkte auf den Polizeichef so einschläfernd, dass die Strecke vom Frankfurter Tor bis Eichwalde in der Tat für seine subjektive Empfindung auf Null zusammengeschrumpft war, wie ihm verwundert bewusst wurde, als er kurz vor ihrem Zielort aufwachte. Es gab also doch Kreaturen, die auf deutschen Straßen zu schlafen vermochten: dies war Langustiers erste Erkenntnis auf dieser denkwürdigen Expedition zu den Kalkbergen vor Berlin.

Die Augen des Alchemisten leuchteten, als die klare Flüssigkeit kondensierte. Tröpfchenweise rollte das Destillat an den gewölbten Wänden des Glaskolbens hinab, der zur Kühlung in ein Wasserbad gestellt war. Wie sollte man ihn nennen, diesen Stoff aller Stoffe? Den »Stein der Weisen«, das »Elixier«, die »Tinktur«, den »Theriak« oder das »Magisterium«? Die königsblaue Ausgangslösung blubberte und sprudelte, während sich das Resultat in lupenreiner Klarheit niederzuschlagen begann. Creuz atmete ruhiger nach tagelanger Anspannung und Ungewissheit. Sein Blick wanderte über die Wände des hallenartigen Labors. Bücher und Manuskripte reichten aufeinandergetürmt in zwei gewaltigen Mauern bis unter die Dachschräge. Nur wenige der ungezählten Werke über die Fragen der königlichen Kunst, die der Suchende in den langen Jahren seines Experimentierens ausgesaugt und dann beiseite gelegt hatte, waren auf einem kleinen Bücherbord gelagert und somit dauerhaft zugänglich. Dazu gehörten vorzugsweise die Schriften des Raimundus Lullus – des »Doctor mirabilis« –, des Basilius Valentinus sowie vor allen diejenigen von Philippus Aureolus Theophrastus Paracelsus Bombastus von Hohenheim. Das Leben dieses frommen und einfachen Mannes war für Creuz höchstes Vorbild in seinem Bestreben, der Mitwelt das Beste zu geben, was er vermochte – und zwar trotz der üblen Verleumdungen, die allenthalben gegen ihn umliefen.

»Warhafftig, sonder Lügen, gewiss und auff das allerwahrhafftigste, diss so Unten ist, ist gleich dem Oberen, und diss so Oben ist, ist gleich dem Untern, und diss Unter und Ober ist Eines Einigen Dinges.« Die Übersetzung der Inschrift einer im Tal von Hebron gefundenen Smaragdtafel, die angeblich von Hermes Trismegistos selbst stammte, diente Creuz als mentaler Rosenkranz. Unablässig drehte er die leeren Worthülsen zwischen den Lippen, um sich bei seiner Arbeit besser zu konzentrieren.

Der Vereinigung von Pflanzen-, Tier- und Mineralchemie galt das ganze Augenmerk des ausgezehrt wirkenden Laboranten. Was vor ihm im Reagenzkolben schwappte und die Wandungen leicht ölig und farblos netzte, war das Ergebnis einer langen Reihe von Extraktionen und Zusammenfügungen zahlloser gelöster Mineralsalze sowie tierisch-pflanzlicher Saftkonzentrate. Er hatte bereits die dritte Nacht durchgearbeitet, doch man merkte es ihm kaum an. Das nahe Ende der Bemühungen beflügelte ihn und verlieh ihm ungeahnte Kräfte. Die Anspannung löste sich und eine unbeschreibliche Ruhe kam über ihn.

Creuz löschte das Feuer unter der noch schwach brodelnden Flüssigkeit, legte weihevoll wie ein Priester nach getaner Gottesanrufung seine Labormütze ab, die einst blau gewesen, nun aber schwarzbraun geworden war. Er nahm den Rundkolben mit dem kristallenen Destillat aus seiner Verankerung, verschloss ihn mit einem Glasstopfen und barg ihn an der schwarz-gelb bestickten Weste, während er sich auf den Weg ins Untergeschoß machte, wo Andersohn schon seit dem frühesten Morgen saß und unter dem behütenden Auge des Lehrlings seine Figuren zu Papier brachte.

Der Kranke bemerkte kaum, dass jemand zu ihm trat. Eine Figur, die entfernt einer Glocke ähnelte, beanspruchte seine volle Aufmerksamkeit. Ein frisches Glas wurde ihm hingesetzt. Das nahm er wahr. Er trank es aus, denn diesmal schreckte ihn keine Bitternis des Stoffes. Creuz stand neben ihm und verfolgte gebannt, wie das Elixier im Munde seiner Versuchsperson verschwand. Einen Moment lang war alles unverändert. Der Ausdruck glückseliger Weltferne schien nicht aus dem Antlitz des Probanden weichen zu wollen. Fieberhaft sann Creuz auf mögliche Fehler in seiner Rezeptur, seine Miene schwankte zwischen Hoffen und Bangen. Unbeirrt setzte der kindliche Maler wieder zu neuen Strichen an.

Doch er sah nicht länger das Blatt Papier vor sich; die Farbe wich erst von den Dingen, dann flog sie in Blasen aus allen Richtungen zu ihm her. Wie lustig die Lichter spielten und sich mischten! Die gelb-schwarze Weste des freundlichen Herrn vor ihm wurde zu einem Feuersalamander, der mit seinem weit geöffneten Maul träge nach ihm schnappte. Ein ferner Glockenton tönte ihm in den Ohren, kam näher und näher, und schwoll schließlich zu schmerzender Lautstärke an. Andersohn hielt sich die Handflächen auf die Ohren. Er produzierte ein schrilles Gekreisch, wand sich wie ein waidwundes Reh, kippte vom Stuhl und sank vor dem schreckensbleichen Creuz zu Boden. Mit einem rasch geholten und vor dem Mund plazierten Spiegel war kein Atem mehr nachzuweisen, der Puls erstorben. Creuz legte ihm dennoch eine kalte Kompresse auf die Stirn, bevor er treppab und aus dem Haus lief. Er suchte bei dem einzigen Menschen Rat und Hilfe, der ihm außerhalb seiner Behausung hierfür dienlich schien und zugänglich war – bei seinem jungen Logenbruder Adler.

Der Magister begriff erst nicht recht, was vor sich ging und wusste keineswegs sicher anzugeben, ob er träumte oder wachte, als er die Tür seiner Stube zu dieser für seine Begriffe noch nachtschlafenden Zeit des Sonntagmorgens öffnete – im Türrahmen stand jener Creuz, den er in den Sitzungen der »Litterärischen Harmonie« nur als ruhigen Zuhörer und versonnenen Theoretiker der hermetischen Künste kennengelernt hatte, aufgeregt gestikulierend und nach Luft ringend. Unzweifelhaft war irgendetwas Denkwürdiges vorgefallen, sonst wäre er nicht zu ihm gekommen, doch es glückte Adler im Moment nicht, aus dem wirren Gefasel des Alten zu ersehen, ob es sich dabei um etwas Schlimmes oder etwas Gutes handelte. Trotz der morgendlichen Kühle trug Creuz nur einen dünnen, schmutzig braunen Laborkittel über seiner abgewetzten Weste, was ihm das Aussehen eines irren Magiers verlieh und in jedem Fall die Dringlichkeit seines Anliegens unterstrich.

Irgendwie schaffte Adler es, die Wortfetzen, die ihm entgegenflogen, zu einer halbwegs passablen Geschichte zu verflechten. Im Creuzschen Labor hatte es offenbar einen Unfall gegeben, der tunlichst geheim bleiben sollte, daher war Creuz zu ihm gekommen. Die Nachbarn taugten nicht für solche Nachrichten. Adler als Bundesbruder müsste dagegen schweigen und ihm helfen.

Es gelang Adler, den aufgeregten Alten so weit zu beruhigen, dass ihm Einzelheiten entlockt werden konnten. Ein unbekannter, herrenloser Mensch, ein entsprungener Lakai, stand im Mittelpunkt der Erzählung. Sollte das etwa… Adler konnte nicht weiter überlegen. Umgehend hatte man an den Ort des Geschehens zu eilen. Jede Minute war kostbar. Es drehte sich ihm alles. Er warf sich seinen Mantel um und folgte der flatterhaften Gestalt des Adepten.

Auf der Gasse sah man den beiden verwundert nach – dem verrückten Goldkocher und dem schludrigen Magister –, die in kaum glaublichem Tempo aufeinander einschwatzten und doppelt so schnell dabei liefen. Ein Unglück lag in der Luft. Sollte man etwas Schreckliches zu gewärtigen haben? War die Petrikirche ein weiteres Mal eingestürzt?

Aber die Katastrophe war eine ganz andere. Adler und Creuz stellten mit Schrecken fest, dass der angeblich Bewusstlose inzwischen das Weite gesucht hatte! Ohne große Zuversicht nahmen sie die Verfolgung auf.

Die Morgenkälte war bereits beträchtlich. Sehnsüchtig sah man dem Zeitpunkt entgegen, da die Sonne endlich durch den Nebel dringen und ihn ganz aufzehren würde. Die Natur prangte in üppigen Gelb- und Rottönen, als wollte sie alle empfindsamen Wesen, bevor nun bald Kahlheit, Fäulnis und Kälte dauerhaft Einzug hielten, noch einmal an die verflossene, warme Jahreszeit erinnern.

Langustier und seine Gefährten hatten sich ungeachtet der Außentemperatur mit ihren Reden über paläontologische Probleme einigermaßen warm gehalten, so dass sie beim Aussteigen in Rüdersdorf den Postpferden im Dampfen gelinde Konkurrenz machten. Als sie nach gemessenem Aufstieg das kleine Hügelplateau betraten, das zwischen Dorf, Kanal und Steinbrüchen lag, brachen sich die Lichtstrahlen endlich Bahn. Augenblicklich und scheinbar aus dem Nichts tauchten hinter der Steinwüste schroffe Felsnasen auf, die mit Eichen, Bergahorn, Lärchen und dichtem Unterholz bestanden waren. Wie die Lichtkegel der stärksten Blendlaternen fuhren die Strahlenbündel durch die Nebelfetzen und schnitten ihr Gewebe schließlich ganz entzwei.

Beschwerlich war der Abstieg auf die Ebene der Steinbrecher, deren Arbeit an diesem Tag feierlich ruhte, vor allem für Langustier und von Beeren, die sich in das Tragen der mitgeführten, gut gefüllten Leinensäcke teilten. Nur zwei Männer standen vor den Holzbaracken, in denen die Bergarbeiter Eisen, Schlegel und ihr sonstiges Gerät verwahrten. Einer der beiden war der Aufseher, der auf seinem Kontrollgang in der sonntäglichen Frühe einen aufgebrochenen Schuppen bemerkt und festgestellt hatte, dass daraus eine Plane aus Wachstuch, Seile, Hämmer und Schaufeln entwendet worden waren. Der andere war ein wandernder Vogelhändler, der im Steinbruch übernachtet hatte.

Neugierig beugte sich Langustier zu den Vögeln in einem der vielen kleinen aneinanderhängenden Käfige hinab, die der wind- und wettergegerbte Mann auf einen hüfthohen, graugelben Muschelkalkquader gesetzt hatte. Geschäftstüchtig und seine momentane Stellung als Augen- und Ohrenzeuge gänzlich vergessend, trat er hinzu und nahm behutsam einen zahmen Star mit gestutzten Schwungfedern aus einem Behältnis, der sich behaglich aufplusterte, wohlig in die Sonne lugte und auf einen leisen Pfiff seines Herrn und Gebieters den Markgräflichen-Prinz-Heinrichschen Marsch herauszuflöten begann. Gefragt, ob er Jung- oder Alttiere abrichte, erläuterte der Händler seine Praxis dahingehend, dass er am besten mit »Ästlingen« arbeite, das heißt, mit Jungvögeln, die gerade das Nest verlassen hätten, aber noch nicht völlig flügge geworden seien.

Langustier vergnügte sich königlich und auch Maupertuis

und von Beeren traten hinzu. Maupertuis interessierte sich jedoch aus wissenschaftlichen Motiven mehr für den Steinkauz, der in der Ecke des Korbes kauerte und schlief. Die kleine Eule würde seine Menagerie zu Hause vorzüglich komplettieren. Von Beeren gedachte dagegen, mit einigen farbenfrohen Distelfinken seiner Marie eine Freude zu bereiten.

Rasch hatte man sich in Verkaufsgespräche vertieft und wurde binnen kürzester Frist handelseinig. Drei Käfige aus Bast wurden separiert und bis zur späteren Mitführung am Ast einer Buche aufgehängt. Während Jordan hüstelnd und höchst ungeduldig Langustiers Aufmerksamkeit auf sich zu ziehen versuchte, wobei ihm der Star nun mit dem Borckischen Marsche trefflich Paroli bot, führte der Zweite Hofküchenmeister noch eine höchst geheime Verhandlung mit dem fliegenden Händler und übergab ihm schließlich ein großes Geldstück, so dass der genügsame Mann wie eine kleine Sonne zu leuchten begann. Letzte Nebel lösten sich derweil zögernd auf.

Hatte er bereits befürchtet, an diesem unheiligen Sonntag wegen Landstreicherei festgesetzt und um den Lohn all seiner Mühen gebracht zu werden, ließ sich die Sache nun doch unvermutet glücklich an. Diese gelehrten und lustigen Vögel aus dem goldenen Käfige des Königs hatte ihm der blaue Himmel gesandt. Ein inbrünstiges Dankgebet sandte er folglich rasch dort hinauf, wo die Sonne jetzt von Minute zu Minute wärmer wurde und das Gefröstel aus den Leibern vertrieb. Endlich machte er Anstalten, dem Ruf des Polizeiinspektors Folge zu leisten, und schilderte ihm ausführlich, was er des Nachts und am Morgen beobachtet hatte.

Maupertuis und von Beeren waren bereits magisch von den überall aus dem Fels hervorspringenden Versteinerungen angezogen worden und hatten mit ihrer Suche begonnen. Schließlich ging sie diese Kriminalgeschichte nichts weiter an. Entzückt hielt Maupertuis eine Platte mit Muscheln in der einen Hand, in der anderen einen herausgewitterten Ammoniten. Von Beeren schien gar in einem der hier liegenden Brocken den Ansatz eines gewaltigen Nautiliden ausgemacht zu haben! Jordan sah sich bald gar des Aufsehers beraubt, der von den Naturforschern um einiges dienliche Gerät gebeten worden war, womit sie dem Urvieh im Stein beizukommen hofften. Nur Langustier zwang sich zu weiterer ungeteilter kriminalistischer Aufmerksamkeit.

Der Vogelhändler hatte vor Stundenfrist auf den Felsvorsprüngen des höchsten Kalkberges eine Frauensperson gesehen, freilich nur sehr kurz, da der Nebel nur wenige Augenblicke zur Seite gewichen war. Am Abend zuvor wollte er Stimmen und das Geräusch von Schaufeln, die gegen den Stein schlugen, schließlich Geraschel, als ob mehrere Personen sich schwer bepackt den Weg durch Laubwerk und Geäst bergauf gebahnt hätten, bemerkt haben. Doch sei es ihm zu beschwerlich erschienen, genauer nachzuforschen, da er seine Vögel weder habe mitschleppen noch unbewacht im Steinbruch zurücklassen wollen und da es ihm letztlich – er müsse es den aufgeklärten Herren gestehen – nicht ganz geheuer vorgekommen sei.

Die Polizeioffiziere, vorsichtig in Deckung gegangen, hielten den fraglichen Berg, der sich als ein rundum abschüssiger, völlig unzugänglich wirkender Klotz darstellte, zur Gänze umstellt. Keine Maus würde ihnen entkommen, wenn sie nach oben vorzudringen begännen. Mit Piken und Gewehren waren sie ausgerüstet, und willens von diesen ihren Gerätschaften tapfer Gebrauch zu machen, wenn Not am Mann wäre. Jordan ließ ihnen durch einen Läufer mitteilen, dass man gewillt sei, nun nachzuforschen, wer sich auf dem Berg aufhalte und ihn herabzubringen, tot oder lebendig. Eine weitere Gruppe von zehn Polizisten war eingetroffen und sollte, für den Fall, dass die Gauner tatsächlich aufgetrieben werden könnten, selbige festsetzen helfen. Mit weiten Schritten erklommen die in Gang gesetzten Männer die

Hänge, doch bald schon ging es langsamer voran. Ins Rauschen des von zahlreichen Stiefeln geschobenen Herbstlaubs mischte sich immer hörbarer das Rutschen und dumpfe Rollen losgetretener Steine, die sich zu Tal bewegten.

Auf der Kuppe hatten die Gauner von den Geschehnissen im Tal nichts mitbekommen, weder von der Ankunft der Polizisten noch von den Gesprächen zwischen dem Aufseher, dem Händler, Jordan und seinen Begleitern. Auch den jetzigem Aufruhr an den Bergflanken bemerkten sie nicht. Das weltenthobene Versteck hatte gravierende Nachteile: So schluckten die Bäume mit ihrem raschelnden Laub sämtliche Geräusche, die etwa von unten heraufdrangen, und der Blick über den schroffen Rand endete meist bereits nach wenigen Metern in Geäst und Gestrüpp. Nicht zuletzt suggerierte auch die exponierte Position im Gelände eine trügerische Sicherheit. Kein Gedanke an eine gezielte Eroberung wollte aufkommen. Keiner wusste doch von ihrem Plan. Wer hätte so schnell ihre Spur aufnehmen sollen?

Der Marder hielt gerade einen Topf mit heißem Wasser in der Linken und bemühte sich, die schwache Glut zwischen den locker zum Herd geschichteten Steinen wieder anzufachen, als sich der Kopf des ersten Polizisten über den Hügelrand schob. Der Grenadier döste schon den ganzen Morgen unter einem Stück Segeltuch, während die Turinerin dabei war, am anderen Ende der Kuppe Holz für den Unterhalt des Feuers aufzuklauben. Einzig der Einäugige hielt Ausschau, war jedoch ganz auf zwei höfisch gekleidete Gecken konzentriert, die sich unter Anleitung eines Steinbrechers im Steinbruche tief unten beim Gebrauche völlig unhöfischer Werkzeuge zu vergnügen schienen. Die Sonne war endlich durchgekommen und brachte den Kreislauf in Schwung nach einer frostigen Nacht und einem klammen Vormittag. Es mochte die elfte Stunde sein. Er rief den Marder, sich das kuriose Treiben dieser Müßiggänger da unten einmal anzusehen.

»Es steht schlecht um das Gewerbe der einfachen Leute, wenn sich jetzt schon die Höflinge darum prügeln. Bald will jeder nur noch Kalk, den der König eigenhändig gebrannt hat.«

Als sein Scherzen ohne Antwort blieb, drehte er sich um und blickte in einen Gewehrlauf. Auf seinen Warnruf hin ließ der Marder das heiße Wasser fallen, doch zur Gegenwehr langte es nicht. Die überraschte Turinerin wurde ebenfalls von der Seite hinzugeführt, die Hände gefesselt. Den schlaftrunkenen Grenadier zogen zwei Mann aus seinem Zelt – ein dritter band ihn, bevor er grunzend erwachte. Rasch waren die bereits notdürftig verscharrten Goldmünzen aufgespürt, die Gauner die Hänge hinabgeschleift, im Steinbruche in einer der Buden behelfsmäßig arretiert und von zwanzig Soldaten bewacht.

Langustiers Paläontologen konnten ebenfalls Vollzug melden: Mit einem krachenden letzten Schlag fiel der ungeheure Kalkbrocken auseinander und ein Nautilide von nie gesehener Größe und Feinheit der Ausprägung kam zum Vorschein! Vier Mann schleppten ihn an die Stelle, wo Langustier mit Hilfe des Aufsehers und einigen schlichten, aus den Baracken geholten Utensilien – namentlich einem Dreifuß, einem verrußten, gusseisernen Kochtopf und einer riesigen, halb verbrannten Holzkelle – seine Feldküche eingerichtet hatte. Aus dem Inhalt der beiden mitgeführten Beutel hatte er Blutwürste zutage gefördert, ebenso Lauch, Karotten, Sellerie, Zwiebeln und Linsen, und in der vergangenen Stunde eine herrliche, Kopf, Bauch und Glieder wärmende Linsensuppe gezaubert, die jetzt der versammelten Mannschaft von neunzehn Personen in kleine Blechnäpfe, das übliche Geschirr der Steinbrecher, ausgeteilt wurde.

Zufrieden mit ihrer Arbeit langten alle Versammelten tüchtig zu. Die Festgesetzten nahmen wenig später ebenfalls einen Anteil daran, und es schien sie nicht zu kümmern, dass während des Essens zwanzig Gewehre auf sie gerichtet waren. Wann waren je solche Ganoven in den Genuss derart königlicher Küche gelangt? Eusebius Hamanns Blutwürste waren stets mit Sägemehl und roter Beete gestreckt gewesen und seine Linsensuppe hatte täuschend einem zähen, erdigen Schlamm mit Jauchegeschmack geähnelt.

Der Marder, der Einäugige und die Turinerin schwiegen trotzig wie drei Gräber. Nichts und niemand hätte diesen verschlagenen Kreaturen ein Sterbenswort entlocken können, weshalb man es denn auch unterließ, unnötige Kraft an ihre Adressen zu verschwenden.

Der Grenadier erwies sich dagegen als überaus zugänglich, sobald der wunde Punkt zutage lag, an dem ihm beizukommen war – für Langustier in diesem Fall eine leichte Übung: Der Mann hatte nach der kleinen Vorspeise noch immer einen Bärenkohldampf! Alle Beschwörungen seitens des Marders gerieten ins Wanken, als er der dicken Scheibe Rinderbraten ansichtig ward, die Langustier aus seinem Proviantbeutel hervorzauberte. Es verschwanden die Stillschweigegebote, die Drohungen, die Einschärfungen aus seinem Kopf – nur das appetitliche, saftige Bratenstück stand da im Raum, duftend, peinigend, lockend…

»Du hast den Oberst Marquard auf dem Gewissen, Schurke! Gesteh!«, forderte Langustier. »Gesteh, und der Braten gehört dir!«

Der Grenadier gab ein gequältes, halb bejahendes Stöhnen von sich. Noch wand er sich, rückte unruhig auf dem Sitz, dass das Holz knirschte.

Jordan holte derweil den blauen Fetzen Uniformstoff aus seiner Tasche und warf ihn auf den rohen Holztisch. Der Gefesselte zuckte, bäumte sich.

»Wir wissen, dass du am Tatort warst!«

Auf Jordans Worte schüttelte er den Kopf, doch es sollte eher ein Nicken werden. Der Braten, der blaue Fetzen, seine Uniform, der König, der Marder, Marquard – sein Kopf wollte ihm platzen. Was hatte er zu verlieren? Sie wussten ja doch schon alles, der Marder war gefangen, sie alle waren gefangen. Hängen würden sie, aufgehängt, im Wind baumeln, da gab es kein Zurück mehr. Blieb ihm wenigstens der Braten, das wäre seine Ausbeute, den könnte ihm keiner nehmen, verflucht, was schob er für einen Kohldampf, das konnten sie nicht machen mit ihm, er sagte ihnen ja nur, was sie schon wussten:

»Hab ihn ja abgestochen, das Schwein! Hat ja beim neuen König mein Regiment verraten! Ist schuld, dass ich auf der Straße sitze, dass wir alle auf der Straße sitzen und durch die Wälder ziehen müssen. Hat mir ja alles der Marder gesteckt.«

Der Grenadier ächzte. So viel hatte er seit Monaten nicht mehr geredet. War ihm richtig der Mund fusselig geworden davon. Was war nun mit der Belohnung? Er grunzte, wütete, blieb aber angebunden. Langustier schob den Teller etwas weiter zu ihm hin, damit der Duft der Fleischscheibe ihm noch unverschämter in die Nase steigen konnte, und fragte unerbittlich:

»Woher wusstet ihr von dem Geldtransport?«

Jordan wartete gespannt auf die Antwort. Das war ja die reinste Folter! Seltsamerweise empfand er hier keinerlei Mitleid. Dieser Langustier war schon ein Filou.

Ihr Informant war restlos gefügig geworden. Der Bratenduft hatte seinen Kopf benebelt. Was kümmerte ihn noch das Geld? Konnte keiner mehr was anstellen damit. Sie hatten's längst gefunden, da draußen stand der Sack, die schönen blanken Dukaten darin.

Den Treffen zwischen dem Unbekannten und dem Marder hatte der Grenadier stets beigewohnt. Zwar wusste er den Namen des Vornehmen ebensowenig zu nennen, gab aber unbekümmert die Orte und Umstände der Treffen an und was im Einzelnen geredet worden war, so weit er es aufgefasst hatte. In aller Ungeschlachtheit der Ausdrucksweise lieferte der Grenadier eine recht markante Beschreibung des

Mannes, mit dem der Marder mehrmals zusammengetroffen war, so dass es dem aufmerksamen Zuhörer Jordan nicht schwer fiel, im Geiste den Namen hinzuzufügen. Der Beschriebene war nämlich keineswegs ein Unbekannter und überdies von nicht geringem Stande. Da er zum unmittelbaren Umkreis des Königs gehörte, fühlte sich der Polizeichef äußerst unwohl bei dem Gedanken an seine unumgängliche Verhaftung.

Jordan ging mit Langustier ein paar Schritte seitwärts, um ihm seine Erkenntnis und seine Befürchtungen mitzuteilen.

»Monsieur, jetzt bin ich mir sicher, dass wir auf dem rechten Wege sind. Der Schurke könnte ein von Sr. Königlichen Majestät gerade gestern hoch dekorierter Mann sein, der allerdings beim Volk einen üblen Leumund hat. Wir sollten ihn so rasch wie möglich festsetzen, bevor er von unserer hiesigen Aktion erfährt.«

Langustier verweilte in Gedanken noch kurz bei dem jammernden Mann am Tisch. Für einige exzellente Bissen und Schlucke hatte dieser ungehobelte Klotz seine Freunde und sich um Kopf und Kragen geredet. Mit der gleichen Blödigkeit war er auf einen Zuruf seines Herrn und Meisters an von Marquard zum Vollstecker geworden. Eine königliche Uniform hatte er getragen dabei. Es machte, fand Langustier, keinen Unterschied, ob sein Befehlshaber ein Gauner oder ein König war. Für einen anderen zu morden war verabscheuenswert. Vielleicht lag hier der letzte Unterschied zwischen Mensch und Tier verborgen, um den die Philosophen so zäh rangen?

Die Handfesseln wurden dem Grenadier abgenommen. Heißhungrig fiel er über das her, was lockend vor ihm gestanden.

Die Turinerin, der Einäugige und der Marder wurden mit den Enthüllungen ihres Kumpanen konfrontiert und wussten sich vor Entsetzen kaum zu fassen. Spätestens jetzt stand ihnen allen in voller Bewusstheit der Galgen vor Augen.

XVI

Er wusste nicht, wie er an diesen obskuren Ort – in dieses enge, vom Schwamm zerfressene Haus – gekommen war. Blätter mit wirren Zeichnungen bedeckten den schmutzigen kleinen Tisch, vor dem er sich zitternd erhob. Sein Kopf schmerzte etwas, infolge eines Sturzes, wie er annahm. Als er die Treppe hinabstieg, stachen seine Knie.

Die Sonne blendete ihn. Farben und Töne drangen so scharf und klar in seine Sinne, als hätte er nie zuvor etwas gesehen oder gehört. Der Ruf einer Elster ging ihm durch Mark und Bein, das Maunzen einer Katze ließ ihn zusammenzucken vor Schreck.

Was war das alles, wo um Himmels willen befand er sich? Vor dem Haus traf er auf ein Kind, das fragte er nach Ort und Jahr, doch die Antwort drang nur langsam in seinen Verstand.

Es wollte ihm nicht gelingen zu erwachen, denn was ihn umfangen hielt, war kein Traum, er war längst hellwach. Die Straßen, die er entlangging, die Plätze, an denen er vorbeikam, sie schienen ihm seltsam vertraut und waren es doch nicht.

Das Haus, das er nun betrat, war ihm allerdings sehr gut bekannt, wiewohl er den Grund für diese Bekanntheit im Moment nicht hätte angeben können. Er stieg die Treppen hinauf und fand die Tür verschlossen. Nachdem er geklopft und an der Glockenschnur gezogen hatte, erschien eine junge Dame. Das verwirrte ihn, doch er nannte den Namen eines Mannes, der ihm nicht aus dem Kopf wich: »Von Falckenberg«. Mit freundlichen Gesten wurde er daraufhin hereingebeten.

Marie war der festen Überzeugung, einen Bruder oder sonstigen leiblichen Anverwandten des früheren Mieters vor sich zu haben, dessen Name beim Vater und der Witwe Stolzenhagen mehrfach gefallen war. Da der Herr trotz seiner reichlich zerdrückten und beschmutzten Livree einen ehrlichen Eindruck machte und ganz danach aussah, als ob er eine Erfrischung vertragen könnte, nahm sie keinen Anstand an seinem Aufzug, und brachte es nicht übers Herz, ihn vor der Türe stehen zu lassen.

Ihre Furcht, der Besucher könnte es auf Falckenbergs Hinterlassenschaft an Möbeln abgesehen haben, zerstreute sich rasch, denn er blickte die neu verteilten Gegenstände nur verwundert an.

Der Hereingebetene fragte sie nach von Falckenberg. Marie schluckte, denn sie hatte mit allem gerechnet, nur nicht damit, dass der Mann gar so ahnungslos sein könnte. Wusste er nichts vom Unfall seines Anverwandten?

Sie erzählte, was ihr bekannt war. Ihr Gegenüber hörte sie schweigend an, während nur sein Kopf sich bisweilen zustimmend oder ablehnend bewegte.

Was er hörte, drang wie durch dicke Watte zu ihm. War es möglich, dass er all dies versäumt hatte, eingesponnen in einen langen und tiefen Schlaf? Die junge Dame erzählte es derart aufrichtig, dass er nicht anders konnte als ihr glauben.

Er aß vom gereichten Kuchen, trank den Kaffee mit heftiger Begierde, als könnte er ihm alle verlorenen Lebensgeister auf der Stelle zurückrufen. Schritt für Schritt, Stufe für Stufe, stieg aus dem Kellergewölbe seiner Erinnerung ein vormaliges, wenig glänzendes Leben empor. Er schwankte, ob er dies zulassen oder die Würgengel der Vergangenheit wo möglich zurückdrängen sollte.

Schätzungsweise eine Stunde war vergangen, seit Andersohn das Creuzsche Haus verlassen und Creuz mit dem zu Hilfe gerufenen Adler die Verfolgung aufgenommen hatte.

Der Proband, so fürchtete Creuz, konnte bereits überall sein. Sollte das Elixier tatsächlich den Irrsinn von ihm genommen haben, so wäre es das größte Unglück, wenn ihm nun etwas geschähe, bevor er der Welt seinen Erfolg vorweisen könnte. Adler befürchtete aus anderen Gründen ein Gleiches.

Sie hatten alle Passanten, die ihnen an diesem Sonntagmorgen begegnet waren, nach dem Entlaufenen gefragt und waren bereits bis vor das Schloss gekommen. Den dort wartenden Mietkutschern war auch kein Mann aufgefallen, auf den die Beschreibung gepasst hätte.

Creuz und Adler gingen wieder langsam zurück. Am Petriplatz begegnete ihnen ein Mann, der es offenbar sehr eilig hatte. Mit langen Schritten strebte er dem Stolzenhagenschen Hause in der Roßstrasse zu und ging, nachdem er sich kurz umgewendet hatte, hinein.

Beim Anblick des Eiligen stutzte Adler und verlangsamte seinen Schritt. Trotz des schwarzen Überwurfs hatte er den geschäftigen Sonntagsgänger erkannt und wusste mit einem Mal, dass noch nichts verloren, aber Eile und Unerschrockenheit geboten waren. Er griff nach der Pistole unter seinem Wams, stopfte sie vor den Augen des entsetzten Creuz in den Gürtel und machte Anstalten, ebenfalls im Eingang neben dem Delikatess-Comptor zu verschwinden.

»Bitte, bringt ihn mir nicht um!«, flehte Creuz, der glaubte, Adler wollte sich gegen den entlaufenen Verrückten wappnen.

»Wie die Situation es erfordert. Es geht um das Schicksal meines Landes.«

Adler lauschte den Schritten über sich. Der andere hatte bereits die oberste, vierte Etage erreicht. So leise aber zugleich so rasch wie möglich stieg er ebenfalls hinauf.

Landes? Welchen Landes? Creuz verstand nichts mehr. Er verharrte am Fuße der Treppe, zum Himmel um einen guten Ausgang betend.

Die Heimfahrt nach Berlin verlief in angenehm entspannter Atmosphäre. Jordan sonnte sich in ihrem Erfolg, an dem die Kochkunst seines Kollegen natürlich keinen geringen Anteil hatte. Aber auch Langustier, von Beeren und Maupertuis hatten allen Grund, mit dem Ergebnis ihrer Exkursion zufrieden zu sein. Jeder vom holprigen Weg erzwungene Hüpfer war ein kleiner Freudensprung der Kommissare und Naturforscher.

Durch die schwere, sich langsam verschiebende Last des Nautiliden im Kofferkasten hatte das Gefährt allerdings eine gefährlich anmutende Schlagseite bekommen, die man durch den fliegenden Wechsel der Sitzpositionen des Polizeichefs und des Zweiten Hofküchenmeisters wunderbar auszugleichen vermochte. Der mitgeführte Vogelzirkus in den Käfigen piepte allerdings äußerst verängstigt.

Honoré Langustier setzte in Gedanken Steinchen auf Steinchen, um das Ergebnis der Rüdersdorfer Verhöre zu verarbeiten. Die freimütigen Bekenntnisse des riesenhaften Grenadiers hatten einen neuen Protagonisten ins Spiel gebracht. In dieser Person mochten die nach wie vor losen Fäden zwischen Falckenberg, Marquard und Hohenfließ – und vielleicht Andersohn – ihre Verknüpfung finden.

Nach Einzelheiten befragt, teilte ihm Jordan das Wenige mit, was er über des Königs neuesten Protegé zu vermelden wusste. Vor allem den Namen suchte Langustier sich einzuprägen: Von Schlütern! Der Hinweis auf das schöne Palais, das dieser Herr bewohnte, ein schlossartiges Gebäude mit zwei Seitenflügeln und dem wohl herrlichsten Garten Berlins, machte zwar seine gute Position am Hof noch augenfälliger, brachte Langustier jedoch nicht weiter.

Schlütern, Schlütern… – er wendete den Namen nach

allen Richtungen in seinem Gedächtnis. Hatte nicht der Chirurgus Eller ihn benutzt, als er ihm Andersohns Geschichte erzählte? War Schlütern nicht der frühere Freund des Dieners gewesen, der Antipode, der kometenhaft aufstieg, während Andersohn bodenlos fiel?

Ein lautes Krachen bestätigte die Befürchtungen des Kutschers, der sich festgeklammert hatte, um nicht Kabolz zu schießen: Federbruch! Speichen und Kleinholz wirbelten durch die Luft, krachend legte sich die Karosse zur Seite, kippte um und versank im Graben. Schmerzhaft fanden sich die Herren in einem mit Leder ausgekleideten Kubus übereinander geworfen. Ein wenig schleifte der schwere Kasten noch kreischend durch Schotter, Gras und Schlamm. Dann hörte man weiter nur noch Fluchen, Wimmern und das Geschrei der wild in den Verschlägen flatternden und kreischenden Vögel.

Allein, bis sie sich vereinzelt hatten, um einander beim Versuch, dem Verschlag zu entsteigen, nicht gegenseitig totzutrampeln, dauerte es sehr, sehr lange.

»Eine reizende Bescherung«, bemerkte der Zweite Hofküchenmeister, indem er lotrecht aus der beräderten Ruine emporstieg. Maupertuis, der als Zweiter folgte, rückte Brille und Allonge zupass, die jene unzarte Art des Anhaltens einigermaßen übelgenommen hatten.

Der Kutscher schrie unentwegt Zeter und Mordio, während Maupertuis die herausgehobenen gefiederten Fahrgäste durch sanften Zuspruch zu beruhigen suchte. Jordan, der sich als Letzter ins Freie gearbeitet hatte, fluchte leise bei sich, war aber froh, dass seine Begleiter keine Blessuren davongetragen hatten. Nichts ist geeigneter, den Unmut hintanzuhalten als die Vorstellung, es hätte ärger sein können. Das Urvieh, verantwortlich für den schlimmen Casus, lag in etwa 100 Fuß Entfernung auf der Chaussee. Es war zum Glück unbeschädigt geblieben, wie sich von Beeren sogleich eilends bemüht hatte festzustellen.

Langustier war von diesem glimpflich verlaufenen Unfall im Nachdenken nur kurz unterbrochen worden. Dunkel entsann er sich, den Namen Schlütern bereits in einem anderen Zusammenhang vernommen zu haben. Die abgerissenen Erinnerungen Andersohns fielen ihm ein, in denen, wenn er sich nicht irrte, von einem Schlüternschen Gut in Neuruppin die Rede gewesen war.

Langustier wandte sich an Jordan, der verzweifelt darüber nachgrübelte, wie man schnellstens nach Berlin gelangen könnte.

»Was wissen Sie, mein Wertester, von den Eltern des von Schlütern und des Andersohn?«

Jordan brauchte eine Weile, um die Frage in sich aufzunehmen, denn sie war zu weit von seinem einzigen momentanen Problem entfernt.

»Des von… und des…?! Ah – soweit ich mich entsinne, duellierten sich die Väter nach einem sehr heftigen Streit. Zumindest vermutete man solcherlei, als man sie fand. Sie hatten beide gut gezielt und noch besser getroffen. Die Hintergründe konnten nie aufgeklärt werden. Das Schlüternsche Gut wurde vom Sohn weitergeführt, die Mütter starben beide früh über ihrem Gram.«

»Und wissen Sie auch, ob die Väter sich schossen, bevor es mit Andersohn junior bergab ging? Respektive mit von Schlütern junior bergauf?«

Jordan überlegte.

»Ja, ich glaube es war kurz vorher. Andersohns ehrenrührige Anwürfe gegen Se. Königliche Majestät wendeten die öffentliche Meinung vollends gegen ihn.«

»Übrigens, Monsieur, falls Ihre Sorge dem momentanen Fortkommen gilt, so wüsste ich eine ganz passable Lösung.« Langustier blickte siegessicher.

»Wir reiten!«

Maximilian von Waldegg verließ die »Neue Welt«. Er verzichtete, um secretissime zu erscheinen, auf seine Equipage und strebte der Roßstraße auf höchsteigenen, des Laufens völlig entwöhnten Beinen entgegen. Ungezählte Male musste er, wegen des Wegstückes, innehalten und verschnaufen. Er atmete schwer und stützte sich auf seine Spazierkrücke. Der Botenjunge hatte ihn schon nach den ersten Metern unter den Linden überholt und war davongesprungen wie ein junges Reh.

Adlers Nachricht war dem Hohenfließischen Botschafter zwar rundweg belebend in die Knochen gefahren, doch es hätte eines weitaus stärkeren Elixiers bedurft, um die Jahre des Sitzens, Stehens und Parlierens gänzlich von ihm zu nehmen. Sein Geist zumindest war beschwingt und frisch als ginge der Südwind durch ein Tulpenfeld: Hoffnung war aufgesprossen, wo gestern noch Betrübnis geherrscht hatte.

»Chacun est l'artisan de sa fortune!«, dachte er, obzwar er französische Wendungen meistens vermied. Er wich den Sonntagsspaziergängern nicht aus, kümmerte sich um nichts und niemanden, zog schneckengleich seines Wegs, bis er zu dem ihm bezeichneten Haus gelangte. Ein Hausdiener stand an der Tür und fragte von Waldegg nach Namen und Begehr. Atemlos meldete er drei Treppen weiter oben den Botschafter, worauf Adler mit aufgelöstem Jabot und Creuz im wehenden Zaubermantel herunterkamen, um den Aufstieg Sr. Exzellenz zu beschleunigen. Ein Stuhl wurde geholt. Der Graf setzte sich, und sie trugen ihn auf dieser improvisierten Portechaise die Stufen vollends hinauf.

Waldegg begrüßte die Tochter des Zweiten Hofküchenmeisters, der jetzt hier offenbar wohnte und hörte sich Adlers Rapport über das Geschehene an. Es klang alles so wunderlich und abenteuerlich, daß Marie nicht im Mindesten erfasste, was vorging. Die Witwe Stolzenhagen bekümmerte sich um sie, wirkte zugleich aber bemüht, die eigene Aufregung hintanzuhalten.

Marie, käseweiß, hatte noch die Grauen erregende Gestalt des Eindringlings vor Augen, der mit gezücktem Pistol urplötzlich ins Zimmer gestürzt war. Eine teure Kaffeetasse hatte sie ohne zu überlegen in seine Richtung geschleudert, was ihn davon abgebracht, sofort auf ihren vor Schreck erstarrten Besucher anzulegen. Der verhinderte Angreifer hatte erneut seine Waffe gehoben, als er von hinten aufgefordert worden war, sie fallen zu lassen.

Marie sah die Szene noch einmal ablaufen: Rasch wendete sich der Eindringling um, dass sein langer schwarzer Mantel ein Rad schlug. Laut dröhnte ein Schuss aus der Richtung der Eingangstür durch die Enfilade. Der Attentäter klappte zusammen, getroffen, doch nur verwundet.

Eine weitere, seltsame Person erschien auf der Bildfläche. Was würde der Vater zu dieser Bescherung sagen: Eine Kaffeetasse aus teurer Fayence war entzwei, Blut verunzierte das Parkett, und eine Kugel steckte in der Wandtäfelung. Nun standen auch noch diese vielen fremden Menschen in der Wohnung – es wurde ihr just zu viel. Sie wusste nichts dawider zu unternehmen, war zu schwach, den ungebetenen Gästen die Tür zu weisen.

Wie durch einen Schleier nahm sie indessen die Bewunderung und Dankbarkeit entgegen, die man ihr allenthalben zollte, obgleich sie den Sinn des Geschehenen nicht begriff. Der Vater möge bald kommen, bat sie, doch man wusste nicht, wo er war. Alle bemühten sich um sie. Die Witwe Stolzenhagen sprach sanft auf sie ein. Der Doktor Eller werde gleich da sein und sich um sie kümmern, es sei ihr ja nichts geschehen, und auch der Andersohn sei wohlauf. »Andersohn«? Marie war aufs Neue irritiert. War es nicht ein Verwandter von Falckenberg, mit dem sie sich so nett unterhalten hatte, als der Übeltäter in die Wohnung drang?

Einen guten Reiter erkennt man auf der schlechtesten Mähre, einen miserablen dagegen kann das edelste Pferd nicht retten. Die Jordansche Kamelakrobatik und die verzweifelten Bemühungen des Barons, von seinem Gaul nicht en passant abgeschüttelt zu werden, lieferten den schönsten Kontrast für die Equilibristik ihrer beiden Gefährten. Honoré Langustier, bei dem man es kaum vermutet hätte, machte hoch zu Ross eine überaus passable Figur. Maupertuis, der frühere Militär, hatte ohnehin keinerlei Probleme bei diesem reiterischen Finale ihrer Expedition. Der Weg zog sich endlos. Es dunkelte bereits, als sie das Frankfurter Tor passierten.

Kurzerhand lud der Zweite Hofküchenmeister seine Equipe zu einer Erfrischung in die Roßstraße – ein Name, der an diesem Abend sprechend genannt werden konnte. Dem Wache stehenden Gehilfen aus dem Stolzenhagenschen Laden, der innerlich diesen Sonntag bereits verfluchte, traten schier die Augen aus dem Kopf, als die vier Mann hohe Reiterei erschien.

Da er Langustier unter den Eintreffenden bemerkte, durfte er getrost von den Fragen nach Namen und Begehr seiner Begleiter Abstand nehmen. Langustier und Jordan dagegen witterten ein Unglück, weil die Ellersche Kalesche, die sie bereits mehrfach im Hof der Charité zu Gesicht bekommen hatten, vor dem Haus parkte.

Die äußerst unzusammenhängende und verworrene Schilderung, die der Junge zu geben vermochte, war nicht dazu angetan, ihre Besorgnis zu mindern, denn es kamen die Worte Pistol, Überfall, ins Bein geschossen und das Fräulein Tochter darin vor.

»Der verrückte Diener ist auch da, und er ist ganz unbeschädigt!«

Langustier war außer sich vor Angst um seine Tochter. Er wäre am liebsten in seine Wohnung hinaufgeflogen. Doch nach dreistündigem, ungesatteltem Ritt ein Treppenhaus zu erklimmen, ist keine leichte Sache, zumal wenn man zuvor über Jahre des Reitens entwöhnt war oder es nur selten einmal gepflegt hatte. Daher verwandten die vier Herren geraume Zeit auf diese abschließende Prüfung, und zumindest drei von ihnen überlegten bei sich, ob und wie es ihnen denn möglich sein sollte, diese Probe noch einmal, und zwar talwärts gewendet, mannhaft zu bestehen.

In den Räumen seiner Wohnung fand Langustier ein gutes Dutzend Personen vor: Neben seiner Marie, die er umgehend ans Herz drückte, bass erleichtert über ihr Wohlergehen, sah er die Witwe Stolzenhagen, den Professor Eller, der ihn nun lebhaft begrüßte und ihm seinen Assistenten Spieß vorstellte, einen Menschen, der seinem Namen leibhaft entsprach.

Eller war mit der Behandlung des schändlichen Verbrechers beschäftigt, der an der Tür zur Bedientenkammer am Boden saß und offensichtlich arge Schmerzen litt. Jordan verständigte sich mit seinen Beamten, die ihm mitteilten, dass der verhinderte Schütze Kallmorgen heiße und bei harter Befragung den Baron von Schlütern als seinen unmittelbaren Dienstherrn angegeben habe. Eine unauffällige Überwachung und – im Fluchtfalle – Ergreifung des Barons sei in die Wege geleitet. Der Polizeichef konnte es zufrieden sein.

Als Langustier des Hohenfließischen Botschafters ansichtig wurde, stand ihm beschämend die Farce mit den Tulpenzwiebeln vor Augen, und er hoffte inständig, diese Angelegenheit nunmehr klarstellen zu können. Von Waldegg hingegen, das Gesicht lebhaft gerötet, kam ihm hilfreich zuvor:

»Eure Verstellungskunst bewundere ich von Minute zu Minute mehr. Ich nahm Euch neulich die Tulpomania glattweg für Wahrheit ab. Allerdings war der besagte Tag nicht gerade ein Freudentag und ich somit nicht in der besten Verfassung, um Finten zu erkennen. Hättet Ihr nicht schon eine lukrative Stelle, so könnte ich Euch als Geheimagent gebrauchen.«

Langustier lachte. Sein Blick fiel auf den in einer Ecke des

Saales sitzenden Mann, der von Eller und Spieß behutsam untersucht wurde. Instinktiv spürte er, wer dies war. Seine nichtsdestotrotz erfolgende, halb fragende, halb um Bestätigung nachsuchende Geste mit Kopf und Augen, beantwortete der Botschafter mit einem diskreten Nicken. Waldegg nahm Langustier am Arm und sagte:

»Was ich Euch nun anvertraue, ist für kein drittes Paar Ohren bestimmt. Die Gefahr soll nicht noch einmal heraufbeschworen werden. Wo lässt sich unbelauscht reden?«

Der Balkon war hierfür wie geschaffen. Adler und Creuz, die sich dort aufgehalten hatten, machten den Hinaustretenden nach knapper Begrüßung Platz. Langustier erkannte in Adler den Eiligen, wunderte sich jedoch sichtlich über seinen Partner. Von Waldegg erläuterte nebenhin:

»Dieses war der fortunabegabte, schon etwas in die Jahre gekommene Jünger des Hermes, der uns gerettet hat. Des Königs Medicus überprüft gerade – voller Neid, wie man sieht – das Ergebnis seiner wunderlichen Kur. Doch kommen Sie, gleich werden sich die Lücken schließen.«

Als sie wieder in die Wohnung traten, wurde gerade der bandagierte und gefesselte Kallmorgen abgeführt, der sie mit knurrenden Flüchen bedachte. Eller, Spieß, Adler und von Waldegg geleiteten Andersohn, der sich nach wie vor erschöpft und sprachlos zeigte, zur Kalesche des Doktors hinab. Man plante ihn noch einmal zwecks genauerer Beobachtung und Betreuung in der königlichen Charité unterzubringen. Drei Mann aus Jordans Truppe wurden ihm zur Bewachung, oder besser: zu seinem Schutze, beigegeben.

Maupertuis, der sich angeregt mit dem wunderlichen Creuz unterhalten hatte, verabschiedete sich von Jordan, Langustier und von Beeren, die nun mit Marie und der Witwe Stolzenhagen als Letzte in der Wohnung zurückgeblieben waren.

Die Vorbereitungen für die Militärparade würde schon in vier Stunden beginnen; es war mittlerweile schon fast Mitternacht. Langustier und Jordan verabredeten sich für sechs Uhr im Hauptquartier der Gens d'armes, um möglichst früh die Ergreifung von Schlüterns ins Werk zu setzen. Für heute war es, fanden alle Beteiligten, der Aufregung genug gewesen. Der Mann entkam ihnen nicht.

Jordan, von Beeren und die Witwe Stolzenhagen empfahlen sich. Marie, äußerst schwach auf den Beinen, wurde vom Vater in ihr Zimmer gebracht.

XVII

Dieser Berliner Himmel! Tiefblau leuchtend spannte er sich von Horizont zu Horizont hinter dem starken Gelb der Ahornblätter, die in einer schwachen Brise leicht hin- und hertänzelten, bevor sie von den Bäumen abfielen.

Baron Friedrich von Schlütern hatte es an diesem 17. Oktober keineswegs so eilig wie an den Tagen zuvor. Eingehüllt in eine Zobeljacke nahm er sein wie üblich ausgedehntes Frühstück in der Loggia seines Palastes in der Wilhelmstraße ein. Er hatte den Blick über die Bosquettes, Rondells und Rabatte auf seinem Grund in die Wildnis des Tiergarten schweifen lassen. Doch sein erfrischt sich erhebender Geist flog in anderer Richtung davon, beschwingt vom Mokka, den ihm seine türkische Köchin zu einem Omelette aus geschäumten Wachteleiern mit Zimt und Vanille reichte. Einige Möwen, von der Spree abgeirrt, saßen in den Baumkronen und lachten in den lauen Wind.

Neben sich auf einem Tischchen aus Nussbaum mit Ebenholz- und Elfenbeinintarsien hatte er den Schwarzen Adlerorden aufgebaut, auf ein kleines blauseidenes, aufrechtstehendes Polster geheftet, das nun ganz so wirkte, als sei es ein Bruststück, das jemand aus dem König herausgeschnitten.

Von Schlütern haderte mit sich wegen dieses Berliner Palastes. Sollte er ihn verkaufen, mitsamt den wertvollen Gemälden – den Watteaus, den Deckengemälden von Pesne, der vieltausend Bände umfassenden Bibliothek, den türkischen Teppichen, den Möbeln aus Olive, Palisander und Mooreiche, den Antiken, den drei Sälen voller chinesischem Porzellan, um das ihn der König beneidete? Oder sollte er ihn als Berliner Stadtwohnung für die seltenen Male unterhalten, die er von Hohenfließ aus noch hierher käme? Vermietung dagegen kam nicht in Betracht, dazu hing er zu sehr an seinen Dingen. Entweder trennte er sich ganz oder gar nicht.

Bei dem Gedanken an den Erlös des Verkaufs wurde dem Baron von Schlütern nicht wärmer. Die Zeit war schlecht für derlei Transaktionen, Land und Leute noch zu arm. Also behalten, sich diesen Luxus leisten. Er besah den Orden und strich mit den Fingern über die Umrahmung innerhalb der Gloriole aus silbernen Strahlen. Fein abgesetzt im Profil leitete sie zu einem weißen umlaufenden Band mit einem Paar Lorbeerzweigen und den magischen Worten ›SUUM CUIQUE‹. Ein kleinerer Kreis aus winzigen goldenen Knöpfen umschloss den ebenfalls goldenen Innenzirkel, in dem der schwarze Vogel, mit erhöht getriebenen, goldenen Konturen seine Flügel breitete. In den Krallen wiederum hielt er einen grünen Ring und einen doppelendigen Blitz. Die Zunge streckte er selbstherrlich heraus und trug eine Krone – der König als Adler.

Schlütern fröstelte. Vom Tiergarten kam ein kalter Windhauch herüber.

Der hinzugetretene, grün livrierte Diener meldete weiblichen Besuch. Das kam dem Baron durchaus recht und war ganz dazu angetan, ihn wieder wohlig zu erwärmen. Seine Figur straffte sich, er steckte sich den Orden an den Zobel und präsentierte ihn der Eintretenden voller Stolz.

Die tief verschleierte, schwarze Frauengestalt, die aus dem Durchlass in die luftige Loggia herausgetreten war, kam langsam, wie traumwandlerisch auf ihn zu. Sie schlug den Schleier zurück, doch statt des gewohnten Strahlens bemerkte er, dass der Schönen die Tränen über die Backen liefen. Er stand auf, und sie barg ihr nasses Gesicht an seiner pelzumhüllten Brust. Der Orden stach sie unsanft, so dass sie zurückwich. Auf zwei flüchtige, wie gestohlene Küsse hin flüsterte sie etwas in sein Ohr, das seine Hochstimmung schlagartig zunichte machte. Entsetzen verzerrte sein Gesicht. Der Orden glühte auf seinem Fell wie eine Brandmarke. Hatte er richtig gehört? Der Marder und seine Truppe waren gefasst, hatten ausgepackt? Von Schlütern überlegte fieberhaft.

Er hätte nie gedacht, den geheimen Tunnel einmal wirklich zu benutzen, durch den man vom kleinen Tempel im Garten aus unter der Mauer hindurch auf den Feldweg gelangen konnte, der zwischen Brandenburger und Potsdamer Tor am Tiergarten entlanglief. Ein Pferd müsste ihm der Diener bringen, rasch müsste es gehen. Mit einem Mal verloren die Dinge ihren Wert, verblassten.

Die Worte der Frau vor ihm brachten ihn in Rage. Was war das zwischen ihnen? Brauchte er sie noch, was für ein Recht hatte sie an ihm, was konnte er ihr noch sein?

»Emilie? Was redest du da? Das war ganz allein dein unseliges Werk! Wie kannst du behaupten, ich hätte dich dazu gedrungen?«

Seine Hände entwickelten eine ungewöhnliche Kraft. Ihr Hals verfärbte sich, doch sie brachte noch immer, wenngleich mühsam, anklagende Worte heraus.

»Falckenberg hat nie versucht… unsere Verbindung … zu hintertreiben. Du hast mich angelogen… damit ich… die schmutzige Arbeit erledige, für die du… zu feige…«

Ein stechender Schmerz in seinem Rücken ließ ihn zusammenfahren. Seine Hände lockerten sich, aber sie rührte sich bereits nicht mehr.

Honoré Langustier frühstückte eilig, trotz der ungewohnten, lange entbehrten Gesellschaft Maries, die sich nach traumlosem Schlaf wieder vollständig von den Fährnissen des verwichenen Tages erholt hatte. Rührei und Mokka, dazu die traumhaft schöne Wohnung – das gab ihm genügend Kraft für diesen schweren Tag.

Heute würde sich entscheiden, ob er vor seinem König bestehen könnte. Der Knoten lockerte sich bereits und der Name, der dies bewirkte, lautete Friedrich von Schlütern. Der glücklich errettete Andersohn saß noch immer als Traumgestalt auf dem Sofa.

Langustier stieg die Treppe hinab und betrat die Roßstraße. Im Laden der Stolzenhagen herrschte schon Andrang, und die Gehilfen sahen sich mächtig in Bedrängnis. Marie sollte an diesem Montag ihren Dienst antreten und er seufzte bei dem schönen Gedanken. Es gäbe ihr weiteren Auftrieb und ihnen beiden mehr finanzielle Sicherheit.

Langustier kam an der Petrikirche vorbei, an deren Turm man wieder fleißig baute, und besah sich das Creuzsche Haus, an dem er bereits in den zurückliegenden Tagen wiederholt vorbeigekommen war, ohne zu ahnen, welch teuren Schatz es geborgen hatte. Er schritt die Brüderstraße hinauf, ging schweren Herzens zwischen der alten Domkirche und der Stechbahn hindurch, am Schlossplatz vorbei in die Schlossfreiheit und an der Südwestseite des Schlosses entlang.

Vor der Hundebrücke wurde eifrig für die Parade geübt. Am Lustgarten bezogen die Reiter Aufstellung, drehten und wendeten ihre edlen Pferde, ließen sie im Schritt gehen, traben, halten, Männchen machen und die Köpfe beugen. Se. Königliche Majestät sollten etwas zu sehen bekommen. Für einen Augenblick war es Langustier, als sähe er den Dreispitz des Königs durch eine Fensterscheibe im oberen Stockwerk, aber als er den Punkt genauer fixierte, war es nur einer der ausgestopften Vögel in der Naturalienkammer – ein Steinadler – der traurig auf den Platz und die Beute, die ihm dort entging, herabsah.

Im königlichen Marstall herrschte hektische Betriebsamkeit. Alles fieberte dem Ereignis des Tages entgegen, obwohl es hieß, der König habe wieder sein Wechselfieber, das ihn alle drei Tage heimsuchte, und werde an der Parade gar nicht teilnehmen. Sein Bruder, Prinz Heinrich, werde ihn vertreten. Jordan hatte dem König geraten, es so zu halten, aus Furcht vor Attentaten.

Langustier verharrte kurz vor der imposanten Front des Gebäudes mit dem vierstöckigen, turmartigen Mittelbau, auf dessen Dach die Sternwarte ihre Beobachtungsplattform hatte. Darunter war die Bibliothek der Akademie der Wissenschaften einquartiert, weiter unten befand sich das Theatrum Anatomicum. Der Polizeichef und seine Leute, die nur auf ihn gewartet hatten, verließen nun rasch das hektische, unproduktive Getriebe im Trakt der Militärverwaltung und gingen mit ihm in Richtung Brandenburger Tor davon.

Beritten die Vorhut, die das Schlüternsche Palais sichern sollte, zu Fuß die Nachhut, darunter die Kommissare, die sich die Frist des Morgenspaziergangs mit einigen Mutmaßungen verkürzten – so marschierte man, ohne an diesem geschäftigen Tag irgendwelches Aufsehen zu erregen, unter den Linden dahin. Von Beeren und von Waldegg, ebenso der Magister Adler schlossen sich dem Umzug an, als er an der »Neuen Welt« vorüberkam.

Stolz lenkte der vornehme Herr seinen eleganten, schnittigen Zweisitzer durch das Brandenburger Tor. Einen Grafen von Bernau wollte niemand aufhalten an diesem schönen Morgen. Adrett die dunkelbraunen Pferde mit den weißen Helmbüschen, wunderschön die rote Lackierung des schnellen, wendigen Gefährts. Grandios das vielfarbige, mit Gold nicht sparende Wappen auf den Schlägen. Die Wache sah ihm gerne durchs Tor hinaus nach, wie er an der Mauer entlang Richtung Potsdamer Tor davonpreschte und verpasste somit den Anblick der seltsamen Truppe, die gerade am anderen Ende des Quarrées in die Wilhelmstraße einbog.

Heinrich Steffen war es gelungen, sämtlichen Bemühungen, seine unter der Stechbahn sträflich versäumte Festsetzung nachzuholen, zu trotzen. Kaum dass ihn die zu seiner Sicherheit bestimmte Eskorte glücklich in der »Neuen Welt« abgeliefert hatte, war er auf und davon. Im »Schlösschen« hätte man ihn vor Tagen beinahe aufgegriffen und so war er in die »Rote Sonne« ausgewichen. Dort hatte er heute eine hübsche neue Garderobe und diesen netten Wagen herrenlos gefunden und sich beides ohne Schwierigkeiten zu Eigen machen können. Seinen Ausweis hatte er bei erster Gelegenheit den neuen Gegebenheiten angepasst. Nun wäre dies Berlin also Vergangenheit, dieser Pfuhl aus Dummheit, Verbrechen und Langerweile, nichts wie weg! Er ließ die Braunen arbeiten, sonnte sich in seinem neuen Stand, in seiner unvermuteten Beweglichkeit, ja Rasanz!

Nach Potsdam würde er fahren, vielleicht weiter, solange wäre er vor Nachstellungen sicher. Bis der Besitzer des Gefährts den Verlust bemerkte, könnten Stunden vergehen. Er wäre längst über alle Berge, sollte man ihm nachsetzen. Steffen jubilierte, wenn er an die glückliche Wendung der Ereignisse dachte. Dass er von dem Fräulein keinen Lohn erhalten hatte, ärgerte ihn, und er hätte, obgleich er am Tode Marquards völlig unschuldig geblieben war, nie und nimmer zugegeben, dass er keine Belohnung verdient hatte. Hatte er sich nicht in schreckliche Gefahr begeben? Hätte er nicht allein bei dem Versuche, Marquard zu töten, selbst getötet werden können? Stand ihm da nicht eine angemessene Entschädigung zu, zumal dem Fräuleins, das sich niemals seine Finger beschmutzte, das Ergebnis gar nicht bekannt geworden sein konnte? Doch seine Auftraggeberin hatte nicht die Chuzpe besessen, ihrer eigenen Tat in die Augen zu sehen, sondern sich lieber gleich aufgehängt. Und ihre Freundinnen, die er vorsichtig hatte befragen lassen, wollten nichts mit ihm zu schaffen haben.

Gleichwie – es war eine Lust, dies alles überwunden zu haben und die Räder unter sich rollen zu spüren. Er schaute in den blauen Himmel hinauf und sah einen Schwarm Lachmöwen in den sich langsam lichtenden Baumkronen sitzen. Ein Ruck hieß ihn die Augen wieder auf die Straße richten: Der Wagen schlingerte und kam gefährlich nahe an die niedrige Mauer, touchierte sie einmal, zweimal, so dass die Pferde angstvoll in die Gegenrichtung rissen. Mühsam konnte er sie davon abhalten, in den Tiergarten durchzugehen. Bäume und Büsche rauschten vorbei. Die Tiere waren nicht mehr zu halten. Da humpelte plötzlich ein Mann in seinen Weg!

»Zur Hölle – zurück!«

»Zur Hölle!« traf es besser, ein Zurück gab es nicht mehr! Der Unglückliche hatte keine Zeit, sich in Sicherheit zu bringen. Eines der Räder streifte ihn, der eiserne Beschlag zerriss sein teures Gewand. Blut troff von Stirn, Brust und Bauch. Ächzend stürzte er auf die Straße. Knapp überm Herzen hatte sich der schwarze Adlerorden tief ins Fleisch gebohrt.

Steffen, unfähig, die Kalesche zu stoppen – geschweige denn willens, dies zu tun – raste davon. Die Wache am Potsdamer Tor bemerkte ihn gar nicht, so schnell schoss er außen vorbei, knapp eine Kollission mit einigen Bauernkarren vermeidend, deren Besitzer abseits standen und auf die Akzisezettel warteten. Die völlig überlastete Torwache kam nicht mehr hinterher.

Ein dichter Staubmantel verhüllte nach Steffens Passage die Sicht in alle Richtungen. Erst als sich der Grauschleier legte, sahen die vor dem Tor Wartenden auf halbem Wege zum Brandenburger Tor an der Mauer eine Gruppe von Personen – Soldaten und Bürger – die sich um eine am Boden liegende Gestalt scharten. Es war etwas geschehen, doch sie hatten keine Hoffnung herauszufinden, was. Die Zeit war knapp, brav standen sie weiter an und warteten ab, denn sie wollten ja noch vor dem Mittag auf die Märkte gelangen. Aus der Ferne hörten sie Pauken und Trompeten. Die Parade vor dem königlichen Schloss hatte begonnen. Das königsblaue Gesindel durfte sich verlustierten, während sie sich die Beine in den Bauch standen neben zwei Säcken Hafer oder Weizen.

Als die Truppe um Jordan das Palais des Barons von Schlütern erreichten, standen alle Zeichen auf Sturm. Der Diener zitterte, als Jordan fordernd Einlass begehrte.

Die seit Stunden in der Nähe versteckten Beobachter hatten eine Dame das Haus betreten sehen. Sie war noch nicht wieder herausgekommen, musste folglich noch beim Hausherrn sein. Die Dame fand sich, nicht aber der Baron. Die Polizeibeamten durchkämmten Haus und Garten. Der Diener schwieg verstockt und überrumpelt.

Langustier und Jordan näherten sich der schwarz verhüllten Gestalt, die an der Brüstung der Loggia lehnte. Jordan sprach sie an, doch sie reagierte nicht. So fasste er sie sanft an der Schulter, und sie wendete sich mit unglaublicher Grazie zu ihm hin, langsam, unendlich langsam, um dann plötzlich mitsamt der klapprigen Gestalt des Polizeichefs zu Boden zu stürzen, der sich bis zuletzt krampfhaft bemühte, sie festzuhalten und am Fallen zu hindern.

Die Dame war tot. Um ihren Hals, der sich im Niedersinken entblößt hatte, zog sich ein breites, blaurotes Würgemal, ein schauerliches Abbild des todbringenden seidenen Schals, der über den Boden wehte. In ihrer linken Hand hielt sie einen filigran gearbeiteten türkischen Dolch, an dessen Klinge noch Blut klebte.

Der Schrei blieb Jordan im Halse stecken und auch Langustier brachte keinen Laut heraus. Die schwarze Dame, die dort auf der Loggia des von Schlüternschen Palais vor ihnen lag und wohl leider keinerlei Auskünfte mehr würde geben können, über nichts und niemanden, war Emilie Auguste Stolzenhagen!

Während aus dem Garten unüberhörbare Rufe nach Jordan laut wurden, denen dieser verwirrt und mit schlotternden Knien folgte, hob Langustier einen Umschlag auf, der beim Sturz aus dem Gewand der Toten gefallen war. Er öffnete ihn und sah, dass er sich durchaus getäuscht hatte, was die Unfähigkeit der schönen Witwe zu weiteren Enthüllungen angesichts ihres jetzigen Zustandes betraf. Der Brief war indes an seine Tochter Marie gerichtet! Kurz überlegte er und haderte mit sich, ob er weiterlesen dürfte. Doch da das Schreiben weder versiegelt noch genau adressiert war, überwand er diese Scheu. Auch ging es schließlich um Staatsaffären – es war Gefahr im Verzug! Da würde ihm die Tochter diesen kleinen Vertrauensbruch sicher nicht verübeln. Er las:

»Liebe Marie, ich adressiere diesen letzten Brief an dich, da ich mich vor dir am meisten schämen muss und ich es über den Tod hinaus, der mich vielleicht schon bald ereilen wird, nicht verwinden könnte, dass du mich für unaufrichtig dir gegenüber halten müsstest. Natürlich kann mich dieser Brief nicht von meiner Schuld dispensiren, und ich darf nicht auf Vergebung hoffen, weder vor einem irdischen noch vor dem himmlischen Gericht.

Als ich das besondere Interesse deines Vaters am Schicksal Falckenbergs bemerkte, war es bereits zu spät. Ich konnte meine Zusage nicht mehr rückgängig machen. Zum Glück, liebste Marie, denn sonst hätte ich dich, du Engelskind, nicht getroffen. Zudem hatte ich, ich muss es gestehen, für deinen Vater bereits bei unserer ersten Begegnung eine eigenartige Sympathie empfunden, deren Vorhandensein mich schwerlich dazu hätte bewegen können, seine Bewerbung um das Falckenbergsche Logis abschlägig zu bescheiden, obgleich mir die Vernunft riet, davon abzustehen.«

Langustier schnaufte entzückt, als hätte er vergessen, dass die schwarze Witwe tot vor ihm lag und ihr Kompliment somit einen reichlich makaberen Beigeschmack aufwies. Konnte man sich so in einem Menschen täuschen? War es möglich, dass eine Seele zwei so unterschiedliche Seiten besaß und man nur eine davon zu Gesicht bekam? Dem Zweiten Hofküchenmeister seiner Majestät des Königs in Preußen, einem grundaufrechten Mann ohne Falsch und Fehl, war das schwer begreiflich. Doch er bezwang sich und las weiter.

»Zu der Zeit, als von Schlütern mich gebeten, seine Frau zu werden, war mein früherer Gatte – ein Sinnbild der Treue und der Aufrichtigkeit – noch nicht lange tot und ich lebte in der Furcht, mein Leben als trauernde Witwe beschließen zu müssen. Schlütern war nun nicht nur ein stattlicher Mann, sondern auch als Protégé des Königs mehr als interessant.«

Vom Garten drang Lärm herauf, Polizisten liefen durch das Haus. Bei diesem Aufruhr war an ein aufmerksames Lesen nicht zu denken. Langustier schnaubte und überflog nur rasch die folgenden Zeilen. Von Schlütern sollte Generalgouverneur in Hohenfließ werden; Falckenberg aber begann, Nachforschungen anzustellen.

»Falckenbergs Unterhändler Marquard war – munkelte man – einem Komplott auf der Spur, das der Vater des jetzigen Königs geschmiedet habe, um die Schätze jenes splendiden Ländchens schneller zwischen seinen dicken Fingern drehen und neue, königsblau uniformierte lange Kerls davon kaufen zu können. Von Kindsraub, Vertauschung und Verschleppung erzählte man sich, doch kein Außenstehender konnte derartigem Gerede ernsthaft Glauben schenken. Der alte und kranke Landgraf von Hohenfließ schickte sich an, kinderlos zu sterben, und alle Untertanen durften einer sicheren Zukunft unter dem schwarzen Adler entgegensehen – war es da ungewöhnlich, dass man sich zu allerhand wirren Theorien verstieg?

An Schlüterns Reaktion auf jene Gerüchte spürte ich, dass sie keineswegs auf Ausgeburten der Phantasie beruhten, sondern auf der lautersten, wenngleich düstersten Wahrheit. In der Unachtsamkeit einer Liebesnacht gestand mir Schlütern zudem den unglaublichen Umstand, dass sein Vater nach einer ungestümen Zeit als herumziehender Goldmacher und Wunderdoktor seinen Namen geändert hatte. Zu Zeiten des Soldatenkönigs hatte er als Baron von Syburg am damaligen Kronprinzen und jetzigen König eine fatale Kur vorgenommen, von der die Majestät ein dauerhaftes Gebrechen zurückbehielt, das sie seither außer Stande setzt, leibliche Nachkommenschaft zu bekommen.

Die Jugenderinnerungen des kranken Andersohn ließen Falckenberg stutzig werden, da dieser recht kindlich derb vom Soldatenkönig berichtete, der einst auf dem Schlüternschen Hofgut zu Gast war. In den Reise-Memoires des verblichenen Königs war hingegen dieser Besuch als Visitation des Syburgschen Guts bei Neuruppin vermerkt!

Falckenberg hatte somit bereits mehr als nur einen vagen Verdacht Schlüterns Vater betreffend, und es hätte wohl nicht mehr lange gedauert, bis er über dessen üble Vergangenheit rückhaltlos im Bilde gewesen wäre. Würde der König Schlütern junior unter diesen Auspizien auch nur eine Sekunde weiter protegiert haben?

Schlüterns abschließende Rechnung – und zu einem guten Rechner hatte ihn sein skrupelloser Vater immerhin geprügelt – war so unbarmherzig wie einfach: Falckenberg, Marquard und Andersohn hatten zu verschwinden, wenn nicht alle seine Pläne zunichte werden sollten. Dass er mich zum willenlosen Werkzeug degradierte, bemerkte ich viel zu spät…«

Die Stimme Jordans riss Langustier aus der Lektüre. Was in der Stolzenhagenschen Epistel noch folgen mochte, konnte er sich zusammenreimen, wenn er es nicht bereits aus dem Munde des Botschafters von Waldegg wusste.

Über den Rasen kam Jordan aufgelöst herangelaufen.

»Haben Sie noch eine Frage an den Baron? Seine Erlaucht steht im Begriff, uns zu verlassen.«

»Für immer?«

Jordan nickte, gänzlich überflüssigen Tränen nahe. Schon eilten die beiden zu dem kleinen Tempel, unterschritten mittels des Fluchttunnels die Begrenzungsmauer der Stadt zum Tiergarten und nahmen das Opfer des Kutschunfalles in Augenschein. Schlütern, oder besser: Syburg junior lag blutend im Staub der Straße! Der Baron kämpfte bereits mit den Elementen. Alles, was er noch herausbrachte – mochte man nun eine reichlich halbherzige Liebeserklärung darin erblicken, oder nur das Eingeständnis, zu weit gegangen zu sein –, war:

»Emilie!«

Eller, nach dem man gerufen hatte, war rasch mit seiner Dienstkutsche zur Stelle. Vier Fahrgäste, zwei lebende und zwei tote, kutschierte der Chirurg auf seinem Rückweg in die Charité. Über den Ertrag dieser Mordgeschichten konnte er sich somit am allerwenigsten beklagen, höchstens darüber, dass es noch nicht November war! So war dieses schöne Studienmaterial für das Theatrum Anatomicum komplett verloren – nicht hingegen für das Collegium Medico-chirurgicum, denn er würde noch viele schöne Präparate anfertigen können! Seine Frage durfte dementsprechend nur als Versuch verstanden werden, Konversation zu machen:

»Möchte es denn damit nun sein Bewenden haben?«

Langustier konnte ihn über diesen Punkt beruhigen.

»Es sieht zum Glück alles danach aus. Diesmal haben sie zwei Mörder in ihrem Netz.«

Eller stutzte.

»Ganz recht – Falckenbergs ehemalige Zimmerwirtin wurde, was ich nie zu glauben vermöchte, wenn sie es nicht hierin eigens bekannt« – er schwenkte das Kuvert –, »zu seinem Vollstrecker, der des Barons goldene Zukunft gefährdete. Ihr feiner Liebhaber – niemand anderer als Baron von Schlütern – hatte sie förmlich zu diesem Liebesbeweis gezwungen. Er setzte ihr den Floh ins Ohr, Falckenberg sänne auf Mittel und Wege, ihre Verehelichung durch den König verbieten zu lassen.

Man stelle sich vor! Wie eine Feuerwerksrakete muss diese Lüge in ihrem liebeskranken Hirn gezündet haben. Tout ou rien. Eine Duellpistole aus Schlüterns Besitz hat sie eigenhändig entwendet und mit jenem ›M‹ verziert, das uns so viel Kopfzerbrechen bereitete. Sie wusste um Falckenbergs Beziehung zu Marquards Gattin, und wollte uns auf diesen Holzweg bringen. Und in der Tat: Wir wären ja beinahe auch auf diesem Leim festgesessen…

Um ihr Unglück noch mit etwas Rache zu versüßen, suchte sie sterbend einen Dolch in Schlüterns Rücken zu treiben. Den schlagendsten Beweis für die Aufrichtigkeit ihres Bekenntnisses liefert nun eben dieser Dolch, denn der König hat ihn Falckenberg geschenkt, wie aus der Gravur zu ersehen: ›Frédéric à Albert, July 1740‹. Die Dame hatte ihn bei ihrem Opfer gefunden und an sich genommen.«

Jordan wurde kalkweiß. Der Schreckensmoment, da die schwarze Dame wie der Tod selbst in seinen Armen lag, konnte erst jetzt, nachdem die Anspannung der letzten Stunden langsam von ihm wich, seine volle, verheerende Wirkung entfalten.

»Ich glaube, wir haben noch eine letzte Leiche!«

Langustier fächelte dem Polizeichef mit dem Briefe der Mörderin Luft zu. Eller trieb seine Pferde an, denn sie fuhren bereits über die erste der beiden Holzbrücken, die sie noch von dem geschwungenen Weg zum Spital trennten.

Langustier fragte Eller bei dieser Gelegenheit nach den genauen Machenschaften des vorgeblichen Barons von Syburg, denn er mutmaßte, frühere Unterredungen mit dem Arzt noch in lebhafter Erinnerung, dass dieser mehr über des Königs Quecksilbertherapie wissen musste, als er angedeutet hatte. Eller gestand denn auch, bei der Behandlung des Kronprinzen zugegen gewesen zu sein und bedauerte lebhaft, seine Stimme nicht deutlicher gegen den symbolischen Zauber und das Merkur- und Venus-Brimborium erhoben zu haben, das damals veranstaltet worden sei. Aber die allverdunkelnde Gestalt des Soldatenkönigs sei zu furchteinflößend gewesen – schärfere Widerrede hätte leicht tödlich enden können. Die Zeiten seien eben noch nicht so aufgeklärt gewesen wie jetzt. Syburg habe das Aqua Permanens ungehindert als das ausschwemmende, feuchte, blaue, männliche Element anpreisen können, das die Leiden des verbrennenden, trockenen, roten, weiblichen Elements, der Venus, allein zu lindern und dauerhaft auszutilgen imstande sei.

»Da er gerade mit einem Trick, den wir alle nicht durchschauten, zwei Lot dieses schwappenden ewigen Wassers, des Quecksilbers, in festes, lauteres Gold verwandelt hatte, waren unsere Argumente gegen die Heilkraft dieses Giftes in den Augen des Königs plötzlich rein gar nichts mehr wert. Er gab sich überzeugt, dass dieser Stoff die Lösung aller Probleme war.

Im Nachhinein stimmte das ja, wie wir am Kronprinzen bald feststellen konnten. Durch die Merkurinjektionen wurde er so unfruchtbar wie ein abgehangenes Stück Holz. Er hat sein damaliges Vertrauen in die angeblichen Heilkünste des Schwindlers Syburg bald bereut und seine Spuren verzweifelt zu verfolgen gesucht, um ihn wegen der staatsfeindlichen Kurpfuscherei zur Rechenschaft zu ziehen, doch es blieb wohl vergeblich. Ich kann von Glück sagen, damals der einzige jugendliche Zweifler im Rat der gestandenen Ärzte gewesen zu sein. Meine Bedenken sind Sr. Königlichen Majestät stets in löblicher Erinnerung geblieben.«

Langustier eröffnete Eller die wahre Identität von Schlüterns Vater, gebot ihm aber strenges Stillschweigen über die Syburg/Schlütern-Andersohn-Affäre, denn sie war zwangsläufig dazu angetan, den König in ein sehr unglückliches Licht zu setzen. Was von all diesen Peinlichkeiten öffentlich bekannt war, schien ihm ohnedies bereits zu viel.

Das taktische Wechselfieber Sr. Königlichen Majestät verflog, als die beiden Sonderkommissäre gemeldet wurden. Es war schon später Nachmittag. Die Parade war vom Prinzen Heinrich vorbildlich abgenommen und die Schwester des Königs, die Markgräfin Wilhelmine von Bayreuth nebst Gatten gebührend empfangen worden. Die Königin speiste gerade mit diesen Herrschaften auf Schloss Schönhausen.

Langustier und Jordan wurden in das Arbeitszimmer des Königs gebeten. Er war in leicht gereizter Stimmung, seine Nerven lagen blank. Daher drängte es ihn, diesen Punkt rasch abzutun. Erfolge standen ja nicht zu erwarten. Dennoch sagten Se. Königliche Majestät:

»Où en êtes-vous? Ich hoffe, Ihre Nachrichten sind gut.«

»Durchaus!«, flötete Langustier, an alte Vertraulichkeit anknüpfen wollend. Der König war irritiert. Sollte er sich getäuscht haben? Langustier ergänzte:

»Allerdings nur, was unseren Auftrag anbetrifft. Die damit verbundenen Enthüllungen könnten indes Ihre Pläne, Sire, die Hohenfließischen Angelegenheiten betreffend, leicht derangieren. Die Hand einer honorigen Dame wurde Falckenberg zum Verhängnis. Sie handelte aus verblendeter Liebe zu Eurer Königlichen Majestät anvisiertem Sonderprotektor in Hohenfließ, dem Baron von Schlütern. Beide, muss ich bedauerlicherweise hinzufügen, weilen nicht mehr unter uns.«

Dem König traten die Augen noch weiter hervor, als sie gewöhnlich beliebten.

»Directement, Monsieur – ist Schlütern tot?«

»Er wurde – so seltsam es klingt – ...«

»Vite, vite!«

»... beim Versuch zu entspringen von einer Kutsche überfahren. Der Wagenlenker ist flüchtig.«

Langustier reichte dem König einen Zettel, auf dem er den Namen der Mörderin vermerkt hatte, da es ihm vollkommen unschicklich dünkte, den Namen einer Frau vor dem König auszusprechen, die sich eines Kapitalverbrechens schuldig gemacht hatte.

Der König schlug sich mit einem Bambusröhrchen an den rechten Stiefelschaft.

»Jordan! Assurer l'ordre! Besorgt, dass künftig toleranter chauffiert werde. Man ist in Berlin schon des Todes, wenn man den Fuß nur aufs Pflaster setzt.«

Jordan, ohnehin betreten wegen des Wenigen, das er Langustiers Bericht hinzuzufügen vermochte, fuhr zusammen.

Der König überlegte einige Momente, dann fragte er:

»Est-ce-que tout?«

Langustier hob wieder an, um Contenance und Konzentration bemüht:

»Keineswegs, Sire, es ist delikater und komplizierter, als ich mir wünschte. Die primäre Ursache der Tötungen – zu denen noch der Mord an dem Oberst von Marquard zu rechnen ist, den eine trickreich angeheuerte, inzwischen dank der hervorragenden Arbeit Eurer Polizei bereits eingefangene Gaunerbande ins Werk setzte, sowie der tragische Suicide einer verwirrten Mademoiselle, deren Namen mir bereits entfiel – ist eine doppelte.«

Der König verneigte sich gegen Jordan, der sich ob seiner Erwähnung überaus geschmeichelt fühlen durfte. Langustier fuhr zögerlich fort:

»Die Vorgeschichten sind allerdings delikat und dürften Euer Wohlbefinden stören. Die eine betrifft Euch am eigenen Leib, die andere Euren ehemaligen Diener Andersohn. Beide entsprangen direkt oder indirekt einer Rancune Eures Herrn Vaters.«

»Keine Allüren. Wir werden auch dieses wegstecken, wie wir schon so allerhand weggesteckt haben.«

Langustier seufzte und führte aus:

»Da wäre zum einen die Syburg-Geschichte...«

Der König verfärbte sich. Er ließ sich auf einen Stuhl nieder, gebot jedoch mit einer Handbewegung dem Referenten weiterzusprechen. Ein Lakai wurde aus dem Raum gewiesen, Jordan indessen, der erschrocken ebenfalls gehen wollte, zum Bleiben bewogen. Langustier erläuterte:

»Der Euch unter dem Namen Syburg schmerzlich bekannte Adept war niemand anderes als der Vater Schlüterns. Ob Schlütern oder Syburg sein wirklicher Name war, sei dahingestellt. Die Erwähnung des holzhändigen Barons in Andersohns Erzählung von der Begegnung mit Eurem Vater auf dem Schlüternschen Gut hat mich darauf gebracht. Falckenberg hatte den Schlüssel zu dieser Erkenntnis in seiner kleinen Mappe, und Schlütern junior, den Ihr in Unkenntnis dieses Umstandes gerade in ein wichtiges Amt einsetzen wolltet, musste befürchten, Eures Wohlwollens verlustig zu gehen, wenn Ihr dies erführet.«

Der König starrte vor sich hin und sprach fast tonlos:

»Darin hatte er zweifellos Recht, obzwar er deshalb Unrecht tat. Er verleugnete seinen Vater, indem er angab, er sei Glasmacher gewesen.«

Langustier kam zur zweiten Motivation:

»Der zweite Casus betrifft Andersohn und ist um einiges komplizierter. Dieser Euch langjährig ergebene junge Mann wurde – im Säuglingsstande, wie die Recherchen Falckenbergs nahelegten und wie eine Untersuchungskommission der Hohenfließischen Landesregierung mit einem Bündel Geheimakten belegen kann, die ein gewitzter Beamter zu vernichten vergaß – ...«

»Sans complications!«

Langustier referierte so knapp wie möglich, was er durch den Hohenfließischen Botschafter erfahren hatte:

»Andersohn ist der rechtmäßige Sohn des gerade verblichenen Fürsten Jakob Heinrich. Friedrich Wilhelm, Euer hochwohllöblicher Herr Vater, ließen ihn von der Bildfläche verschwinden mit Blick auf den Vertrag von 1664. Ohne einen Hohenfließischen Thronfolger wäre Brandenburg Herr im Lande. Aus Taktik vertauschte man die Kinder bloß, denn ein landgräfliches Kind könnte auch im Zustand des Vertauschtwordenseins noch nützen.«

Der König wechselte erneut die Farbe und verlangte nach einem Glas Brunnenwasser. Langustier redete weiter, obwohl er nicht sicher sein konnte, dass seine Worte den leichenblassen Monarchen noch erreichten.

»Euer Vater bestellte nun Schlütern senior, der ihm bereits wegen seiner Verdienste als Alchemist und Heiler bekannt war, zu seinem Handlanger. Dessen Gattin setzte in Hohenfließ die Vertauschung ins Werk. Ein kränklicher Säugling, in Alter und Art dem entnommenen täuschend ähnlich, was im frühen Alter leicht ist, wurde an die Stelle des echten Thronfolgers gelegt und verstarb pflichtgemäß. Die Landgräfin verfiel darob in lebenslange Trauer. Weitere Kinder kamen nicht.

So waren Brandenburgs Pläne prächtig gediehen, bis es Euch, Sire, beliebte, die Hohenfließer Lande im Zuge einer generellen Vollstreckung alter Vertragsschulden genauer zu rekognoszieren. Da Hohenfließ fällig war, fochtet Ihr die geplante pragmatische Sanktion mit Braunfeld an und befahlt Mobilisierung und Einmarsch nach Ableben des letzten Fürsten.«

»Sagt mir nicht, was ich weiß. Sagt mir, was ich nicht weiß.«

Se. Königliche Majestät waren vom Pyrmonter Wasser wieder notdürftig belebt und durchaus willens, alles zu erfahren. Langustier kam die Subsumptionsarbeit nicht eben leicht von den Lippen.

»Falckenberg grub in dieser Geschichte wiederum zu tief.

Schlüterns Furcht vor den zwangsläufig zu gewärtigenden Enthüllungen seitens des Obersten Marquard, der für Falckenberg tätig war, zwang ihn, auch diesen honorigen Mann beseitigen zu lassen.«

Der König fragte dazwischen:

»Wusste Schlütern von der wahren Identität des Autrefils?«

»Es steht zu vermuten. Schlütern senior und der Ziehvater Andersohns töteten sich, kurz bevor die Söhne zu Euch nach Rheinsberg kamen. Es werden damals wohl die alten Geschichten hochgekocht sein, die einer der beiden nicht länger sekretieren wollte, weil ihn sein Gewissen drückte. Der junge Schlütern muss davon mitbekommen haben, nicht jedoch der junge – falsche – Andersohn...«

Langustier stockte und schwieg erlöst. Wie auf Bestellung, angekündigt durch das Klopfen des Lakeien und hereingeführt vom Grafen von Waldegg, erschien der, von dem man gesprochen – der nunmehrige Landgraf von Hohenfließ.

Der König, dem diese Unterbrechung einmal nicht ungelegen kam, da er der verdrießlichen Materie langsam müde wurde, deren Folgen noch nicht abzusehen waren, betrachtete einen von grundauf neuen Menschen. Kein Zweifel! Dies war sein Andersohn und doch nicht länger Andersohn. Der König suchte nach einer Überleitung, um die Bizarrerie der Situation zu mildern.

»Du warst eine treue Seele, Autrefils: gerade, schlicht und anhänglich, das war es. Das machte dich mir sympathisch. Ein Herr soll seine Serviteurs nicht loben, mag sein. Heute tue ich es einmal. Es ist Huld und Laune.«

Der Eingetretene lächelte. Er trug einen schwarzseidenen Rock, dessen Nähte mit Goldstickereien besetzt waren. Einen Hut aus rotem Filz, aus dem drei Goldfasanenfedern sprießten, hielt er unter dem Arm. Nach einer formvollendeten höfischen Verbeugung dankte er dem König für das launige Lob.

Alles Vergangene war für ihn endgültig passé. Seine Zukunft lag nicht länger in Brandenburg. Zu viel hatte er hier erlitten; zu wenig verband ihn noch mit diesem Land. Er brannte darauf, seine wahre Heimat kennen zu lernen. Stolz und mit Verehrung betrachtete ihn sein Unterhändler und Beschützer von Waldegg.

Zum ersten Mal hörte Langustier den vormaligen Diener und jetzigen Landgrafen seine Stimme probieren. Sie klang sanft und dennoch eindringlich. Was er sagte, kam gemessen und ohne Prätention – wohlaffektioniert.

Durch das Elixier war sein Haar leicht ergraut, was ihn exzellent kleidete und eine aufgesetzte Allonge entbehrlich machte. Er wirkte offen für alles, was ihm begegnete, signalisierte zugleich aber eine abwägende Zurückhaltung. Übergangslos wurde er vom Serviteur des Königs zum landgräflichen Souverän. Seine Umgangsformen waren untadelig. Die lange Schule des Bedienens hatte, bei allem offenkundigen Nachteil für seine Lebensgeschichte, auch etwas Nützliches hinterlassen.

»Königliche Majestät sind zu gnädig. Lassen wir jedoch die Vorzeit ruhen und suchen nach einer friedlichen Kooperation. Mein Botschafter wird sich mit brandenburgischen Wünschen zu einer militärischen und wirtschaftlichen Allianz vertrauensvoll und aufgeschlossen befassen. Indessen möchte ich, nach allem Vorgefallenen, der vollkommenen Liberté meines Landes gewiss sein dürfen. Keiner kann für seine Väter, Sire. Möge kein Zurückliegendes hinderlich zwischen uns stehen.«

Der König lächelte fein. Höchst erstaunt, aber durchaus erfreut über diese gelungene Metamorphose seines ehemaligen Bedienten sprach er:

»D'accord. So wollen wir es halten. Ich freue mich über Ihre Restauration und beglückwünsche Sie zu solch treuen Untertanen.«

Hierauf zog er seinen Hut gegen von Waldegg – eine Höflichkeit, mit der er allerdings gegen niemanden geizte –, wiederholte den Gruß gegen seine beiden erfolgreichen Kommissare und verabschiedete sich mit den Worten:

»Parole d'honneur, Messieurs – ich werde dies nicht vergessen. Aber: n'en parlons plus. Jetzt will und darf ich nicht mehr daran denken.«

XVIII

Des Zweiten Hofküchenmeisters ungewöhnliche Rolle bei der Aufklärung der Morde hatte sich schnell herumgesprochen. Er war eine Berühmtheit. Wochenlang beherrschten die Ereignisse um den verrückten Andersohn und seine wundersame Verwandlung in den Landgrafen von Hohenfließ das Stadtgespräch.

Von daher verwunderte es nicht, dass am 30. Oktober, einem bitterkalten Sonntag, an dem bereits erste Schneeflocken fielen, Tausende von Berlinern vor das Oranienburger Tor zogen, wo rechts der Allee, die zum Invalidenhaus führte, das Hochgericht und die Scharfrichterei lagen.

Am Berliner Rathaus war das hochnotpeinliche Halsgericht über den Marder und seine Getreuen gehegt und der Stab über die Bande gebrochen worden. In stummer Prozession führte sie die Wachparade der Berliner Garnison nun zur Richtstätte, wo bereits vier Schlingenbäume für die Abgeurteilten gewachsen waren. Die Wachsoldaten schlossen einen weiten Kreis um die Galgen, während die Verworfenen kniend ihre letzten Gebete verrichteten.

Honoré Langustier, seine Tochter Marie und ihr Bräutigam, der Baron von Beeren, wohnten der wenig erbaulichen Zeremonie bei, während sich der Landgraf von Hohenfließ durch seinen Botschafter von Waldegg vertreten ließ.

Ohne Zaudern ließen die Ganoven von ihrer irdischen Existenz ab. Unter dem Gewicht des Grenadiers brach der

Todeswinkel entzwei. Drei gewaltige Hiebe musste der Henker mit der Axt ersatzweise führen, um dieses Mörderleben zu beenden. Schauerlich hatte der Grenadier noch einmal in die winterliche Luft über der Hauptstadt hinaufgebrüllt, bevor sein Kopf in den Weidenkorb rollte, dessen Geflecht von früheren Exekutionen wie rot gebeizt aussah.

Die Stimmung an diesem Tag blieb gedrückt, da derartige Gerichtsbarkeit keinem so recht behagen wollte. Ohne zu wissen, wie ihr geschah und wie sie die mörderische Vergangenheit ihrer toten Gönnerin bei sich bewältigen sollte, war Marie an die Stelle der Witwe Stolzenhagen getreten und führte die Handlung, die ihr die mörderische Freundin hinterlassen hatte, mit wachsendem Eifer. Sie suchte sich mit dem Gedanken an die schönen Vögel, die ihr von Beeren geschenkt hatte, von den Geschehnissen auf der Richtstätte abzulenken. Ein Weiteres tat die bevorstehende Hochzeit, an die zu denken sie trotz aller Schrecknisse in einen Zustand angenehmen Schwebens versetzte.

Von Beeren hatte sich durchaus nicht leichtfertig zu diesem Schritt entschlossen, da seine standesbewusste Verwandtschaft alles andere als glücklich war über seine Absicht, eine Bürgerstochter zu ehelichen. Doch ihre frische, starke Liebe siegte über alle Versuche, sie jetzt noch zu trennen. Langustier hatte den Baron mittlerweile ganz ins Herz geschlossen. Und eine gute Partie war er obendrein. Das schmucke Hofgut Großbeeren, welches Langustier inzwischen mehrfach besehen hatte, lieferte seinem Besitzer ein stattliches Jahreseinkommen, und in den Geschäften, die Marie nun übernommen hatte, konnte ihr der Bräutigam mit glücklichem Gespür als Financier und Berater beistehen, ohne ihre Eigenständigkeit anzutasten und ihr den Erfolg zu neiden.

Die eigene Zukunft stellte sich Langustier weit weniger rosig dar. Der König hatte sich wie es schien, vom flötenschwingenden Musenfreund zum waffentragenden und problemwälzenden Griesgram gemausert. Der Zweite Hofküchenmeister war nahe daran, seine neue Kochjacke mit der königlichen Krone wieder an den Nagel zu hängen und nach Straßburg zurückzufahren, alleine, versteht sich, denn für Marie war hier gut gesorgt. Der Pächter des »Rabenhofs« würde sich wieder in seinen »Postillion« zurückziehen und ihm das angestammte Feld überlassen müssen. Aber er zauderte noch, haderte mit sich und der Welt und konnte einfach zu keinem Entschluss gelangen.

Der neue regierende Landgraf von Hohenfließ, der ihm über die Maßen sympathisch vorkam und ihn durch seine Menschenfreundlichkeit und Toleranz verzauberte, hatte ihn zu einer äußerst freundlichen Aussprache geladen und sich mit bewundernswürdigem Sachverstand über alle Gegenstände der Natur, der Wissenschaft und Technik zu verbreiten gewusste. Kurzum, er hatte ihn vor die Wahl gestellt, weiter für den König in Preußen zu arbeiten oder aber Berlin mit Hohenfließ zu vertauschen. Langustier fühlte sich gebauchpinselt, druckste aber unentschlossen herum und war bemüht, Zeit zu gewinnen. Lange sprach er daher mit dem Fürsten über den Eindruck, den dieser vom König gewonnen hatte, und über Hohenfließens Hoffnung und Chancen, Brandenburg dauerhaft auf artige Distanz halten zu können.

Und dann endlich die Hochzeit. Das winzige Rheinsberg paradierte mit allem königlichem Gepränge, das nur irgend zu mobilisieren war. Dutzende von Lakaien hatten den Spiegelsaal des adretten, wie aus Karamel getriebenen Schlösschens auf Hochglanz gebracht, so dass sich die versammelten Gäste virtuell ins Unzählbare vervielfältigten, sobald sie in eine der fünf Spiegelachsen zwischen den hohen Fenstern traten. Die Spiegel waren auch sehr nötig, um den Raum zu vergrößern, denn unter einem Saal in einem Schloss stellte man sich gemeinhin etwas Geräumigeres vor.

Der König, die Königin, die Markgräfin von Bayreuth nebst Ehegatten, der Landgraf von Hohenfließ und sein Botschafter sowie zahlreiche Damen vom Hofe der Königinmutter waren anwesend, um der Tochter des verdienten Sonderkommissars die Ehre zu erweisen, die ihr natürlich schon allein aufgrund ihres bezaubernden Äußeren und ihrer strahlenden Jugend zustand.

Huld und Laune des Königs hatten wieder einmal sämtliche Konventionen beiseite gerückt, die ein nicht ganz standesgemäßes Hochzeitsfest in diesen Räumen schlechterdings nur als eine Schimäre hätten in Betracht kommen lassen.

Der Erste Hofküchenmeister, inzwischen über die zurückliegenden anderweitigen Beschäftigungen seines Kollegen in Kenntnis gesetzt, ließ allerlei Köstlichkeiten als Buffet auffahren: Seeigel in Weißweinsauce, Jakobsmuscheln, Langusten – ein reichlich vordergründiger, doch vom königlichen Sonderkommissär durchaus mit spitzbübischem Lächeln goutierter Scherz –, kandierte Kalbszungen, Lammherzragout, Hirschlende mit Haselnußcreme, Kaninchenschlegel in Cumberlandsauce sowie Preiselbeer-Kirsch-Kompott.

Braut und Bräutigam drehten sich zur Tanzmusik des kleinen Hoforchesters im Raume, was ihnen mehrere andere Paare gleichtaten, während Jordan, Langustier, Maupertuis, Eller, von Bielfeld, Algarotti und der König, in ein angeregtes Gespräch vertieft in der Mitte des Raumes standen, direkt unter der prächtigen Morgensonne von Pesnes Deckengemälde »Aurora vertreibt die finstere Nacht«, einer offenherzigen Allegorie auf den Regierungsantritt Sr. Königlichen Majestät.

Des Königs Augen verweilten lange auf der Engelsgestalt der Venus. Ihr schneeweißer Schwanenleib, den nur in der Taille ein flatterndes Tuch verhüllte, wies äußerst pittoreske Rundungen vor und schien mehr als alles geeignet, die Dunkelheit zu verscheuchen. Blumen, die ein Herr Dubuisson gemalt hatte, streute sie auf die Irdischen herab, während Cupido alle seine Pfeile auf einmal verschoss vor Schreck. Ein Pferd am Sonnenwagen hatte sich aufgebäumt und den kleinen, pummeligen Liebesgott abgeworfen wie einen überreifen Apfel – sehr anspielungsreich für alle diejenigen, die um des Königs Gebrechen in Liebesdingen wussten, desgleichen übrigens die Jakobsmuscheln im Büffet und in den Reliefschnitzereien. Eller, dem der Champagner schon etwas zu Kopf gestiegen war, konnte sich nicht zurückhalten Langustier darauf hinzuweisen:

»Der mercuriale Weg, der Weg des Reisenden, des Wanderers. Der Götterbote auf dem Weg nach Santiago de Compostella, Läuterung zu erfahren, Christliches und Heidnisches vermischend – Alchemie, chymische Hochzeit. Prost Mahlzeit. ER hat den Stern bereits empfangen...«

Langustier, mit dieser mystischen Andeutung des Arztes im Augenblick überfordert, war dem Blick des Königs gefolgt. Beim Konterfei der Liebesgöttin musste er unweigerlich an das Fräulein von Sonsfeld denken, das sich – wie er mit Freuden bemerkt hatte – ebenfalls unter den Hochzeitsgästen befand und gerade unter einer der ovidischen Szenen hindurchschlüpfte, die als Goldreliefs die Türen schmückten.

Ein weiterer Herr betrat den Saal und gesellte sich umgehend zu der Gruppe um den König. Höchst ehrerbietig grüßte er diesen und lenkte gleichsam Blicke und Worte wie mit Puppenfäden auf sich hin. Langustier stand versteinert vor Ehrfurcht – denn es war Voltaire, jener dichtende Philosoph, der zu den erwählten Autoren seiner Küchenbibliothek zählte!

Der Dichterphilosoph, um seine Wirkung wissend, ignorierte und überspielte das Verstummen um ihn her, indem er dem König sogleich aus einem langen, vor scheinheiligem Lobe überquellenden Brief des Kardinals de Fleury über den

»Antimacchiavell« vorlas, den er mitgebracht hatte. Der König und er hatten sich bereits privatim begrüßt, doch war dies ihr erster gemeinsamer Auftritt vor dem Hofpublikum.

Angesichts der Lüttich-Affäre war dem König von Voltaire nahegelegt worden, jenes Buch, den »Antimacchiavell«, nicht drucken zu lassen, damit man ihm nicht vorwürfe, seine eigenen Grundsätze verletzt zu haben. Voltaire war deshalb extra nach Holland gereist, um die Buchausgabe aufzuhalten, doch der Verleger hatte so viel Geld als Entschädigung für seine verlorenen Kosten und den ausfallenden Gewinn verlangt, dass der König, dem es übrigens im Grunde seines Herzens nicht eben besonders Leid tat, gedruckt zu werden, es vorzog, lieber umsonst gedruckt zu werden als noch dafür zu zahlen, dass er nicht gedruckt würde. Nun lag ihm dieses Buch, in dem er das Lob der Mäßigung und der Gerechtigkeit gesungen, ja sich sogar zu der Utopie verstiegen hatte, jede Usurpation als ein Verbrechen zu brandmarken, wie ein kalter Stein auf der Seele.

Der 46jährige Philosoph und der 28jährige König verbreiteten den Eindruck rückhaltlosen Einverständnisses. Se. Königliche Majestät litten es nicht nur, dass die Rede auf das hauptstädtische Blutbad kam, das im übrigen Hofkreis tabu war, sondern hinderten Voltaire auch nicht, das Thema Mord überdies noch philosophisch auszuschlachten:

»Mich setzt eine ganz andere Klasse von Morden, die seit Beginn des vorvergangenen Jahrhunderts statthaben, in Erstaunen, und zwar die Ermordung von Philosophen.«

Langustier und die Umstehenden sahen einander ungläubig an.

»Ganz recht, meine Herren, denn es ist Tatsache, dass in den letzten beiden Jahrhunderten jeder Philosoph von einiger Bedeutung entweder wahrhaftig ermordet worden oder zum mindesten doch nahe daran gewesen ist.«

Voltaire kam in Fahrt.

»Man könnte gar vermuten: Wenn sich gegen einen Mann,

der sich zu den Philosophen zählt, niemals eines Mörders Hand erhoben hat, so darf dies als untrüglicher Beweis für den völligen Unwert seiner Philosophie angesehen werden.«

Der König goutierte auch dies noch, ohne mit der Wimper zu zucken, wiewohl diese Spitze sich unfehlbar gegen ihn richtete, der sich selbst gerne einen Philosophen nannte. Voltaire ergänzte:

»Besonders gegen die Philosophie des Herrn Locke ist es das schlagendste Argument, so denn überhaupt eines vonnöten sein sollte, dass trotz seines immensen Alters von zweiundsiebzig langen Jahren keiner sich erbarmte und ihm die Kehle durchschnitt.«

Der König machte aus seinem Vergnügen keinen Hehl und lachte herzlich. Mit schwer nachahmlicher Grazie erhob er sein Weinglas gegen die Umstehenden, die den Gruß artig erwiderten. In seinem geliebten »Remusberg« war er für einen Augenblick erneut zum Roi charmant geworden, als den ihn Langustier zuerst erlebt hatte. Seinen geliebten Freund Voltaire endlich unter dem eigenen Dache zu wissen, vertrieb für den Augenblick anscheinend alle Sorgen. Doch mittlerweile war es schwer geworden zu entscheiden, was bei ihm Gebaren war und was echte Gefühlsäußerung. Wie einstudiert traten acht Mundschenke gleichzeitig zu dem Kreis, um die alten Pegelstände der edlen roten Flüssigkeit in den grünen, geschliffenen Kristallpyramiden wieder sorgsam zu restituieren.

Langustier wurde schmerzlich bewusst, dass er, ergriffe er diese Gelegenheit nicht, wohl nie mehr jemals in die Lage kommen würde, den angebeteten Voltaire im persönlichen Gespräch zu erleben. Als der König sie einander vorgestellt hatte, fragte er sehr zaghaft:

»Monsieur, verzeiht die krude Unbildung eines Küchenlateiners, doch wünschte ich sehr gerne die Namen dieser mordgefährdeten Philosophen zu erfahren, um meine künftigen halbgelehrten Reden mit ihnen würzen zu können, denn dies scheint mir tatsächlich ein gänzlich bemerkenswertes und bedenkliches Phänomen zu sein.«

Der Philosoph aus Cirey lächelte hierob göttlich, wodurch sich die ohnehin tief gefurchten Subpartieen seines Antlitzes mit einem äußerst feinen Äderwerk winziger Faltennetze überzogen, was ihn mehr als sonst einer Dörrpflaume ähnlich sehen ließ.

»Mein lieber Monsieur Langustier, schwerlich könntet Ihr einer besseren Würze habhaft werden, denn es waren keine Geringeren als Descartes, Spinoza und Malebranche, die mit dem Mörderischen in enge oder engste Berührung kamen.«

Langustier und die anderen lachten herzlich bei den folgenden erheiternden Geschichten über Descartes' Abenteuer mit Seeräubern, den Tod von Spinoza und über die Ermordung von Malebranche durch den Bischof Berkeley sowie der nicht minder köstlichen Erörterung der Frage, warum weder Leibniz noch Hobbes ermordet wurden, wo sie doch die exquisitesten Mordopfer abgegeben hätten, vom Voltaireschen Vortrage nicht weniger hingerissen.

Der König verließ endlich die Gruppe und gab, von seinen Musicis assistiert, vor einem der beiden marmornen Kamine einige neue eigene Kompositionen für die Traversflöte zum Besten. Ein goldener Käfig mit einem dressierten Staren, den ihm Langustier geschenkt hatte, baumelte unweit vom Orchester an einer grazilen Stange. Sehr aufmerksam lauschte der gefiederte Gefangene auf die seltsamen Pfiffe, die der große blaue Vogel mit dem blinkenden Stern im Brustgefieder unter ihm ausstieß, denn er gedachte, einige davon dem eigenen Repertoire einzuverleiben. Eine kleine königliche Melodie beherrschte er schon, die ihm der findige Vogelhändler auf Langustiers Wunsch beigebracht und die er zur Belustigung des Hofes an diesem Abend bereits wiederholt zur Darbietung gebracht hatte.

Bis auf Langustier und Voltaire hatten sich überhaupt alle

ganz dem Zuhören oder dem Tanzen verschrieben, weshalb die beiden durch eine Glastür in ein angrenzendes rundes Turmzimmer getreten waren, von wo sie den Saal weiterhin einsehen, aber nicht durch das laute Spiel in der Unterhaltung gestört werden konnten.

Der winzige Raum hieß das »Bacchuskabinett«, auf einen geplanten, von dort aus einsehbaren Bacchustempel anspielend, der drunten am Ufer des »Lac du Grineric« entstehen sollte. Die Wände des Rundzimmerchens waren mit geschnitzten und vergoldeten Ornamenten verziert, die Weinlaub und andere Götterattribute vorstellten. Pesnes Deckengemälde zeigte den Schönling Ganymed, wie er von der Verführerin Hebe im Olymp empfangen wird. Die vor Jupiters Augen Hingefallene und dabei ihr schönes Hinterteil entblößt Habende ahnt noch nicht, dass sie gerade ihren Nachfolger an des Jupiters Tafel willkommen heißt.

Voltaire, der kurz hinaufgesehen hatte, bemerkte:

»Dies soll uns wohl gemahnen, dass Fürsten und Herren der schönsten Dinge leicht überdrüssig zu werden pflegen und an ihren Bedienten nicht ausstehen können, wenn sie sich nur ein einziges Mal ungeziemend aufführen oder eine sprichwörtliche Blöße geben.«

Langustier, der über die eigene Beziehung zum König nachdachte, wiegte den Kopf.

Die Musik war erheiternd und eingängig, aber in keiner Weise tief. Etliche Lakaien auf hölzernen Leitern waren im Saal mit dem Neubestücken von Kandelabern und Kronleuchtern beschäftigt. Als Stärkung wurden auf kleinen silbernen Tabletts Abricotines et Friandises sowie Canapées avec Fois gras d'oi et Foi gras de canard gereicht.

In überbordender Lust an der denkerischen Rocaille, jener muschelartigen, in sich geschlossenen und daher prinzipiell endlosen Form, die dem Zeitalter seinen Namen geben sollte, sagte Voltaire zu Langustier:

»Köche pflegen ein genus irritabile zu haben, Schriftsteller erst recht. Sie werden mir hierin leicht zustimmen, mein lieber Langustier, denn ich halte Sie für einen Schriftsteller, der nur noch nicht zum Schreiben gekommen ist, bei seiner vielfältigen Kunst. Und so ist es nur natürlich, dass Sie insgeheim einen veritablen Zorn auf das Unbekannte, sich der geschmackvollen Zubereitung Entziehende hegten und nicht eher ruhten, bis Sie der Aufklärung in diesem vertrackten Falle heimgeleuchtet und das gute Aroma bis in die letzten Winkel der Speise vorgetrieben hatten.«

Langustier, geschmeichelt, verfärbte sich und suchte abzuwiegeln.

»Ich tat nur meine Pflicht, denn es war königlicher Befehl. Freilich – obgleich uns Ehrgeiz nie besiegen soll – geschah es wohl zudem aus Neugier, die trockenen Pfade des Verstandes durch einen Ausflug in die Gewässer der Realität gehörig auszuwaschen und zu erfrischen.«

»Gut gesprochen, mein Herr. Und ich kann Euch versichern, dass es Eurer Ingenuität trefflich gelang. Denn ihr liefertet somit den Lehren der vorerwähnten Geister die schönsten Illuminationen. Indem Ihr Euch auf Euren cartesianischen Verstand beriefet, gelang es Euch, vom gleißnerischen Spiel der Widersacher nicht getäuscht und von den Fakten nicht zum Narren gehalten zu werden. Um jedoch den Radamontaden der res cogitans und der res extensa nicht zum Opfer zu fallen, war Euch mehr als klappernde Rabulistik und Ockhamsche Rasiermesserlogik vonnöten. Ihr musstet gleichzeitig auf dem Quivive sein und ein abwartendes Raffinement pflegen. Nur so konnten Euch am Ende die Sünder gleichsam wie gebratene Tauben im Schlaraffenland in den Mund fliegen.«

Langustier dankte für diese allzu schmeichelhafte Darstellung des Zurückliegenden, in dem man doch auch ein reines Wirken des Zufalles, oder einer betrunkenen Fortuna sehen konnte, und raffte seine ganzen Kenntnisse Baconscher, Hobbesscher und Spinozistischer Lehre zusammen, um seinerseits vielleicht noch ein philosophisches Destillat aus seinem detektivischen Zeitvertreib zu gewinnen.

»Berlin ist leider noch lange kein perfektes und spirituell befriedetes Nova Atlantis wie ich gedacht hatte, als ich – freundlich invitiert – hierher kam. Viel eher würde Bacons Sekretär Hobbes dort seinen »bellum omnium contra omnes« wiederfinden und angesichts des gierigen Großstadtmolochs sein entwaffnendes »homo homini lupus« sprechen können. Der König indessen ist in Gedanken zu fern, um sich und sein Land gegen die verderblichen Einflüsse der Machtgier wirkungsvoll zu wappnen. Ohne es zu wollen, befördert er sie noch und zeichnet sie gar durch seinen Hausorden aus.«

Voltaire nickte, nippte an seinem Wein und vervollständigte Langustiers Gedankengang, die Stimme bis fast zur Unhörbarkeit dämpfend und den flötenden König aus dem Augenwinkel fixierend, um sicher zu sein, nicht von ihm überrascht zu werden:

»Dass aus einem wahrhaft toleranten Kurfürstentum und Schafhag einmal der Marstall des fauchenden und krallenwetzenden Leviathans werden würde – wer hätte es gedacht? Dieser formliebende Frédéric geht in Hinsicht auf seine philosophischen Ideale weit hinter Spinoza zurück. Seine Selbsterhaltung ist ohne echte Tugend, sie ist gefährlich für Schwächere, er lobt die Gunst der Stunde und hat keine Skrupel, auf dem Recht des Stärkeren zu bestehen. Sollte man ihn gar nach einer der spinozistischen Affektenlehre entsprechenden Farbskala einordnen, so käme wohl nur ein hartes, kaltes Königsblau als die ihm entsprechende Farbe in Betracht. Wenn man bedenkt, dass der glorios restaurierte Fürst dort« –

er prostete durch das Türglas dem entfernt und etwas vereinsamt im Spiegelsaale stehenden Landgrafen von Hohenfließ zu –

»um ein Haar durch königliche Nachlässigkeit und königsväterliche Brutalität zuschanden gekommen und Tausende seiner Untertanen zu Sklaven der schwarzen Adler-Bande geworden wären, möchte einem das Blut in den Adern gefrieren.«

Langustier schwieg betroffen. Dieses Urteil über seinen Chef und dessen Familie so deutlich und aus so berufenem Munde ausgesprochen zu hören, während er auf der vom König ausgerichteten Mariage seiner Tochter mit einem Weinglase in der Hand parlierte, kam ihm peinlich und unfreundlich vor. Doch er konnte nicht umhin, Voltaire zu bewundern für die Kühle und Beherrschtheit, mit der er in der Höhle des Löwen – oder besser: im Adlerhorst – diese Gedanken äußerte.

Sollte er denn nun vom Stern seines philosophischen Himmels verlassen und in blaueste Eisesnacht und Einsamkeit hinausgestoßen werden, in dieses königsblaue Preußen, in dem alle Zeichen auf Krieg standen?

Voltaire schien zu spüren, wie es in ihm arbeitete, denn er legte ihm besänftigend die Hand auf die Schulter, und erhob sein Glas gegen ihn. Mit einem verbrüdernden Schluck breiteten sie den Mantel des Schweigens über diese private Anatomie des Gastgebers.

»Sie haben die besten Mittel, Monsieur, den Lauf der Welt zu beeinflussen«, sagte Voltaire.

»Viel wirkungsvollere als mir zu Gebote stehen, denn ich mache mir meinen Arbeitgeber mit endlosen Feldzügen über die Schlachtfelder seiner Verse stets so sehr zum Feind, dass er etwaigen Ratschlägen auf anderem Gebiete nicht mehr zugänglich ist.

Die Kochkunst dagegen stimuliert ganz andere Kräfte: Ihr könntet direkt, wenn Ihr wolltet, den König an seinen Nerven lenken wie an Marionettenfäden. Wirkt auf seine Säfte, indem Ihr ihm die Schärfe nehmt. Ja, ich glaube, das ist es, verschließt ihm Meerrettich und Senf. Dann fällt er auch nicht mehr auf die Natter eines Schlütern herein. Seine

Sinne wären wieder durch Milde geschärft, statt durch Schärfe erschlafft. Und man möchte hoffen, dass sein Flötenspiel und sein Dichten einen besseren Verlauf nähmen.«

Langustier bemühte sich, so breit zu lächeln wie Voltaire, denn das Objekt ihrer degoutanten Betrachtungen steuerte unterdessen quer durch den Raum auf die Glastür zu.

Der König sprach kurz gegen Voltaire zum »Antimachiavell«, denn er hatte beim Flötenspiel offenbar einige Gedanken gesammelt. Doch sein Interesse an diesem Gesprächsgegenstand erlahmte rasch. Zuinnerst ließ ihn all dies Gerede und Geschreibe über derlei Materien kalt. Es war etwas anderes, mit wohlformulierten Worten über das hohe Staatsgeschäft zu schreiben, als den Stiefel in den dampfenden Schlamm der Schlachtfelder zu setzen.

Er hatte seine früheren Bedenklichkeiten schnell abgeschüttelt. Die Dinge nahmen weitaus lebhaftere Konturen an, was sollte da noch ein Buch? Er wünschte, mit den Umstehenden etwas Kaffee einzunehmen, den die Bedienten sogleich in zierlichsten blauen Tässchen mit goldenem Rankenwerk herbeibrachten.

Noch ahnte keiner, selbst Voltaire nicht, dieser Meister der Verstellung und Menschenkenntnis, was im Kopf Sr. Majestät vorging. Auch Frédérics eigene Adjutanten, sein Generalstab, seine engsten Vertrauten und Freunde – alle waren sie ahnungslos.

Am 26. Oktober war ein Kurier via Berlin nach Rheinsberg gegangen, um die betrübliche Nachricht zu überbringen, dass der römische Kaiser den 20. des Monats endgültig abgedankt und die Welt verlassen habe.

Der Marquis de Beauvau, den man aus Frankreich zum König in Preußen geschickt hatte, nahm an, Se. Königliche Majestät würden gegen Frankreich und zugunsten von Maria Theresia, der Königin von Ungarn und Böhmen und Tochter Karls IV. auftreten und die Wahl Franz' von Lothringen, Großherzog von Toskana und Gemahl jener Königin, zum Kaiser unterstützen. Sein »Tu felix Austria!« hatte nur ein schwer deutbares Funkeln im Auge des Monarchen hervorgerufen.

Zwei Tage nach diesem Fest in Rheinsberg, am 21. November, konnte man in den »Berlinischen Nachrichten« lesen:

»Der Hof erhält sich zu Rheinsberg in allem hohen Wohlbefinden. Der große Gelehrte Herr Voltaire hat als Gast Sr. Königlichen Majestät dort Wohnung bezogen. Se. Königliche Majestät haben den Herrn Baron von Beeren in den Grafenstand erhoben. Se. Königliche Majestät werden vor dem Anfang des Dezembers hier nicht eintreffen.«

In Berlin begannen wie üblich die Karnevalsassemblées. Kavaliere und Damen im Domino bestimmten das Bild. Dessen unerachtet wurde einigen Regimentern Befehl gegeben, sich marschfertig zu halten. Am 7. Dezember ging das Sydowsche Regiment mit unbekanntem Ziel ab. Am Hof war Gala.

Am 15. Dezember dann beendete folgende öffentlich angeschlagene Erklärung das Rätselraten:

»Es haben Se. Königliche Majestät Unser allergnädigster Herr, den Entschluss gefasset, ein Corps d'Armée in die Schlesie rücken zu lassen; Höchst deroselben darunter genommene Resolution rühret keineswegs aus einer gegen den Wienerischen Hof hegenden feindseeligen Intention her, und noch viel weniger hat es damit die Absicht, die Ruhe in dem römischen Reiche zu stören, und zu unterbrechen; Seine Königliche Majestät haben sich ohnumgänglich genöthiget befunden, dieses Mittel unverzüglich zu ergreifen, um die unumstößliche Gerechtsame Ihres Königlichen Chur-Hauses auf das bemelde Hertzogthum, so sich auf die, zwischen Dero Glorwürdigsten Vorfahren, denen Chur-Fürsten von Brandenburg an der einen, und denen ehemaligen Fürsten in der Schlesie anderer Seits errichtete Familien-Verträge und Erb-Verbrüderungen sowohl, als andere wohl hergebrachte Jura gründen, gehörig zu vindiciren und gelten zu machen.«

Langustier las es mit dem allergrößten Entsetzen.

Zeittafel der wichtigsten historischen Begebenheiten des Jahres 1740

MAI

31. Tod Friedrich Wilhelms I., des »Soldatenkönigs«

JUNI

2. Regierungsantritt Friedrichs II. in Charlottenburg
3. Erste »Cabinetsordres«, Lockerung der Folter und Religionsfreiheit betreffend
4. Friedrich II. lässt eine deutsche und eine französische Zeitung gründen
5. Der König gewährt Pressefreiheit
22. Beerdigung Friedrich Wilhelms I. in der Potsdamer Garnisonkirche

Pockenseuche in Berlin; ein Siebtel der Bevölkerung stirbt

JULI

7. Abreise Friedrichs II. Richtung Ostpreußen
10. Einführung der ersten Berliner Lotterie
20. Erbhuldigung der preußischen Stände in Königsberg

AUGUST

2. Erbhuldigung der kurmärkischen Stände in Berlin

SEPTEMBER

Friedrich II. reist über Bayreuth ins Elsaß, anschließend nach Westfalen

11.–14. Treffen zwischen dem König und Voltaire nahe Cleve
Erbhuldigung der westfälischen Stände
28. Rückkehr nach Berlin und Charlottenburg

OKTOBER

3. Abfahrt des Königs nach Potsdam
Verlegung der Residenz nach Rheinsberg
20. Tod Kaiser Karls VI.; Maria Theresia wird durch Pragmatische Sanktion Kaiserin
26. Die Nachricht vom Tod des Kaisers trifft in Rheinsberg ein

NOVEMBER

19. Voltaire besucht Friedrich II. in Rheinsberg; er bleibt 14 Tage

DEZEMBER

1. Friedrich II. schickt einen Sondergesandten mit Forderungen nach Wien
12./13. Der König verläßt einen Karnevallsball und bricht gen Schlesien auf
16. Preußische Truppen marschieren kampflos in Schlesien ein

Wahrheit und Dichtung:

– Friedrich II., seinem Vater Friedrich Wilhelm I., dem Soldatenkönig, am 31. Mai 1740 auf den Thron gefolgt, wählte zunächst Schloss Charlottenburg zur Residenz. Zeitweilig residierte er aber auch in den Schlössern in Berlin, Potsdam und Rheinsberg. Nach mehreren längeren Reisen (u. a. ins Elsaß) kehrte er am 28. September nach Berlin zurück, um am 3. Oktober nach Potsdam und von dort wieder nach Rheinsberg zu fahren, wo ihn im November Voltaire besuchte. Als am 20. Oktober der Deutsche Kaiser Karl VI. starb, wurde Maria Theresia durch Pragmatische Sanktion Deutsche Kaiserin. Friedrich II., Anfang Dezember nach Berlin zurückgekehrt, nutzte die Gelegenheit, alte Gebietsansprüche Brandenburgs mit Truppengewalt durchzusetzen. Am 16. Dezember begann die kampflose Okkupation Schlesiens. Der König folgte seinen Truppen im Abstand einiger Tage.

– Des Königs Syphiliserkrankung und die Auswirkungen der Quecksilbertherapie auf seine Zeugungsfähigkeit sind inzwischen historisch gründlich erforscht.

– Die Leibköche Friedrichs II. würzten erwiesenermaßen scharf, waren aber keine Hobbykriminalisten.

– Maupertuis plante wirklich einen Schacht zum Erdmittelpunkt.

– Die Existenz der Grafschaft Hohenfließ ist nur in Jean Pauls »Titan« bezeugt.

Tom Wolf

Geboren 1964 in der kaiserlichen Sommerresidenz Bad Homburg vor der Höhe, residierte – nach Studien der Germanistik, Philosophie und Kunst in Mainz, Bamberg, Marburg und Tübingen – von 1991 bis zu seiner Promotion 1999 im Sterbeort des letzten deutschen Kronprinzen (Hechingen/Hohenzollern). Durfte 1988 bis 1995 mehrere Einzelausstellungen eigener Zeichnungen und Holzschnitte erleben. Bevor er sich im Jahr 2001 in Berlin kriminell verselbständigte, war er Lektor und veröffentlichte außerdem zahlreiche belletristische Beiträge in Anthologien, Zeitschriften und Zeitungen. Verfasste wissenschaftliche Bücher u. a. zu Arno Schmidt, Johann Wolfgang von Goethe und Johann Friedrich Wilhelm Pustkuchen. »Königsblau« ist sein erster Kriminalroman.